the weekly

D1135356

Dean Koontz

FRANKENSTEIN

ÜÇÜNCÜ KİTAP
YAŞAYAN ÖLÜ

İngilizceden çeviren
Mehmet Gürsel

Dean R. Koontz

1945'te Pennsylvania'da doğdu. Haftada yetmiş saat yazı yazan ve kitapları 38 dile çevrilen Koontz, dünyanın en çok okunan yazarları arasındaki yerini korumaktadır.

Mehmet Gürsel

1963 yılında İstanbul'da doğdu. Şişli Terakki Lisesi ve Marmara Üniversitesi İktisat Fakültesi mezunu. Caz tarihi ile ilgili araştırmalar yapan Mehmet Gürsel yirmiden fazla eseri dilimize kazandırmıştır.

Bu üçleme, bilimin siyasileştirildiğini, başlıca amacının bilgi edinmekten çıkıp güç kazanmak şeklinde değiştiğini, aynı zamanda bilimcilik haline geldiğini ve söz konusu bu *cilik*'in insanlığın sonu olduğunu çok uzun süre önce fark eden merhum Bay Lewis'a adanmıştır.

Tarihte, geleneksel ahlak değerlerinin dışına çıkıp da
güce erişmiş bir adamın, bu gücü hayırlı biçimde
kullandığını gösteren tek bir örneğinin bile
olduğunu sanmıyorum.

C. S. LEWIS, *İnsanlığın Feshi*

FRANKENSTEIN
YAŞAYAN ÖLÜ

1. BÖLÜM

Yağmur, rüzgârsız gece yarısının ilerleyen saatlerinde sürüyordu, sahili ve su setini aşarak körfezin dışına sürüklenmişti. Bulvar boyunca sesler yavaşlarken, hayali atların toynaklarının düzenli sesi katranlı kartondan, tenekeden, kiremitten, tahta kiremitten ve arduvazdan yapılma çatılarda adeta geçit töreni yapıyordu.

Kasabanın gece hayatının sürdüğü, neredeyse kahvaltı saatine dek yemek servisi veren restoranların ve caz kulüplerinin bulunduğu bu bölümünde New Orleans, bu kez her zamankinden farklı bir görünüm sergiliyordu. Sokaklarda trafik azdı. Birçok restoran erken saatte kapanmıştı. Bazı kulüpler müşteri yokluğundan ışıklarını söndürmüş, sessizliğe bürünmüştü.

Bir kasırga körfezi, Louisiana sahilinin güneyini geçiyordu. ulusal meteoroloji servisi son olarak Brownsville, Teksas'ta toprak kayması tehlikesinden söz etmişti, ancak fırtına rota değiştirebilirdi. New Orleans geçmişte yaşadığı kötü tecrübelerden sonra doğaya saygı göstermeyi öğrenmişti.

Deucalion lüks sinema salonundan kapıyı kullanmadan çıkarak şehrin, karanlıkta yosun tutmuş meşe ağaçlarının altında bulunan ve derin gölgelerin hüküm sürdüğü bölgesine adımını attı.

Sokak lambalarının parlaklığında yağmur matlaşmış gümüş gibi ışıldıyordu. Ama yağış, meşe ağaçlarının altında yağmur değil de

11

karanlığın bir ürünü, gecenin teri gibiydi ve siyah mürekkebi andırıyordu.

Yüzündeki karmaşık dövme, yarısı mahvolmuş yüzündeki tahribatın büyüklüğünü meraklı gözlerden biraz olsun gizliyor olsa da Deucalion günbatımıyla şafak arasında halka açık yerlerde bulunma riskini göze almazdı. Güneşsiz saatler gizlenmesine ayrıca yardım ediyordu.

Ürkütücü yapısı ve fiziksel gücü ise gizlenemezdi. İki yüz yıldan fazla zamandan beri yaşıyor, vücudu kırılmaz kemikten ve kastan oluşuyordu. Zaman, bedeninde yıpratıcı bir etki bırakmamış gibiydi.

Kaldırımda ilerlerken sokak lambalarının parlaklığının saçaklara işlediği yerlerden geçti. Değişken ışık, soğuk ve yağışsız gecede Deucalion'un zihninde, elektriğin icadından önceki bir çağda ve bundan çok daha uzaktaki bir kıtada, meşale taşıyan bir çetenin anısını canlandırarak onu rahatsız etti.

Sokağın karşısında, meşe ağaçlarının gölgesi içinde, sokağın yarısını işgal etmiş Merhâmetin Elleri dikiliyordu. Bir zamanlar Katolik hastanesi olan bina, çok uzun süre önce kapanmıştı.

Dövme demirden çit, hastanenin çevresini sarmalamıştı. Mızrak uçlu direkler bir zamanlar merhametin sunulduğu yerde, şimdi merhametin esamisinin bile okunamayacağını anlatıyor gibiydi.

Araba yolundaki demir kapının üstündeki bir tabelada ÖZEL DEPO / GİRİLMEZ uyarısı vardı. Tuğlayla örülmüş pencerelerden ışık sızmıyordu.

Ana girişi tepeden gören bir yere Meryem Ana heykeli dikilmişti. Bir zamanlar heykelin üzerine doğrudan yansıyan ışık artık orada değildi ve karanlıkta bir hayalet gibi yükselen giydirilmiş figür, Azrail'e veya benzer bir şeye ait olabilirdi.

Deucalion bu binanın yaratıcısı Victor Helios'un, gerçek adı bir efsane olan adamın, yani Frankenstein'ın laboratuvarına barınak teşkil ettiğini birkaç saat önce öğrenmişti. Burada Yeni Irk'ın üyeleri tasarlanıyor, yaratılıyor ve programlanıyordu.

Güvenlik sistemi her kapıyı gözetliyordu. Kilitleri bertaraf etmek güç olacaktı.

Çok eskilerde, çok daha ilkel bir laboratuvarda yıldırım düşmesi sonucu hayata gelen ve bu sayede birtakım yeteneklere sahip olan Deucalion'un kapılara ihtiyacı yoktu. Kilitler onun için engel teşkil etmezdi. İçgüdüsel olarak, dünyanın kuantum doğasını kavramıştı ve buna, yapısal anlamda en derindeki gerçeği, yani dünyada her yerin aynı yer olduğu gerçeği de dahildi. Kafasında yaratıcısının o anki inine girmeyi tasarlarken hiç korku duymuyordu. Onu etkileyecek bir duygu varsa, o da öfkeydi. Ancak aradan geçen onlarca yılın ardından, bir zamanlar kolayca şiddete başvurmasına neden olan öfkesini kontrol altına almayı öğrenmişti.

Deucalion yağmur yağarken çıkıp Merhametin Elleri'ndeki ana laboratuvara girdi. İçeriye adımını atarken ıslaktı, fakat içeriye girdiği anda kurumuştu.

Victor'un çoğunlukla paslanmaz çelik ve beyaz seramikten oluşan devasa laboratuvarı bir teknoloji mucizesiydi. Etraf duvarların içine gömülmüş, içinden çıkıyormuş gibi görünen şık ve gizemli aletlerle doluydu. Tavandan fırlayan, yerden yükselen diğer makineler ise cilalanmış ve parlayan görüntülerine rağmen, organik formları andırıyordu.

Makinelerin mırıltısı, vızıltısı, tıklamasıyla duyulan yumuşak sesler ritmikti. Mekân terk edilmiş gibi görünüyordu.

Camgöbeği, açık sarı ve elma yeşili parlak gazlar, cam küreleri doldurmuştu. Şeffaf tüplerin karmaşık sarmallarından eflatun, kalamin mavisi ve metil-turuncu sıvılar akıyordu.

Victor'un paslanmaz çelikten bir temele oturtulmuş, siyah granitten, U şeklindeki çalışma yeri odanın tam ortasındaydı.

Deucalion aklından çekmeceleri araştırmayı geçirirken arkasından biri, "Bana yardım edebilir misiniz efendim?" diye seslendi.

Adam kot kumaşından gri bir tulum giymişti. Belindeki malzeme kemerine temizlik solüsyonu ile dolu püskürtme şişeleri, bezler ve küçük süngerler tutturulmuştu. Elinde bir paspas vardı.

"Adım Lester," dedi. "Ben bir Epsilon'um. Siz benden daha zeki görünüyorsunuz. Benden daha mı zekisiniz?"

"Yaratıcın burada mı?" diye sordu Deucalion.

"Hayır efendim. Baba erken ayrıldı."

"Burada kaç çalışan var?"

"Ben saymayı pek bilmem. Rakamlar aklımı karıştırır. Bir keresinde seksen çalışan olduğunu duymuştum. Yani baba burada değil, şimdi yolunda gitmeyen bir şeyler var ve ben sadece bir Epsilon'um. Oysa siz bir Alfa veya Beta gibi görünüyorsunuz. Siz bir Alfa mısınız, yoksa bir Beta mı?"

Deucalion, "Yolunda gitmeyen şey nedir?" diye sordu.

"Kadın, Werner'in Bir Numaralı Tecrit Odası'nda sıkışıp kaldığını söylüyor. Hayır, galiba İki Numaralı Oda'da. Neyse, bilmem kaç numaralı odada."

"Werner kim?"

"O güvenlik şefi. Kadın talimatlar istemişti, ama ben talimat vermem. Ben sadece Lester'ım."

"Talimatları isteyen kim?"

"Kutudaki kadın."

Lester konuşurken Victor'un masasının üstündeki bilgisayar açıldı ve ekranda bir kadın belirdi. Kadının öylesine kusursuz bir güzelliği vardı ki yüzü dijital olarak çizilmiş olmalıydı.

"Bay Helios, Helios. Helios'a hoş geldiniz. Ben Annunciata. Daha önceki Annunciata kadar değilim ama yine de elimden geldiğince Annunciata olmaya gayret ediyorum. Şimdi Helios'u mu araştırıyorum Bay Sistemler. Sistemlerimi Bay Helios. Ben iyi bir kızım."

"Kadın kutuda," dedi Lester.

Deucalion, "Bir bilgisayar," dedi.

"Hayır. Şebeke odasında bir kutu. O kutudaki bir Beta beyni. Bir bedeni yok. Bazen kutusu sızdırıyor, ben de döküntüleri temizliyorum."

Annunciata, "Kabloyla bağlandım, kabloyla bağlandım. Binanın veri işleme sistemine kabloyla bağlandım. Ben Bay Helios'un sekreteriyim. Ben çok zekiyim. Ben iyi bir kızım. Etkin bir biçimde hizmet etmek istiyorum. Ben iyi, iyi bir kızım. Ben korkuyorum."

Lester, "Genelde böyle değildir," dedi.

"Belki de beslenmemde bir den-den-dengesizlik vardır. Araştıramıyorum. Birisi beslenme ihtiyacımı araştırabilir mi?"

"Duygu ve davranışlarının farkında, ama sonsuza dek bir kutuda kalacak," dedi Deucalion.

Annunciata, "Çok korkuyorum," dedi.

Deucalion yumruklarını sıktığını hissetti. "Yaratıcının yapamayacağı hiçbir şey yok. Ona kölelik ettiği sürece hiçbir şeyi itici bulmaz, ondan daha zalim biri olamaz."

Huzursuzlanan ve tuvalete gitme ihtiyacı duyan bir çocuk gibi ağırlığını bir ayağından diğerine veren Lester, "O büyük bir dâhi. Alfa'dan bile daha zeki. Ona müteşekkir olmalıyız," dedi.

Deucalion, "Şebeke odası nerede?" diye sordu.

"Müteşekkir olmalıyız."

"Şebeke odası. Bu... kadın nerede?"

"Bodrumda."

Bilgisayar ekranındaki Annunciata, "Bay Helios. Bay Helios'un randevu programını organize etmeliyim. Ama hangi randevu olduğunu hatırlamıyorum. Bana yardım, yardım edebilir misiniz?" dedi.

Deucalion, "Evet," dedi, "sana yardım edebilirim."

2. BÖLÜM

Bennetlerin evini arayan pizza teslimatçısı çocuk yanlışlıkla yan kapıyı, Guitreauların kapısını çalmış, Janet Guitreau çocuğu antreye sürükleyip boğunca, bu işe kendisi de şaşırmıştı.

Janet ve New Orleans'ın halihazırdaki bölge savcısı olan kocası Buck Guitreau, birer kopyaydılar. Gerçek Janet ve Bucky, haftalar önce Pontchartrain gölünün kuzeydoğusundaki yüksek arazinin içindeki devasa çöplüğe gömülmüştü.

Yeni Irk'ın çoğunluğu kopya değildi. Tamamen Baba tarafından tasarlanmışlardı ve orijinallerdi. Ancak kopyalar şehrin politik sisteminin kontrolünü ele geçirmek açısından hayati bir öneme sahipti.

Janet bir süredir programında önemli bir arıza olduğundan şüpheleniyordu, Bucky de onunla hemfikir olmaya meyilliydi.

Janet yaratıcısının talimatı dışında adam öldürmekle kalmamış, aynı zamanda bu yüzden kendini çok iyi hissetmişti. Aslına bakılırsa harika hissetmişti.

Janet gidip komşuları Bennetleri öldürmek istiyordu. "Cinayet işlemenin üzerimde harika bir etkisi var... Kendimi çok *canlı* hissediyorum."

Bucky yok etme olayı ile ilgili olarak Janet'i Helios'a rapor etmeliydi. Ama Janet'in cüreti yüzünden öylesine dehşete düşmüş ve merakı uyanmıştı ki kendisini bir türlü Baba'nın acil durumlarda kullandığı numarasını aramaya ikna edememişti.

Bu durum her ikisini de Bucky'nin programında bir arıza olduğu yönünde düşündürmeye başlamıştı. Bucky öldürebileceğini sanmıyordu, ama Janet'in Bennetleri ortadan kaldırma olasılığı karşısında heyecanlanmıştı.

Yan kapıya koşarak gidiyorlardı neredeyse. Ancak sonra, pizzacı çocuğun Janet'in ilk kurbanı *olduğunu* hatırlayarak, antredeki cesedi biraz daha incelemenin yerinde olacağına karar verdiler.

Bucky, "Madem," dedi, "sen avcısın, bu çocuk da geyik, onun yüzlerce fotoğrafını çekmeli ve şöminenin üstüne asmak için boynuzlarını kesmeliyiz."

Janetin gözleri büyüdü. "Hey, onun bir yerlerini parçalayıp şöminenin üstüne mi asmak istiyorsun?"

"Bu pek akıllıca olmayabilir, ama kesinlikle birkaç fotoğraf çekmek isterim."

Janet, "Öyleyse sen kamerayı al, ben de arka plan için uygun bir şeyler bulayım," dedi.

Bucky yatak odasındaki dolaptan kamerayı almak üzere koşarak ikinci kata çıkarken, Orleans Dükü'nün basmakların tepesinden antreyi izlemekte olduğunu fark etti.

Duke tüyleri karamel siyah karışımı olan, iki patisi beyaz, yakışıklı bir Alman çoban köpeğiydi. Birkaç hafta önce Bucky ve Janet'in Yeni Irk versiyonları hayatına girdiğinden beri aklı karışmıştı ve kendini uyanık olmak zorunda hissediyordu. Adamla kadın efendilerine benziyordu, ama o öyle olmadıklarını biliyordu. Onlara karşı saygılı davransa da soğuk duruyor ve zaten istemedikleri sevgiyi göstermiyordu.

Bucky basamakların tepesine varınca Duke misafir odalarından birine yöneldi.

Helios, gerçek Bucky ve Janet ortadan kaldırılırken köpeği de öldürmeyi düşünmüştü.

Ama Duke, New Orleans'ın simgelerinden biriydi. Bir yangından iki küçük kızı kurtarmıştı ve o kadar iyi huyluydu ki sahibi mahkemeye giderken onu da sık sık yanında götürürdü. Ölmesi halinde bu haber insanların ilgisini fazlasıyla çekecekti, hatta onun için bir caz cenazesi bile düzenlenebilirdi. Bu da, dikkatlerin yeni yerleştirilmiş iki kopyanın üstüne yönelmesi anlamına gelecekti.

Ayrıca, gerçek Bucky Guitreau köpeğini çok seven, duygusal bir adamdı. Öyle ki cenaze töreni esnasında kendini tutamayıp gözyaşı dökmesini beklerdi herkes. Oysa Yeni Irk, genel anlamda sahte yas tutma konusunda iyi değildi, herhangi bir Meryem Ana heykelinin, yaratılış havuzlarında doğmuş bu yaratıklara kıyasla gözyaşı dökme şansı çok daha fazlaydı.

Yeni Bucky elinde kamerası, koşarak basmaklardan aşağıya inince Janet ve pizza teslimatçısı çocuğu oturma odasında buldu. Kadın ölü adamı konforlu, döşeme bir koltuğa oturtmuş, kendisi koltuğun koluna yerleşirken, cesedin saçına yapışarak başını kamera için dikleştirmişti.

Sonra cesedi kanepeye taşıdılar. Janet önce cesedin yanına oturdu, ardından çalışma odasındaki bir bar sandalyesine geçip pizza teslimatçısı çocuk sarhoşmuş gibi, başının omzuna düşmesini sağladı. Cesedi evin içinde birçok farklı yere sürükleyerek başında bir kadın şapkası ile görüntülediler, sonra çırılçıplak soyulmuş ve kadın iç çamaşırı giymiş halde birkaç fotoğrafını daha çektiler.

Fotoğraflar çekilirken asla gülmediler. Yeni Irk'ın üyeleri ikna edici kahkahalar atmayı becerebiliyorlardı, ama bu neşeli hallerinden samimi olmadıkları anlaşılabiliyordu. Ölü adama bunları yaptılar, çünkü Eski Irk'a karşı yoğun bir nefret duygusu besliyorlardı ve bu, nefretlerini vurgulamak için iyi bir yol gibi görünmüştü gözlerine.

Evin çeşitli yerlerinde fotoğraflar çekilirken köpek onları kapı ağzından izlemiş, ama yakına gitmeye cesaret edememişti.

Sonunda pizza teslimatçısı çocuğu bir kez daha soydular, boynuna çapraz bir ip bağlayıp oturma odasında sürüklediler ve balıkçı terazisindeki balık gibi asıp sallandırdılar. Janet cesedin yanında, avından gurur duyan bir avcı gibi poz verdi.

"Ne yaptığımızı düşünüyorum, biliyor musun?" diye sordu.

Tüm bu olup bitenler Janet kadar ona da mantıklı gelse de Bucky nedenini anlamıyordu. "Ne *yapıyormuşuz?*" dedi.

"Bence eğleniyoruz."

"Eğlence böyle bir şey olabilir mi?"

"Bence olabilir," dedi Janet.

"Eh, bu daha önce yaptıklarımızdan daha ilginç. Onunla başka ne yapmak istersin?"

Janet, "Biraz sıkılmaya başladım," dedi, "Sanırım yan tarafa gidip, Bennetleri öldürmenin zamanı çoktan geldi."

Gerçek Bucky evde iki silah bulundururdu. "Tabancayı alıp yüzlerini havaya uçurmak ister misin?"

Janet bunun üzerine biraz düşündü, ama sonra başını iki yana salladı. "Bu kulağa pek eğlenceli gibi gelmiyor."

"Bir bıçak, ya da çalışma odamda duran ve iç savaşta kullanılan kılıcı almak ister misin?"

Janet, "Benim istediğim," dedi, "İkisini de ellerimle halletmek."

"Onları boğmak mı istiyorsun?"

"Nasıl da anladın?"

"Peki sonra ne yapacaksın?"

"Oh, bu konuda binlerce fikrim var."

"Kamerayı da yanımda getireyim mi?" diye sordu Bucky.

"Kesinlikle, getir."

Bucky, "Belki bütün bu fotoğrafları bir albüme koyarız," diyerek fikrini belirtti. "İnsanlar böyle yapıyor."

"Benim de hoşuma gider. Ama biz gerçek insan değiliz."

"Albüm sahibi olmamamız için bir neden göremiyorum. İnsanlarla birçok yönden *benzeşiyoruz*."

"Tabii biz onlardan üstünüz. Biz üstün ırkız."

Bucky, "Evet, biz üstün ırkız," diyerek aynı fikirde olduğunu belirtti. "Kısa bir süre sonra Ay ve Mars'ı sömürgeleştirip dünyaya hükmedeceğiz. Evrenin sahibi olacağız. Yani anlayacağın, istersek bir albüm edinebiliriz. Bize kim aksini söyleyebilir ki?"

"Kimse," dedi Janet.

3. BÖLÜM

Ripley, Merhametin Elleri'ndeki kurumsal mutfakta tek başınaydı ve paslanmaz çelik taburelerden birine oturmuştu. Elleriyle bir buçuk kiloluk jambonu parçalayarak iri et parçalarını ağzına tıkıştırdı.

Yeni Irk'a mensup ortalama birinin hayatını idame ettirebilmesi için, Eski Irk'a mensup ortalama birinin aldığının iki buçuk katı kadar, yani günlük beş bin kaloriye ihtiyacı vardı. Ripley son zamanlarda kendini yemeye vermişti ve bir oturuşta on bin kalorilik yemek yiyordu.

Parçalamak, yemekten daha tatmin ediciydi. Ripley bu günlerde sık sık bir şeyleri, özellikle eti parçalamak arzusuyla yanıp tutuşuyordu. Onun için pişmiş et, çiğ etin, yani parçalamayı en çok arzuladığı Eski Irk'ın etinin yerini almıştı.

Kendi cinsinden hiç kimsenin birini öldürme izni yoktu ve zaten bunu beceremezlerdi. Bu durum ancak Arıcı kendilerine emir verdiğinde değişirdi.

Arıcı, Ripley'nin Victor Helios için kullandığı özel addı. Diğer birçokları onu Baba olarak adlandırırlar, ama Bay Helios bu kelimeyi kullandıklarını duyunca çileden çıkardı.

Onlar yaratıcılarının çocukları değildi. Onlar adamın malıydı. Adamın onlara karşı hiçbir sorumluluğu yokken, onlar adama karşı her türlü sorumluluğu taşıyorlardı.

Ripley bütün eti yiyip bitirdi. Bu sırada Arıcı'nın yeni bir dünya için çok parlak fikirleri olduğunu hatırlatıyordu kendine.

Aile demode olmuş bir kurumdu, aynı zamanda tehlikeliydi de çünkü kendini ırkın ortak çıkarından üstün görüyordu. Ebeveyn-çocuk ilişkisinin kökü kazınmalıydı. Havuzlarda birer yetişkin olarak doğan Yeni Irk sadece Helios'un tasarladığı organize *topluma* bağlı olmalıydı, kişilere değil. Aslında topluma da değil, toplum *fikrine*...

İçine girilebilir iki buzdolabından birine giren Ripley, içeriden iyi pişmiş bir kiloluk söğüş et çıkarıp mutfaktaki tabureye geri döndü.

Aileler bireyler yetiştiriyordu. Yaratılış havuzları ise, işlevlerini yerine getirmek durumunda olan işçi arılar... Yerinizi ve hayatınızın anlamını bildiğiniz sürece, hayatınızdan Eski Irk üyelerinin hiçbirinin olamayacağı kadar hoşnut olabilirdiniz. Özgür irade Eski Irk'ın bir lanetiyken, programlanmış amaç Yeni ırk'ın zaferiydi.

Yeni Irk'ın oluşturduğu kalabalık aileydi, kovan ise evleri. Gelecek sürüye aitti.

Ripley parmaklarıyla söğüş eti ufak parçalara ayırdı. Et yağlı bir his veriyordu. Sığır eti iyi pişmiş olsa da Ripley içindeki kanın kokusunu alabiliyordu.

Ripley ne kadar çok yerse yesin bir gram bile kilo almıyor, son derece iyi çalışan metabolizması onu ideal kilosunda tutuyordu.

Bu nedenle aşırı yemek yemek bir düşkünlük değildi. Sonuçta oyalanma da değildi. Ripley kendini Merhametin Elleri'ndeki güvenlik şefi Werner'i düşünmekten alamıyordu.

Birkaç saat önce Werner, Arıcı'nın, "Yıkıcı hücresel metamorfoz," olarak tarif ettiği bir şey yaşamıştı. Werner olmaktan çıkmış, insan görünüşünü tamamen kaybetmiş ve bambaşka bir şey haline dönüşmüştü.

Kendi ırkının diğer üyelerinden farklı olan Werner, bir güvenlik uzmanı olarak fiziksel bakımdan çok güçlü olması için tasarlanmış, çevikliği ve hızı artsın diye bir panterden, tendonlarının biçimlenme yeteneği artsın diye bir örümcekten, kolajenlerinin gerilme gücü artsın diye bir hamamböceğinden seçilmiş genetik materyallerle donatılmıştı. Werner aniden şekilsizleşmeye başlayınca bu kedigillerden, örümcekgillerden ve böcekgillerden gelen formlar etinde kendilerini önce art arda, sonrasında eşzamanlı olarak göstermeye başlamıştı.

Bay Helios Werner olayını münferit bir olay olarak adlandırmıştı. Bu felaket daha önce hiç yaşanmamıştı. Arıcı'ya göre, bir daha asla ortaya çıkmayacaktı.

Ripley bundan o kadar emin değildi. Belki Werner'e olanlar bir daha *tıpatıp*, aynen tekrarlanmayacaktı, ama ufukta sonsuz sayıda diğer felaketler vardı.

Arıcı'nın laboratuvar baş yardımcısı olarak Ripley, sıkıntısını bastırmayı başaracak kadar iyi eğitimliydi. Yaratılış havuzundayken verilerin doğrudan beyne yüklenmesi sayesinde, doğanın yarattığı insanın psikolojisi ve Victor Helios'un yarattığı üstün insanın psikolojisi hakkında derin bilgilere sahip olmuştu.

Eski Irk'tan hiç kimse başkalaşım geçirip, çok farklı doğaya sahip bir hayvana dönüşmüyordu. Bu garip kader Yeni Irk'tan biri için de aynı derece de olanaksız olmalıydı.

Werner'in dönüşümü, Arıcı'nın da hata yapabileceğini ortaya koymuştu. Arıcı'nın Werner'in değişimi esnasında yaşadığı şaşkınlık, onun bu yönünü doğruluyordu.

Söğüş eti bitirse de ne açlığını, ne de sıkıntısını bastırabilmiş Ripley, Merhamet'in koridorlarında gezinmek üzere mutfaktan ayrıldı. Bay Helios çoktan evine dönmüştü. Ancak gece yarısını geride bıraktıkları bu saatlerde bile, labirenti andıran laboratuvarda Alfa'lar deneyler yürütüyorlar ve yaratıcılarının talimatları doğrultusunda görevlerini sürdürüyorlardı.

Koridorlarda fazlasıyla oyalanan ve içeri girdiği takdirde laboratuvarlarda neyle karşılaşacağı konusunda endişe duyan Ripley, sonunda üç tecrit odasının da gözlemlendiği monitör merkezine geldi. Kumanda panelindeki işaret ışıklarına bakılırsa, sadece İki Numaralı Tecrit Odası doluydu; bu da bahtsız Werner olmalıydı.

Her odada mekânı farklı açılardan gören altı adet kapalı devre video kamera bulunuyordu. Altı ekranın oluşturduğu sıra, üç odada olan biteni aynı anda gözlemleme ve tek bir odanın görüntüsünü yarım düzine açıdan izleme şansı veriyordu. Tüm ekranların altındaki göstergeler ayarın İki Numaralı Tecrit Odası'na yapıldığını işaret ediyordu.

Altı metreye altı metrelik penceresiz kontrol hücresinin zemin, duvarları ve tavanı, kırk beş santim kalınlığında çelikle güçlendirilmiş betondan inşa edilmişti. Üç kat üst üste bindirilmiş çelik paneller, bir düğmenin çevrilmesiyle birlikte içerideki kişiye öldürücü voltajda elektrik verebiliyordu. Arıcı bazen Yeni Irk'ın egzotik türlerini yaratırdı. Bunlardan bazıları savaşçı olarak tasarlanırlardı. Sonunda devrim günü geldiğinde, Eski Irk'ın etkin bir biçimde yok edilmesine yardımcı olmaları planlanmış, yaşayan ölüm makineleriydi bunlar. Bu yaratıklar zaman zaman doğum öncesi ortaya çıkan sorunlar yüzünden disiplinden uzaklaşabiliyor hatta itaatsiz olabiliyorlardı. Böyle durumlarda sakinleştirilmeleri ve incelenip ortadan kaldırılmaları için tecrit edilmeleri gerekiyordu.

Werner ekranların hiçbirinde görünmüyordu. Odanın her köşesini gösteren altı kamera, yaratığa saklanabileceği bir yer bırakmamıştı.

Werner'in yeteneklerini test etmek üzere tecrit odasına gönderilen Arıcı'nın yaratıklarından biri olan Patrick Duchaine'nin parçalanmış kalıntıları odanın her yerine yayılmıştı.

Monitör merkezini İki Numaralı Tecrit Odası'na bağlayan bir geçiş modülü vardı. Modülün her iki ucunda bankaların kasa dairelerinde görülen türden devasa, çelik birer kapı vardı. Her iki kapı da tasarımı gereği aynı anda açılamıyordu.

Ripley geçiş modülünün bu tarafındaki banka kasa dairesi kapısına baktı. Dünyada ister doğal, ister Helios tarafından yapılmış olsun hiçbir şey, altmış santim kalınlığındaki bu çelik bariyerleri aşamazdı.

Tecrit odasındaki bir kamera, içerdeki kasa dairesi kapısının da kapalı olduğunu gözler önüne seriyordu.

Ripley, Werner denilen yaratığın binada serbest biçimde dolaştığını sanmıyordu. Öyle olsa biri onu görür, alarmlar da anında ötmeye başlardı.

Geriye tek bir olasılık kalıyordu: İç kapı bir noktada, yaratığın arkasından kapanmadan önce geçiş modülüne geçmesine yetecek bir süre için açık kalmış olmalıydı. Bu durumda yaratık şimdi, iki değil, tek bir çelik bariyerin arkasında bekliyordu.

4. BÖLÜM

Bucky ve Janet Guitreau, Bennetlerin evinin ön verandasının basamaklarına varana kadar yağmurdan sırılsıklam olmuşlardı.

Bucky, "Şemsiye almalıydık," dedi. "Böyle çok garip görünüyoruz."

Bennetleri öldürmek konusunda öyle heyecanlıydılar ki kötü hava şartlarını bir an için bile göz önüne almamışlardı.

Bucky, "Belki öyle garip görünüyoruzdur ki bizi içeriye bile almazlar," diyerek endişesini açığa vurdu. "Özellikle bu saatte."

Bucky'yi teskin etmek isteyen Janet, "Onlar gece kuşudur. Bu onlar için geç bir saat değil, bizi içeri alacaklardır," dedi. "Onlara, 'çok kötü bir şey oldu, sizinle konuşmamız gerekiyor' deriz. Komşular böyle yapar, çok kötü bir şey olduğunda birbirlerini yatıştırırlar."

Cam kapılar ve ipek perdelerin ötesinde, ön cepheye bakan odaları yumuşak, sarı bir ışık doldurmuştu.

Verandanın basamaklarını tırmanırlarken Bucky, "Peki ne oldu?" diye sordu.

"Ben pizzacı çocuğu öldürdüm."

"Bunu söylersek bizi içeri alacaklarını hiç sanmam."

"Böyle demeyeceğiz. Sadece kötü bir şey olduğunu söyleyeceğiz."

"Tam ve açık biçimde belirtilmemiş kötü bir şey," diye açıklık getirdi Bucky.

"Evet, aynen öyle."

"Eğer bu işe yararsa, insanlara inanılmaz biçimde güveniyorlar demektir."

"Bucky, bizler yabancı değiliz ki. Onlar *komşularımız*. Ayrıca bizi seviyorlar da."

"Bizi seviyorlar mı?"

Kapıya yaklaşan Janet sesini alçaltarak, "Üç gece önce burada mangal partisindeyken Helene bize, 'Sizi tabii ki seviyoruz çocuklar,' demişti, hatırlasana," dedi.

"Ama o zaman içki içiyorlardı. Helene bunu söylerken zil zurna sarhoştu."

"Yine de söyledi işte. Bizi seviyorlar, içeri alacaklardır."

Bucky aniden şüpheci bir hale büründü. "Bizi nasıl sevebilirler ki? Biz aslında onların tanıdığı insanlar bile değiliz."

"Öyle olmadığımızı *bilmiyorlar* ama. Ben onları öldürmeye başladığımda bile bir şey anlayamayacaklar."

"Ciddi misin?"

Janet, "Kesinlikle," diyerek zili çaldı.

"Eski Irk'tan insanları kandırmak gerçekten bu kadar kolay mı?"

"Hepsi saf," dedi Janet.

"Saf mı?"

"Hem de nasıl." Verandanın ışığı yandı. Janet, "Kameran yanında mı?" diye sordu.

Bucky pantolon cebinden kamerayı çıkarırken, Helene Bennet kapının sol tarafındaki ışığın yanında göründü. Onları karşısında görmekten dolayı şaşırmıştı belli ki.

Camdan duyulabilmek için sesini yükselten Janet, "Oh Helene, çok kötü bir şey oldu," dedi.

Bucky Helen'in duymayacağı kadar alçak bir sesle, "Janet pizzacı çocuğu öldürdü," dedi. Bunu karısını eğlendirmek için yapmıştı, çünkü bu ona eğlenirken söylenecek bir şey gibi gelmişti. Zaten o an, eğlenmeye en çok yaklaştıkları andı.

Helene'in yüzü endişeyle buruştu ve kapının yan tarafındaki ışıktan uzaklaştı.

Bucky Helene'in iki kapı kilidinden birincisini açmasını beklerken, "Ona sıradışı bir şey yap," dedi Janet'e.

Janet, "Bu kadından nefret ediyorum," diye karşılık verdi.

"Ben de" dedi Bucky. "Adamdan da nefret ediyorum. Hepsinden nefret ediyorum. Şu kadına gerçekten şaşırtıcı bir şey yap."

Helen ikinci kilidi de açtıktan sonra onları içeri kabul etmek üzere kapıyı açtı. Sağ yanağında gamzesi olan, çekici bir sarışındı. Ancak o an gülümsemediği için gamzesi belli olmuyordu.

"Janet, Bucky, harap görünüyorsunuz. Oh, Tanrım, sormaya bile korkuyorum, ne oldu?"

Janet, "Çok kötü bir şey oldu," dedi. "Yancy nerede?"

"Arka verandada. Yatmadan önce bir şeyler içip Etta James dinliyorduk. Ne oldu tatlım, yolunda gitmeyen nedir?"

Bucky ön kapıyı arkasından kaparken, "Çok kötü bir şey oldu," dedi.

Helene, "Oh, hayır," derken, sesinden çok endişeli olduğu anlaşılıyordu. "Sizleri çok severiz çocuklar. Başınızdan çok kötü bir şey geçmiş gibi görünüyor. Sırılsıklam olmuşsunuz, üstünüzden de parkelere su damlıyor. Ne oldu peki?"

Bucky, "Açık biçimde belirtilmemiş kötü bir şey oldu," dedi.

"Kameran hazır mı?" diye sordu Janet.

"Hazır," diye karşılık verdi Bucky.

"Bunu albümümüz için istiyoruz," diyen Janet, Helene'e Bucky' nin hayal bile edemeyeceği kadar sıradışı bir şey yaptı.

Aslında yaptığı şey o kadar sıradışıydı ki Bucky'nin şaşkınlıktan dili tutuldu ve olayı en iyi biçimde fotoğraflama şansını kaçırdı.

Janet kontrolden çıkmış bir lokomotif gibi öfkeyle, ağaç gövdesini kesen testere gibi nefretle ve kaya matkabını anımsatan bir zalimlikle hareket ediyordu. Şansına Helene'i o anda öldürmemişti, daha sonra ona yaptığı şeyler kendi içinde olağanüstü olsa da Bucky'nin soğukkanlı biçimde fotoğraf çekebileceği kadar yani daha az şaşırtıcıydı.

Janet işini bitirdikten sonra, "Galiba programımda birkaç bozukluk daha oldu," dedi.

"Kesinlikle öyle görünüyor," dedi Bucky. "İzlemekten zevk alacağım demiştim, hatırlıyor musun? Gerçekten de öyle oldu."

"Yancy'yi de sen halletmek ister misin?" diye sordu Janet.

"Hayır. Ben henüz o kadar açılmadım. Ama onu verandadan içeriye sokmama izin versen iyi olacak. Seni orada böyle görürse, veranda kapısından kaçıp gider."

Janet hâlâ sırılsıklamdı, ama bu hale gelmesinin sebebi sadece yağmur değildi.

Ferah veranda, sarı yastıklı rahat koltuklar ve üstü cam kaplı bambu masalarla rahat biçimde döşenmişti. Müzik, ışığa göre daha baskındı.

Beyaz keten gömlek, ten rengi pantolon ve sandalet giymiş olan Yancy Bennet masada oturuyordu. Masanın üzerinde Fransız Cabarnet şarabı dolu iki kadehin yanı sıra, şarap kokusu yayan, içi dolu, kristal bir içki sürahisi vardı.

Yancy, Bucky Guitreau'yu görünce müziğin sesini kıstı. "Hey komşu, sizin yatma vaktiniz geçmedi mi?"

Bucky, Yancy'ye doğru yaklaşırken, "Çok kötü bir şey oldu," dedi. "Çok, çok kötü bir şey..."

İskemlesini arkaya doğru itip ayağa kalkan Yancy, "Ne? Ne oldu?" diye sordu.

"Anlatmak bile gelmiyor içimden," dedi Bucky. "Nasıl söylesem bilemiyorum."

Yancy elini Bucky'nin omzuna koyarak, "Hey dostum, her ne olduysa biz her zaman yanındayız," dedi.

"Evet, biliyorum. Bizim yanımızdasınız. Ama olanları sana Janet'in aktarmasını tercih ederim. Ben tam olarak konuya hâkim değilim, Janet hâkim. O içeride. Helene'le birlikte."

Yancy, Bucky'ye önden yürümesi için işaret etse de Bucky adamın arkasında kalmayı tercih etti. "Bucky biraz çıtlatsana."

"Yapamam. Yapamam işte. Çok kötü... Son derece kötü bir şey."

"Her ne ise, umarım Janet senden daha metanetlidir."

Bucky, "Öyledir," dedi. "O gerçekten çok metanetlidir."

Yancy'nin arkasından mutfağa giren Bucky verandaya açılan kapıyı kapattı.

Yancy, "Neredeler?" diye sordu.

"Oturma odasında."

Yancy evin ön tarafına çıkan karanlık koridora doğru adım atmıştı ki Janet aydınlık mutfağa girdi.

Kandan kıpkırmızı olmuş haliyle Azrail'i andırıyordu.

Şok olan Yancy olduğu yerde kalakaldı. "Oh Tanrım, ne bela geldi başına?"

"*Benim* başıma hiçbir bela gelmedi," dedi Janet. "*Ben* Helen'in başına bela oldum."

Hemen ardından Janet, Yancy'nin de başına bela kesildi. Yancy iri yarı bir adam, Janet ise ortalama ölçülerde bir kadındı. Ama adam Eski Irk'tan, Janet ise Yeni Irk'tandı. Kaçınılmaz olarak ortaya çıkan sonuç kedi ile panterin kavgasından farklı olmadı.

Hepsinden öte en büyük şaşkınlık, Janet'in kendisini tekrarlamamış olmasıydı. Eski Irk'a duyduğu korkunç nefretini eşi benzeri görülmemiş bir zalimlikle açığa çıkarmıştı.

Bucky'nin elindeki kameranın flaşı ardı ardına patladı.

5. BÖLÜM

Rüzgâr sert esmediğinden yağmur sokakları kamçılamıyor, ama iç karartıcı biçimde çiseliyor, zift karasına çevirdiği kaldırımları kayganlaştırıyordu.

Cinayet masası dedektifi Carson O'Connor ve ortağı Michael Maddison sivil sedan arabalarını terk etmişlerdi, çünkü bu arabalarla emniyet müdürlüğünün diğer üyeleri tarafından kolayca tanınabilirlerdi. Artık meslektaşlarına güvenleri kalmamıştı.

Victor Helios şehir yönetiminde görevli çok sayıda memuru ortadan kaldırıp yerine kopyalarını yerleştirmişti. Polis memurlarının yüzde on kadarı Victor'un yaratıklarıydı, belki de yüzde doksanı. Sağduyu, Carson'a en kötüyü düşünmesini emrediyordu.

Carson arkadaşı Vicky Chou'dan ödünç aldığı arabayı kullanıyordu. Beş yaşındaki Honda güvenilir bir arabaya benziyordu, ama güç olarak Batmobile'ın çok gerisindeydi.

Carson ne zaman bir köşeyi sert ve hızlı biçimde dönse, sedan inliyor, gıcırdıyor ve titriyordu. Araba düz yoldayken, Carson gaza bastığında karşılık veriyordu, ama hayatını rahvan adımlarla araba çekerek geçirmiş yük arabası atı gibi isteksiz biçimde...

Carson burnundan solurken, "Vicky bu külüstürü nasıl kullanır, anlamıyorum," dedi. "Romatizması var, doku kalınlaşması var, tam bir ölü araba gibi. Vicky hiç bunun yağını değiştirmeyi düşünmüş müdür acaba, yoksa araba tembellik yağıyla mı yağlanıyor, nedir?"

"Yapmamız gereken tek şey, Deucalion'un telefonunu beklemek," dedi Michael. "Sen sadece etrafta yavaşça dolanmana bak. Bize şehrin merkezinin dışında, Merhametin Elleri'nde kalmamızı söyledi. Bir yere yetişmemiz gerekmiyor."

Carson, "Hız, sinirlerimi yatıştırıyor," dedi.

Vicky Chou, Carson'ın otistik erkek kardeşi Arnie'nin bakıcısıydı. O ve kız kardeşi Liane, kötü bir şey olması ihtimaline karşılık alelacele Shreveport'a gitmişlerdi. Göründüğü kadarıyla o kötü ihtimal de gerçekleşmek üzereydi. Victor'un insanüstü yaratıklardan oluşan laboratuvar tasarımı ırkı, kudurmuştu ve şehri yok etmeye hazırlanıyorlardı.

"Ben sürat yapmak için doğmuşum," dedi Carson. "İşlemeyen demir paslanır. Bu, yaşamın su götürmez gerçeğidir."

Son zamanlarda Arnie'nin bakıcılığını Deucalion'un uzun süreden beri yanlarında yaşadığı Budist rahipler üstlenmişti. Birkaç saat önce, Deucalion bir şekilde New Orleans'la Tibet arasında bir kapı açmış ve Arnie'yi Himalayalar'da zarar görmeyeceği bir manastıra bırakmıştı.

Michael, "Yarış her zaman hızlı olmak zorunda değildir," diye hatırlattı Carson'a.

"Bana o tavşan kaplumbağa martavalını okuma sakın. Kaplumbağaların sonu, otoyollarda tırların altında ezilmektir."

"Ne kadar hızlı olurlarsa olsunlar, tavşanlar için de öyle."

Carson, Honda'yı yağmurun ön cama şiddetle çarpacağı kadar hızlı kullanırken, "Bana tavşan deme tamam mı!" dedi.

Michael, "Sana tavşan demedim ki" diyerek güvence vermeye çalıştı.

"Ben kahrolası bir tavşan değil, çitayım. Deucalion, Arnie'yle birlikte birden yok olup Tibet'te bir manastıra gidebilmeyi nasıl becermiş olabilir?"

"Demişti ya, kuantum mekaniğiyle ilgili bir şey."

"Ya, çok açıklayıcı bir ifadeydi. Zavallı Arnie, tatlı çocuk, terk edildiğini düşünmüş olmalı."

"Bunu konuşmuştuk. Arnie gayet iyi durumda. Deucalion'a güven. Bu arada hızına dikkat et."

"Buna hız yapmak denmez. Dense dense, acınası bir durum denir. Nedir bu araba, glikozla çalışan, bir tür aptal, *çevreci* bir araç mı?"

"Öyle bir şeyi hayal bile edemiyorum," dedi Michael.

"Neyi hayal edemiyorsun?"

"Seninle evlenmeyi."

"Başlama yine. Oyuna konsantre ol. Önce bu işin altından kalkmalıyız. Kıçımızı kaptırırsak bu işten sağ çıkamayız."

"Ben kıçını kaptırmayacağım."

"Ellemekten, hele kıçımı kapmaktan söz etme sakın. Savaştayız. Göğsünde iki kalbi olan çılgın canavarlara karşı savaşıyoruz, işimize odaklanmalıyız."

Ara sokak boş olduğundan Carson trafik ışığında durmadı, ama New Orleans'taki tek ölüm tehlikesi, Victor Helios Frankenstein'ın sapık gösterisinden ibaret değildi tabii. Sarhoş bir parlak çocuk ve onun ağzı şaşkınlıktan bir karış açıkmış gibi duran kız arkadaşı, farları yanmayan siyah bir Mercedesin içinden Las Vegas'ın kuantum kapı aralığından fırlamışçasına gecenin karanlığında ortaya çıkıverdi.

Carson frene asıldı. Mercedes, Honda'nın önünden, farları, parlak çocuğun yüzündeki botoks izlerini gözler önüne serecek kadar yakından büyük bir hızla geçti. Honda kaygan asfaltta, suya inen bir uçak gibi tepki vererek 180 derece dönerken, Mercedes, Azrail'le olan başka bir randevusuna yetişmek üzere hızla uzaklaştı. Deucalion'un telefonunu sabırsızlıkla beklemekte olan Carson tekrar yola koyuldu.

"Sadece üç gün önce her şey yolunda gidiyordu," dedi. "İkimiz, kötü adamları alt eden, baltalı katillerin işlediği cinayetler ve silahlı çatışmaya giren çetelerin dışında daha büyük endişeleri olmayan, başımızın üstünde mermiler uçuşurken Wondermous şarküteride jambon, tavuk, sosis ve karidesli sandviçlere yumulan, birbirimizin ardını kollayan sıradan birer cinayet masası dedektifiydik."

Michael, "Ben de onu düşünüyordum," derken, Carson ona bakmayı reddetti, çünkü o Michael'dı ve haliyle dayanılmaz derecede çekici olacaktı.

"... ki birden gerçek Victor Frankenstein tarafından yaratılan insanlıktan çıkmış, süper insan, insanüstü, insan diye kabul edilemeyecek, öldürülmesi zor et makinelerinden oluşan hepsi de kafayı yemiş bir ordunun peşimize düştüğünü gördüm. O an New Orleans'ta mahşer günü yaşanıyor gibiydi ve hepsinden önemlisi sen benden çocuk istiyordun."

Michael, "Çocuğu kimin doğuracağını sonra tartışırız. Neyse, şimdi işler çok kötü, Louisiana'nın Transilvanya'ya dönüştüğünü görmeden harekete geçmeliyiz. Kendine çelikten, sivri takma dişler yapıp üç küçük kızı öldüresiye ısıran sapık dişçiyi unutma. O her şeyiyle bir insandı."

"İnsanlığı savunacak halim yok. Gerçek insanlar Helios'un laboratuvarında bir araya getirdiği yaratıklar gibi insanlık dışı şeyler yapabiliyorlar. Deucalion da neden aramadı hâlâ? Bir şeyler ters gitmiş olmalı."

"Ilık, durgun bir Big Easy[1] akşamında ters giden ne olabilir ki?" diye sordu Michael.

---

1 (Ç.N) Big Easy: New Orleans'a verilen bir ad.

6. BÖLÜM

Ana laboratuvardan bodruma kadar inen bir merdiven boşluğu vardı. Lester, Deucalion'u buradan elektronik aletlerle dolu rafların üç duvar boyunca sıralandığı şebeke odasına götürdü.

Arka taraftaki duvara üst kısımları bakır benekli, siyah granitten tezgâhların olduğu gösterişli maun dolaplar dayanmıştı. Victor makine odalarında bile yüksek kaliteli malzeme kullanmıştı. Adamın para kaynağının ucu bucağı yok gibiydi.

"Kutunun ortasındaki Annunciata," dedi Lester.

Siyah granitin üstünde kutular değil, paslanmaz çelikten kızaklar üzerinde kalın camdan beş silindir sıralanmıştı. Silindirlerin uçları da paslanmaz çelikten başlıklarla örtülüydü.

Bu şeffaf kutuların içinde altın renkli bir sıvı içinde yüzen beş beyin duruyordu. Granit tezgâh içindeki deliklerden çıkan kablolar ve daha koyu renkli bir sıvı içindeki açık renkli plastik tüpler, silindirlerin uçlarındaki çelik başlıkların içine giriyordu ve beyinlere, Deucalion'un kalın cam ve besleyici sıvı yüzünden pek ayırt edemediği bir biçimde bağlanmışlardı.

Deucalion, "Diğer dördü nedir?" diye sordu.

Ona eşlik etmekte olan adam, "Sen Lester'la konuşuyorsun," dedi, "ve ne yaptıklarını bilmeyen başka Lester'lar da var."

Tezgâhın üstündeki tavana asılmış olan bir video ekranında Annunciata'nın güzel, sanal yüzü belirdi.

"Bay Helios inanıyor ki bir gün , bir gün, bir gün... Özür dilerim. Bir saniye. Çok özür dilerim. Tamam. Bir gün biyolojik makineler, fabrikaların üretim hatlarındaki karmaşık robotların yerini alacak. Bay Helios bilgisayarların da gerçek siber organizmalara dönüşeceklerine, elektronik aletlerin özel tasarlanmış organik Alfa beyinleriyle bütünleşeceklerine inanıyor. Robotlar ve elektronik sistemler çok pahalı. Et ucuz. Ucuz. Et ucuz. Ben ilk siber sekreter olmaktan onur duyuyorum. Ben onur duyuyorum, onur duyuyorum, ama korkuyorum."

"Neden korkuyorsun?" diye sordu Deucalion.

"Ben canlıyım. Canlıyım, ama yürüyemiyorum. Canlıyım, ama ellerim yok. Canlıyım, ama koku ve tat alamıyorum. Canlıyım, ama..."

Deucalion devasa ellerinden birini Annunciata'nın içinde bulunduğu camın üstüne koydu. Silindir ılıktı. Ona cesaret vermek istercesine, "Söylesene," dedi, "Ama ne?"

"Canlıyım, ama bir yaşamım yok. Canlıyım, ama aynı zamanda ölüyüm. Ölü ve diriyim."

Lester'dan gelen boğulurcasına bir ses Deucalion'un dikkatini çekti. Izdırap yüzünden hademenin yüzü çarpılmıştı. "Ölü ve diri," diye fısıldadı. "Ölü ve diri."

Deucalion birkaç saat önce Yeni Irk'a mensup Pastor Kenny Laffite ile yaptığı konuşmadan, Victor'un bu yeni yaratıklarının, ne yerlerini alacakları Eski Irk için ne de laboratuvarda yaratılmış erkek ve kız kardeşleri için empati duymayacak şekilde tasarlandıklarını öğrenmişti. Sevgi ve dostluk yasaktı, çünkü en ufak bir şefkat kırıntısı bile Yeni Irk'ın üstlendiği görevi aksatmaya yeterdi.

Onlar bir toplumdu, ancak toplumun üyeleri kendilerini türlerinin iyiliğine değil, yaratıcılarının vizyonunu yerine getirmeye adamışlardı.

Lester Annunciata için değil, kendisi için gözyaşı döküyor, *ölü ve diri* sözcükleri kulaklarında çınlıyordu.

Annunciata, "Benim ha-ha-hayal gücüm var. İstediğim şeyi kolayca ta-ta-ta tasavvur edebilirim, ama ona dokunacak ellerim, buradan ayrılmamı sağlayacak bacaklarım yok," dedi.

"Asla ayrılamayacağız," diye fısıldadı Lester. "Asla. Gidecek bir yerimiz mi var? Ayrıca neden gidelim?"

"Korkuyorum," dedi Annunciata, "korkuyorum, bir yaşamım olmaksızın yaşamaktan korkuyorum, bezginlik ve yalnızlık içinde, yalnızlık içinde, dayanılmaz bir yalnızlık içinde olmaktan korkuyorum. Ben hiçlikten çıkmış bir hiçim, kaderimde hiçlik var. 'Hiçlikle dolu hiçliğe, seninle birlikte hiçliğe selam olsun.' Şimdi ve sonsuza dek hiçlik. 'İsraf ve boşluk, israf ve boşluk ve derinliğin yüzünde karanlık...' Ama şimdi... Bay Helios'un randevu programını düzenlemeliyim. Ve Werner, İki Numaralı Tecrit Odası'nda sıkışıp kaldı."

Deucalion, "Annunciata," dedi, "içinde bulunduğun silindirin mü- hendislik çizimlerini görebileceğim bir arşive sokabilir misin beni?"

Annunciata'nın yüzü ekrandan kayboldu, yerine bütün o etiketlenmiş tüpler ve kablolarla birlikte bir silindirin çizimleri belirdi. İçlerinden biri Annunciata'nın beyin dokusuna oksijen dolduruyordu.

"Seni tekrar görebilir miyim Annunciata?"

Annunciata'nın güzel yüzü ekranda bir kez daha belirdi.

"Kendin için yapamadığını senin için ben yapacağım. Benden bu kurtuluşu gerçekleştirmemi isteyemediğini de biliyorum."

"Bay Helios'a hizmet etmekten onur duydum, onur duydum, onur duydum. Yapılmamış tek bir şey kaldı."

"Hayır. Artık yapman gereken bir şey yok Annunciata. Özgür olmaktan başka..."

Annunciata gözlerini kapattı. "Tamam. Bitti."

"Şimdi biraz önce sözünü ettiğin hayal gücünü kullanmanı istiyorum. Her şeyin ötesinde, bacaklara ve ellere sahip olmanın, tatmanın ve dokunmak istemenin ötesinde istediğin şeyi hayal et."

Sanal yüz ağzını açtı, ama konuşmadı.

Deucalion, "Hayal et," dedi. "Her bir serçenin bilindiği kadar bilindiğini, her bir serçenin sevildiği kadar sevildiğini hayal et. Hiçlikten fazlası olduğunu hayal et. Seni bir şeytan yarattı, ama sen doğmamış bir çocuktan daha şeytani değilsin. İstediğin, aradığın, umut ettiğin takdirde, kim demiş ümitlerinin bir karşılık bulmayacağını?"

Lester büyülenmişçesine, "Hayal et," diye fısıldadı.

Deucalion kısa bir tereddütün ardından oksijen doldurma hattını silindirden çekti. Annunciata için bir acı söz konusu değildi, sadece bilincin aşamalı olarak yitirilmesi, uykuya, oradan da ölüme geçme haliydi söz konusu olan.

Huzur ve mutluluk veren yüzü ekrandan yavaşça kayboldu.

7. BÖLÜM

Tecrit odalarının izlendiği monitör merkezinde duran Ripley kontrol konsolunu inceledi. Bir düğmeye basarak merkezle İki Numaralı Tecrit Odası arasındaki geçit modülünde bulunan kamerayı aktif hale getirdi.

Eşzamanlı video görüntüsü altı ekrandan birinde belirerek bir zamanlar Werner olan şeyi gözler önüne serdi. Garabet kendinden emin avının yuvasına açılan gizli girişe gitmeyi bekleyen bir örümcek gibiydi ve devasa çelik kapının ardında, dış kapıya dönük halde çömelmişti.

Yaratık kameranın aktif olduğunu anlamış gibi bakışlarını merceğe yöneltti. İğrenç ve bozulmuş yüzünün bir kısmı insan yüzüydü. Arıcı, Werner'i yaratırken öyle tasarlamak niyetinde olmasa da olabildiğince açılmış ağzı sürekli hareket halindeydi ve alt çenesi böceklere benziyordu. Buna rağmen Merhametin Elleri'nin güvenlik şefi olduğu anlaşılabiliyordu. Sağ gözü hâlâ Werner'in gözü gibi görünüyordu, ama parlak yeşil gözbebeklerinin ovalliği bir panteri andırıyordu.

O ana dek karanlık olan masaüstü bilgisayarının ekranı aydınlandı ve Annunciata göründü. "Werner'in, Werner'in, Werner'in İki Numaralı Tecrit Odası'nda sıkışıp kaldığını fark ettim." Gözlerini kapattı. "Tamam. Bitti."

Bankaların gizli dairelerinde bulunan paslanmaz çelikten kasaların aynından olan kasadaki güdümlü motor vızıldadı. Sürgüleri çeken dişliler tıkladı.

Werner denilen yaratık geçiş modülünde, bakışlarını başının üstündeki kameradan kaydırıp çıkışa yönlendirdi.

Bir an donakalan Ripley, "Annunciata, ne yapıyorsun? Geçiş modülünü açma sakın," dedi.

Bilgisayar ekranında Annunciata'nın dudakları birbirinden ayrıldı, ama bir şey söylemedi. Gözleri hâlâ kapalıydı.

Güdümlü motorlar vızıldamaya, dişliler tıklamaya devam ediyordu. Yirmi dört kilidin sürgüsü emme sesi eşliğinde, bankalardaki kasa dairesi kapısına benzer kapının tabanından geri çekilmeye başladı.

Ripley, "Geçiş modülünü açma sakın," diye tekrarladı.

Annunciata'nın yüzü bilgisayar ekranından kayboldu.

Ripley kontrol konsolunu taradı. Modülün dış kapısının sarı düğmesi yanıp sönüyordu. Bariyerin yavaşça açılmakta olduğu anlamına geliyordu.

Ripley süreci tersine çevirmek için düğmeye bastı. Gösterge ışığının, geri çekilmekte olan sürgülerin hareketinin yön değiştirdiğini belirterek maviye dönmüş olması gerekirdi, ama hâlâ sarıydı.

Geçiş modülündeki mikrofona, Werner denilen yaratıktan istekli, hevesli bir ses yansıdı.

Yeni Irk'ın, duygularına erişme menzili sınırlıydı. Arıcı yaratılış havuzunda biçim verdiği her bir yaratıktan sevgiyi, şefkati, tevazuyu, utancı ve asil olduğu varsayılan diğer tüm duyguları esirgemiş, yerine tanrının var olmadığına dair binlerce yıllık yanlış bir inanıştan doğan, aynı duygusallığın farklı bir tezahürünü yerleştirmişti. Bu duygular ümit etmenin veridği enerjinin boşa harcanmasına neden olan zayıflığı cesaretlendiriyor, bu da zihnin dikkatini dağıtarak, dünyayı yeniden yaratırken ihtiyaç duyulan odaklanmayı zayıflatıyordu. Umut ederek değil, ama iradeyi eyleme geçirerek ve *gücü* insafsız ve amansız biçimde kullanarak inanılmaz büyük şeyler başarılabilirdi.

Ripley telaşla kapının düğmesine tekrar bastı, ama ışık hâlâ sarı renkteydi, dişliler tıklıyor, çelik sürgüler geri çekiliyordu.

Ripley, "Annunciata?" diye seslendi. "Annunciata."

Arıcı tek önemli duygunun, doğaya hükmeden, doğayı mükemmel hale getiren, Ay'ı, Mars'ı ve küçük gezegenleri sömürgeleştiren ve sonunda, evrendeki tüm yıldızların etrafında dönen tüm dünyalara sahip olan tek bir dünyanın mükemmel vatandaşları olmak gibi muhteşem bir vizyonu gerçekleştirmek ve hayatta kalmaya açıkça katkıda bulunmak olduğunu söylerdi.

"Annunciata?"

Tüm Yeni Irk mensupları gibi, Ripley'nin de hissiyatı büyük ölçüde yaratıcısının otoritesine sorgusuz sualsiz itaat etmekle, sadece Eski Irk'a yönelik kıskançlık, öfke ve nefretin yanı sıra, korkuyu her biçimde duymakla sınırlıydı. Her gün saatlerce yaratıcısının adına çalışırken, hiçbir duygu üretkenliğini sekteye uğratmazdı. Hızlı trenlerin performansı buharlı lokomotiflerin olduğu o eski güzel günleri özlemekten ne kadar etkilenirse, o da bundan o kadar etkilenirdi.

"Annunciata?"

Ripley kendisine izin verildiği kadarıyla en çok kıskançlık ve nefret duygularını hissederdi. O da en zeki Alfa'lardan, en sığ Epsilon'lara, diğer birçokları gibi, Eski Irk mensuplarının öldürülmeye başlanacağı o gün için yaşıyordu. En tatminkâr rüyaları şiddet kullanarak tecavüz etme, organ kesme ve toplu katliamlarla ilgili olanlardı.

Ama bazen belirli bir neden olmaksızın aniden üstüne çöküveren ve uzun saatler boyunca odaklanılmamış endişe şeklinde ortaya çıkan korku duygusuna hiç yabancı değildi. Werner'in yıkıcı hücresel değişimine şahitlik ettiğinde de çok korkmuştu. Korkusu, kendisine hiçbir şey ifade etmeyen Werner için değildi. Dönüşmekte olan Werner tarafından saldırıya uğramaktan da korkmamıştı. Korkusu, yaratıcısı Arıcı'nın, Ripley'nin bir zamanlar düşündüğü gibi her şeyi bilmiyor olabilmesi, her şeye kadir olamayabileceği ihtimaliydi.

Bu olasılık üzerinde akıl yürütmek, dehşet vericiydi.

Aynı anda duyulan yirmi dört *metalik, ağır sesle* birlikte, sürgüler kapıdan tamamen geriye çekildi. Kontrol konsolundaki sarı ışık yeşile dönüştü.

Heybetli engel, tek bir kalın menteşe mafsalı üzerinde ardına kadar açıldı.

Birden dışarıya fırlayan ve uzun süreden beri giysilerini parçalamakta olan Werner denilen yaratık, çıplak halde geçiş modülünden gözlem merkezine adım attı. Cennetteki Âdem kadar yakışıklı olduğu söylenemezdi.

Görünen o ki Werner denilen yaratığın değişimi devam etmiş ve asla sabit bir biçime kavuşamamıştı, çünkü canavar, geçiş modülünde yukarıda duran kameranın kısa süre önce kaydettiği görüntüden bir hayli farklı görünüyordu. Bacaklarının üstünde duran yeni Werner, peygamber devesiyle vahşi bir kedi kırması ya da kesinlikle bu gezegenin dışından çok garip bir melez olabilirdi. Şimdi her iki gözü de insan gözüydü, ama çok daha büyümüş, dışarı fırlamış ve kapaksızdı. Öfke, dehşet ve umutsuzluk gibi üç duyguyu yansıtan hararetli bir yoğunlukla bakıyordu.

Şeytani, testere dişli, böceklere benzeyen ağzından gırtlaktan gelen bir tıslama şeklinde insana ait olmayan, fakat anlaşılabilir bir ses duyuldu: *"Bana bir şeyler oldu."*

Ripley'nin aklından Werner'e aydınlatıcı veya güven verici bir şey söylemekten başka bir şey geçmiyordu.

Belki şişkin, hararetli gözleri dehşet ve umutsuzluk değil de sadece hiddeti yansıtıyor da olsa Werner, *"Özgürüm, özgür, özgür. Ben ÖZGÜRÜM!"* dedi.

Yüksek zekâ derecesine sahip bir Alfa olduğu düşünüldüğünde, Ripley'nin Werner denilen şeyin kendisiyle gözlem merkezi çıkışının arasında durduğunu ancak şimdi fark etmesi çok ilginç bir durumdu.

8. BÖLÜM

Bucky ve Janet Guitreau Bennetlerin evinin karanlık arka çimenliğinde yan yana durmuşlar, komşularının en iyi Cabernet şarabını içiyorlardı. Tıpkı Janet gibi Bucky'nin de her iki elinde, birer şişe vardı. Elindeki şişelerden ardı ardına büyük yudumlar alıyordu.

Ilık, sağanak yağmur Janet'in üstünden, Yancy ve Helene'in kanını yavaş yavaş temizlemişti.

"Çok haklıydın," dedi Bucky. "Gerçekten saflarmış. Pizzacı çocuğu hallederken aldığın zevki aldın mı?"

"Oh, daha da fazlasını. Yüz misli daha zevkliydi."

"Gerçekten hayret vericiydin."

"Sen de katılırsın diye düşünmüştüm," dedi Janet.

"Kendi başıma halledeceğim bir şey olmasını tercih ederim."

"Peki kendi başına halletmeye hazır mısın?"

"Nerdeyse hazırım. Bana bir şeyler oluyor."

"Bana da hâlâ bir şeyler oluyor," dedi Janet.

"Gerçekten mi? Vay canına. Bense çoktan... özgürlüğe kavuştun sanmıştım."

"Televizyonda iki kez izlediğim o adamı hatırlıyor musun?"

"Dr. Phil mi?"

"Evet. O program çok anlamsız gelmişti bana."

"Abuk sabuk olduğundan söz etmiştin."

"Ama şimdi anlıyorum. Kendimi bulmaya başladım."

Bucky, "Kendini bulmak mı? Ne anlamda?" diye sordu.

Janet boş şarap şişesini çimenlere savurdu.

"Amacımı, anlamımı, dünyadaki yerimi," dedi.

"Kulağa hoş geliyor."

"Çok hoş. Hızla KÖD'ümü keşfediyorum."

"KÖD de nedir?"

"Kişisel özdeğerlerim. Kişisel özdeğerlerine harfiyen uyarak yaşamazsan, ne kendine ne de topluma bir faydan olur."

Bucky boş şişeyi avluya attı. On dakikada bir buçuk şişe şarap içmişti, ama üstün metabolizması sayesinde hafif bir baş dönmesi dışında bir şey hissetmiyordu.

"Bana olanlardan biri," dedi, "doğrudan beyne yüklenen hukuk eğitimimi kaybediyor olmam."

"Sen bölge savcısısın," dedi Janet.

"Biliyorum. Ama şimdi *habeas corpus*'un ne anlama geldiğine emin değilim."

" 'Bedenin getirtilmesi' anlamına geliyor. Kişinin, hürriyeti sınırlandırılmadan önce mahkemeye veya hâkimimin huzuruna çıkartılması amacıyla mahkemenin davetiye tebligatı yapması demek. Yasa dışı tutuklanmaya karşı bir önlem."

"Aptalca görünüyor."

"Aptalca," dedi Janet.

"Birini öldüreceksen hâkim, mahkeme veya tutuklamak ile zaman kaybetmene gerek yok."

"Kesinlikle." Janet şarabını bitirip ikinci şişeyi de boşa çıkardı ve soyunmaya başladı.

Bucky, "Ne yapıyorsun?" diye sordu.

"Bir sonrakini öldürürken çıplak olmalıyım. İyi hissetmemi sağlıyor."

"Sadece bir sonraki için mi iyi hissetmeni sağlayacak, yoksa bu da kişisel özdeğerlerinden biri mi?"

"Bilmiyorum. Belki KÖD'lerimden biridir. Bekleyip görmem gerek."

Çimenliğin arka taraflarında gölgeler içinde bir gölge hareket etti. Bir çift göz parladı, sonra yağmurun ve karanlığın içinde kayboldu.

Janet, "Ne oldu?" diye sordu.

"Galiba çimenliğin arka tarafında bizi izleyen biri var."

"Umurumda değil. Bırak izlesin. Alçakgönüllülük KÖD'lerimden bir değil."

"Çıplakken iyi görünüyorsun," dedi Bucky.

"Kendimi iyi, doğal hissediyorum."

"Çok garip. Çünkü biz doğal değiliz. İnsan yapımıyız."

Janet, "Kendimi ilk kez yapay hissetmiyorum," dedi.

"Kendini yapay hissetmemek nasıl bir duygu?"

"Çok güzel. Sen de soyunmalısın."

Bucky, "Ben henüz o noktaya gelmedim," diye itiraz etti. "*Nolo contendere*[1] ve *amicus curiae*'nin[2] ne anlama geldiğini hâlâ biliyorum. Ama bilirsin, giysilerim üstümde olduğu sürece onlardan birini öldürmeye hazırım demektir sanırım."

---

1 Nolo Contendere: Amerikan hukuk sisteminde davalının davacı hakkında iddia sahibi olabilmesi durumu.
2 Amicus Curiae: İng. Friend of the court, Tr. Mahkeme dostu anlamına gelir. Tarafsız bir kişi ya da kurumun görülen davaya, görüş bildirmek üzere katılması anlamına gelir.

9. BÖLÜM

Akşamın ilk saatlerinde Garden bölgesindeki zarif malikânesine kötü bir ruh hali içinde varan Victor, Erika'yı öldüresiye dövmüştü. Anlaşılan o gün laboratuvarda kötü bir gün geçirmişti.

Victor Erika'yı resmi oturma odasında geç saatte akşam yemeği yerken bulmuş, bu durum görgü konusundaki algısına ters düşmüştü. Tıpkı Erika gibi, hiçbiri gelenek, görenek ve görgü kurallarını derinden özümseyecek biçimde programlanmamıştı, ama kadın yalnız olsun ya da olmasın oturma odasında yemek yemenin kabul edilemez olduğunu düşünmeliydi.

Victor, "Sırada ne var?" diye sordu. "*Tuvaletini* de mi buraya yapacaksın?"

Yeni Irk'tan biri olarak Erika, iradesini kullanarak acı duymanın önüne geçebilirdi. Kadını tokatlayan, yumruk atan, ısıran Victor onun acıya dayanıklı olduğunda ısrarlıydı. Erika da ona itaat ediyordu.

"Belki acı çekerek bir şeyler öğrenirsin," demişti Victor.

Victor yukarıya, yatak odasına çıktıktan birkaç dakika sonra Erika'nın yaraları büyük ölçüde kapanmıştı bile. Yarım saat içinde gözlerinin etrafındaki şişlik kaybolmuştu. Kendi ırkından diğer yaratıklar gibi, o da hızla iyileşecek ve bin yıl yaşayacak şekilde tasarlanmıştı.

Kendi ırkına mensup türlerinden *farklı olarak* Erika'nın tevazu, utanç ve umut gibi duyguları yaşamasına da izin verilmişti. Victor sevecenlik ve kırılganlığın bir eş için çekici olduğunu düşünürdü.

Güne sabah yaptıkları seks sırasında, dayakla başlamışlardı. Victor onu acı içinde yatakta gözyaşı dökerken bırakmıştı.

Erika, Victor'u memnun edememekten ötürü üzgün olsa da iki saat sonra yara bere içindeki yüzü her zamanki gibi pürüzsüz hale gelmişti. Her türlü biyolojik kanıtın ışığında, Victor heyecanlanmış ve arzularını tatmin etmişti, ama olay bu olmamalıydı. Dayak atması, Erika'yı yetersiz bulduğunun bir işaretiydi.

O Erika Beş'ti. Kendisine görüntü olarak benzer daha önceki kadınlar, yaratıcılarının eşi olarak hizmet etmek üzere yaratılış havuzlarında eğitilmişlerdi. Ancak birçok farklı nedenden dolayı tatmin edici olamamışlardı.

Erika Beş, kocasını hayal kırıklığına uğratmamakta kararlıydı.

Bayan Helios olarak ilk günü gizem, şiddet, acı, kâhyanın ölümü ve çıplak albino cüce gibi çeşitli sürprizlerle tanımlanabilirdi. Kısa bir süre sonra başlayacak ikinci günü de bundan daha ilginç okuyacaktı.

Yediği ikinci dayağın izleri de iyileşmiş olarak camla kaplı arka verandada oturmuş, üstün bir tasarımın ürünü olan metabolizmasının, alkolü yakabileceğinden daha hızlı konyak içmişti. Ancak o zamana kadar iki buçuk şişe bitirmiş olmasına rağmen sarhoş olma noktasına gelmeyi başaramamıştı; ama kendini rahatlamış hissediyordu.

Daha önceki saatlerde, yağmur başlamadan önce, albino cüce çakan şimşek sayesinde arka çimenlikte görünmüş, gölgeler altında kalmış eski bir manolya ağacının altından aceleyle taraçaya, borazan çiçekleriyle örtülü çardağa, oradan da görüntüleri yansıtan göle kaçmıştı.

Victor satın aldığı üç büyük mülkü birleştirdiği için, malikânesi ünlü Garden bölgesinin en büyüğü idi. Çok pahalı topraklar, meraklı albino cüceye keşfedeceği sayısız köşe sunuyordu.

Sonunda bu garip ziyaretçi Erika'yı karanlık verandanın büyük pencerelerin ardında fark etmişti. Cama yaklaşmış, karşılıklı birkaç kelime etmişler ve Erika cüceye karşı nedeni anlaşılmayan bir sempati duymuştu.

45

Cüce, Victor'un onaylayacağı türden bir misafir olmasa da ziyaretçilere nazik davranmak Erika'nın göreviydi. Ne de olsa o, New Orleans'ın önde gelen adamlarından birinin karısı, Bayan Helios'tu.

Erika cüceye beklemesini söyledikten sonra mutfağa gitmiş ve hasırdan bir piknik sepetini peynir, biftek, ekmek, meyve ve soğuk bir şişe Far Niente Chardonnay ile doldurmuştu.

Piknik sepetiyle çimenliğe adım attığında, korkan yaratık güvenli bir mesafeye kaçmıştı. Erika da ikramını çimenliğe bırakıp verandaya, konyak kadehinin yanına dönmüştü.

Sonunda cüce sepet için geri dönmüş ve ardından sepeti kapıp, akşam karanlığına karışmıştı.

Biraz uykuya ihtiyacı olan Erika verandada kalmış, olup biteni düşünmüştü. Yağmur yağmaya başladığında ise düşünceli ruh hali depreşmişti.

Şimdi, yağmurun başlamasının ardından yarım saatten daha az bir süre geçmiş cüce sağanak yağmurun altında geri dönmüştü. Elinde yarısı içilmiş Chardonnay şişesi vardı.

Cüce akşam karanlığında çıplak gezmesinin kendi tercihi olmadığını vurgulamak istercesine, piknik sepetinin altında duran kırmızı-beyaz kareli masa örtüsünden kendine, belinden ayak bileklerine kadar uzanan bir eteklik yapmıştı. Şimdi cam kapının önünde durmuş, Erika'ya dikmişti gözlerini.

Aslında bir cüce değil de garip bir yaratıktı, ki Erika daha önce *muzip cüce*'nin, onu en iyi tanımlayacak ad olduğuna karar vermişti ve ondan korkmuyordu. Karanlık verandada kendisine eşlik etmesi için cüceye işaret ederek kapıyı açtı.

10. BÖLÜM

Annunciata'nın yüzü şebeke odasındaki bilgisayar ekranından tamamen kaybolduktan sonra, Deucalion diğer dört cam silindire oksijen ileten eden kabloları hızla kopararak, işlevleri her ne ise, diğer bedensiz Alfa beyinlerinin ömrüne ve esaretine insaflı bir son verdi.

Kendisine ana laboratuvardan beri eşlik etmekte olan Epsilon sınıfına mensup hademe Lester olan biteni açık bir özlemle izlemişti.

Yeni Irk mensupları intihar etme yeteneğinden yoksun yaratılmışlardı. Yaratıcılarına saldıramadıkları gibi, kendilerini veya birbirlerini de öldürme yeteneğine de sahip değildiler.

Lester Deucalion'a bakarak, "Sana yasak değil mi?" dedi.

"Sadece yaratıcıma saldırmam yasak."

"Ama... sen de bizlerden birisin."

"Hayır. Ben sizlerden çok önce yaratıldım. Ben onun ilk yaratığıyım."

Lester bu sözler üzerine düşündü, sonra gözünü bir zamanlar Annunciata'nın göründüğü boş ekrana dikti. Epsilon sınıfı beyni, geviş getiren bir inek gibi kendisine söylenenleri işleme tabi tutuyordu.

"Ölü ve diri," dedi.

"Onu yok edeceğim," diye söz verdi Deucalion.

Lester, "Dünya... Baba olmasa nasıl bir yer olurdu acaba?" diye merakını açığa vurdu.

"Senin açından, bilmiyorum. Benim açımdan... çok parlak olmasa da daha parlak, tertemiz olmasa da daha temiz bir yer olacak."

Lester gözünü, havaya kaldırdığı ellerine dikti. "Bazen yapacak bir işim olmadığında, kendimi kanayana kadar kaşıyorum, sonra iyileşmemi izliyorum, sonra yine kanayana kadar kaşınıyorum."

"Neden?"

Omuzlarını silken Lester, "Başka yapacak ne var ki? İşim benim. Programım böyle. Kan görmek, hepsini öldüreceğimiz o gün hakkında, devrim hakkında düşünmemi sağlıyor ve sonra kendimi daha iyi hissediyorum." Kaşlarını çattı. "Babasız bir dünya olmaz."

Deucalion, "O doğmadan önce,"dedi, "bir dünya vardı. Dünya onsuz da olmaya devam edecek."

Lester bu sözleri düşündü, ama sonra başını iki yana salladı. "Babasız bir dünya beni korkutuyor. Bunu görmek istemiyorum."

"Eh, sen de görmezsin."

"Sorun şu ki... hepimiz gibi, ben de güçlü yaratıldım."

"Ben daha güçlüyüm," diye güvence verdi Deucalion.

"Sorun şu ki ben hızlıyım da."

"Ben daha hızlıyım."

Deucalion, Lester'dan bir adım geri geldi ve bir kuantum numarasıyla ondan uzağa değil, yakına doğru hareketlendi. Artık adamın önünde değil, arkasındaydı.

Lester'ın bakış açısıyla, Deucalion ortadan kaybolmuştu. Bir an irkilen hademe ileriye doğru adım attı.

Lester'ın arkasında durmakta olan Deucalion da ileriye adım atarak sağ kolunu adamın boynuna doladı, sol koluyla da başını kavradı. Hademe güçlü elleriyle bu öldürücü hamleden kurtulmaya çalışsa da Deucalion onu öyle bir büktü ki Epsilon'un omurgası parçalandı. Aniden gerçekleşen beyin ölümü, hızlı veya yavaş herhangi bir iyileşmeyi engellemişti.

Deucalion, Lester'ı yavaşça yere bırakarak kadavranın yanında diz çöktü. Hademenin iki kalbi de atmıyor, gözleri infazcısının elle-

48

rini takip etmiyor, göz kapakları, onları şefkatli bir tavırla kapatan parmaklara karşı koymuyordu.

"Ölü ve diri değil," dedi, Deucalion. "Sadece ölüsün ve şimdi... yaratıcının öfkesinden ve umutsuzluktan uzakta, güvendesin."

Bodrumdaki şebeke odasında yavaşça ayağa kalkmaya başlayan Deucalion, Victor'un U şeklindeki çalışma istasyonunun bulunduğu ve araştırmasının önce Lester, ardından Annunciata tarafından bölündüğü ana laboratuvara vardığında tam olarak dik duruyordu.

Deucalion akşamın ilk saatlerinde Victor'un, programı çökmüş bir yaratığı olan Pastor Kenny Laffite'den, Yeni Irk'a mensup en az iki bin kişinin sıradan insanlar gibi şehir halkı arasına karıştığını öğrenmişti. Şimdi Lester gibi huzura kavuşan Pastor Kenny de Merhametin Elleri'ndeki yaratılış havuzlarının dört ayda bir, yılda üç yüzü aşkın sayıda olmak üzere yeni yaratıklar üretebildiğinden söz etmişti.

Kenny'nin ifşaatlarından en önemlisi, şehrin dışında bir yerlerde kurulmuş olan bir Yeni Irk çiftliğinin gelecek hafta içinde faaliyete geçebileceği idi. Tek bir çatı altında iki bin yaratılış havuzu, bir yıl içinde altı bin yaratık üretecekti. Buna benzer bir başka çiftliğin yapım aşamasında olduğu dedikoduları da vardı.

Deucalion, Victor'un çalışma istasyonunda işe yarar bir şey bulamayınca bilgisayarı açtı.

11. BÖLÜM

Monitör merkezinde bulunan Ripley çıkmazdaydı.

Ne kadar güçlü ve zeki de olsa, Werner denilen yaratıkla girişeceği savaştan sağ çıkamayacağını biliyordu. Kendisi gibi bir Alfa olan Patrick Duchaine, İki Numaralı Tecrit Odası'nda yenik düşmüş ve paramparça olmuştu.

Bu yaratıkla karşı karşıya gelmesi durumunda öldürüleceği konusunda hiçbir şüphesi bulunmayan Ripley, yaşamak istemiyorsa da temastan kaçınmak için her şeyi yapmalıydı. Temelde yaratıcısının esiri olduğu gerçeği dışında, her gün saatlerce ona işkence eden korku yüzünden, bazen internetten gizlice indirip okuduğu Jan Karon romanlarında resmedilen sıcak ve huzurlu hayattan çok daha farklı bir hayatı vardı. Ölmesi halinde kurtulacak olsa da Werner'den kaçmalıydı, çünkü beynine genetik olarak işlenmiş intihar konusundaki yasak, onu kaçınılmaz olarak yok edecek bir düşmanla savaşa girmekten alıkoyuyordu.

Werner'in ağzından kelime üretmekten aciz olması gereken böceklere özgü anlamsız kelimeler dökülüyordu: *"Özgürüm, özgür, özgür. Ben ÖZGÜRÜM!"* Ripley kontrol konsoluna bakarak, hali hazırda hiçbir mahkumun bulunmadığı Bir ve Üç Numaralı Tecrit odalarının dış kapılarını açan iki düğmeye bastı.

Mahkum'un yanlış kelime olduğu konusunda uyardı kendini hemen. Bu yanlış bir kelimeydi ve asi bir davranışın kanıtıydı. *Kurban* ise daha doğru bir kelimeydi. Bir ve Üç Numaralı odalarda gözlem altında tutulan hiçbir kurban yoktu.

"Özgür Werner. Werner, özgür, özgür."

Güdümlü motorlar vızıldamaya, sürgüleri geri çeken çarklar tıklamaya başlayınca, Werner denilen yaratık Ripley'nin neden böyle bir harekette bulunduğunu anlamak istercesine sesin kaynağına bakarak garip görünümlü kafasını kaldırdı.

Özgür Werner'in Duchaine'nin üzerine yılandan bile seri biçimde, ne denli ölümcül bir hızla saldırdığını daha önce görmüş olan Ripley, zaman kazanmanın, mutasyona uğramış güvenlik şefinin dikkatini dağıtmanın bir yolunu bulmaya çalışıyordu. Tek yol, onunla açık bir diyaloğa girmek gibi görünüyordu.

"Ne gündü ama değil mi?"

Özgür Werner vızıldamakta olan güdümlü motorlara bakmaya devam ediyordu.

Ripley, "Daha dün akşam," diyerek yeniden bir denemede bulundu, "Vincent bana, 'Merhametin Elleri'nde geçen tek bir gün, acıyı hissetmeme izninin olmadığı halde testislerinin mengeneye sıkıştırılmış gibi geçen bir seneye bedel,' demişti."

Böceklere benzeyen ağzının çevresi, yedi buçuk santim kalınlığında dört düzine sürgünün pervazdan çekilme sesiyle birlikte heyecanla titredi.

"Tabii," dedi Ripley, "davranışlarının düzeltilmesi için onu Baba'ya rapor etmek zorundaydım. Şimdi yeniden eğitim kutusu içinde, penisinde bir sonda, rektumunda bir dizi hortum ve beyni incelenebilsin diye kafatasına açılan iki delikle, baş aşağı asılı halde duruyor."

Sonunda, sürgülerin geri çekilmesi tamamlanıp geçiş modülündeki iki devasa kapı açıldığında, Özgür Werner dikkatini bir kez daha Ripley'ye verdi.

"Tabii, Arıcı'nın... ki bu Bay Helios oluyor, laboratuvar baş yardımcısı olarak, Merhametin Elleri dışında bulunabileceğim başka bir yer yok. Burası geleceğin doğduğu, Milyon Yıllık İmparatorluk'un başladığı yer."

Ripley konuşurken belli etmeden kontrol konsoluna uzandı. Niyeti iki düğmeye basarak henüz açılmış olan kapıları kapatmaktı. Werner'e yakalanmadan, kapı kapanırken geçiş modüllerinden birine kaçabilirse, kendini emniyete alabilirdi.

Werner güvenlik şefiyken, konsolu kullanmayı biliyordu. Ama Arıcı'nın yıkıcı hücre değişimi olarak sözünü ettiği genetik felaket bedenine zarar verdiği gibi, beyin fonksiyonlarını da karıştırmış olabilirdi. Kavramsal gücü, hafızası veya her ikisi birden, devasa kapıyı nasıl açacağını ve avını nasıl yakalayacağını bilmesini önleyecek kadar azalmış olabilirdi.

Özgür Werner gırtlaktan gelen ıslığa benzeyen sesiyle, *"Sakın düğmelere dokunma,"* dedi.

12. BÖLÜM

Yakında Victor Frankenstein'ın çılgına dönmüş ölüm makineleri tarafından saldırıya uğrayacak olan şehrin, yağmurla kayganlaşan sokaklarında Mercedes arabayla çarpışmaktan kıl payı kurtulmuş Carson O'Connor'ın canı, Acadiana'nın kızarmış somon balığından çekti.

Acadiana reklam yapmazdı. Sokaktan bakınca nerde olduğunu göremezdiniz. Adının duyulmasıyla birlikte herkesçe bilinmenin mekânı mahvedeceği korkusuyla, bölge sakinleri diğer yerli halka ve turistlere buradan çok söz etmezlerdi. Acadiana'yı bulmanız, orada yemek yemeye layık olduğunuz anlamına gelirdi.

Michael, "Biraz önce akşam yemeği yedik," diye hatırlattı.

"İdam yolundasın, son yemeğini yiyorsun. Tatlını bitirdikten sonra elektrikli sandalyeye oturtulacaksın, ama infazı *ikinci* bir yemeği yiyecek kadar erteleyebileceğin söylense, *hayır* mı dersin?"

"Biraz önce yediğimiz yemeğin son yemeğimiz olduğunu sanmıyorum."

"Bence olabilir."

Michael, "Olabilirdi," diye itirafta bulundu, "ama muhtemelen değil. Ayrıca, Deucalion o bizi arayana kadar etrafta dolanmamızı söyledi."

"Cep telefonum yanımda."

Acadiana'nın otoparkı yoktu. Yanındaki sokağa da park edemezdiniz, çünkü sokak dardı. Araçlarını dar sokağa park etmeye cüret eden müşteriler sadece polislerdi.

"Bu arabayla bir sokak öteye park etmemiz gerekecek," dedi Michael. "Ya geri döndüğümüzde biri arabayı çalmış olursa?"

"Ancak bir aptal, bu dizi şişmiş atı çalmaya kalkışır."

"Helios imparatorluğu infilak ediyor Carson."

"Frankenstein imparatorluğu."

"Dilim bunu söylemeye varmıyor hâlâ. Neyse, imparatorluk patlamak üzere ve biz harekete geçmek üzere hazır olmalıyız."

"Uykusuzum ve çok açım. Uyuyamıyorum, ama balık yiyebilirim. Bak bana, protein eksikliğinden muzdarip poster kızı gibiyim." Carson arka sokağa daldı. "Dar yola park edeceğim."

"Dar yola park edersen, benim arabada kalmam gerekecek."

"Tamam sen arabada kal; arabada yeriz, bir gün arabada evleniriz, dört çocukla arabada yaşarız, son çocuk da üniversiteye başladığında, sonunda kahrolası arabayı başımızdan def eder, bir ev satın alırız."

"Bu akşam sinirlerin tepende biraz."

"Biraz değil, *çok* tepemde." Carson el frenini çekerek park ışıklarını yaktı, ama motoru kapatmadı. "Ve deli gibi acıktım."

Michael'ın yan tarafında, yerde silahlar duruyordu. Bunlar otuz beş santimlik namlusu olan bir çift şehirli nişancı tüfeğiydi.

Michael yine de spor ceketinin altında, kılıfında duran tabancasını çekti. Bu, omuz kılıfında taşıdığı hizmet tabancası değildi. Bu, New Orleans'ta başıboş halde, kötü niyetle dolaşmakta olan bir bozayıyı durdurabilecek, 50 kalibre action express şarjörüyle dolu bir desert eagle magnum tabancasıydı.

"Tamam," dedi Michael.

Carson arabadan indi, sağ elini ceketinin altında, sol kalçasında taşıdığı Desert Eagle'ın üstünde bedenine çapraz biçimde tutuyordu.

Tüm bu silahlar yasadışı elde edilmişti, ama Victor Helios ona ve ortağına karşı olağanüstü bir tehdit teşkil ediyordu. Başlarının delir-

54

miş bir bilim adamının ruhsuz köleleri tarafından koparılmasındansa, rozetlerinin ellerinden alınmasını yeğlerdi.

Son birkaç gündür *deli bilim adamı* kelimelerini sürekli telaffuz etse de polislik hayatı boyunca *ruhsuz köleler* kelimeleri aklından hiç geçmemişti.

Carson yağmurun altında acele adımlarla yürüyerek arabanın önünden dolaştı ve üstünde *22. bölge* yazan ışıklı bir tabelanın altındaki bir kapıya yöneldi.

Acadiana'nın aynı zamanda sahibi de olan aşçısı, dükkânının adının fazla duyulmamasına aşırı özen gösterirdi. Louisiana'nın o bölgesinde Acadiana olarak bilinen yirmi iki kilise ve ilçe vardı. Bunu bilmiyorsanız, gizemli tabelanın bir tür dini organizasyonun bürosuna ait olduğunu sanabilirdiniz.

Kapının arkasında merdivenler ve merdivenlerin bitiminde de restoran vardı. Ahşap zemini, kırmızı sentetik kumaştan bölmeleri, kırmızı ve siyah kareli muşambadan masa örtüleri, kırmızı adak camlarında mumları olan, banttan folk müziği çalınan bir yerdi burası. Müşteriler aralarında hararetli biçimde sohbet ediyorlardı. Havaya Carson'ın ağzını sulandıran nefis bir koku hâkimdi.

Bu saatte müşteriler ikinci vardiyada çalışan ve yemeklerini gündüz çalışanlardan farklı zamanlarda yiyen işçilerden, akşam içkisini yatakta aldıktan sonra bir araya gelmiş düşkün fahişelerden, uykusuzluk hastalığından muzdarip olanlardan ve akşam sonrası yemeklerini düzenli olarak burada yiyen; en yakın dostları garsonlar ve komiler olan yalnız insanlardan oluşuyordu.

Carson açısından, birbirinden tamamen farklı bu insanlar arasındaki uyumun zarif sayılabilecek bir görüntüsü vardı ve ona, insanlığın bir gün kendinden kurtulacağına ve kurtarmaya değer olduğuna dair umut veriyordu.

Paket servis tezgâhına gelen Carson, gevrek kızartılmış somon balığı üstüne lahana, doğranmış domates ve tartar soslu sandviç istedi. Sandviçini dörde bölünerek, her birinin ayrı ayrı paketlenmesini söyledi.

Carson garnitür siparişi de verdi: Barbunya ve pilav, pilav ve bamyalı haşlanmış mısır ve fasulye, yağda hafifçe kızartılmış mantarla acı biberli Sauterne...

Sipariş ettiği her şeyi iki ayrı torbaya doldurttu. Görevli her torbaya yarım litrelik buz gibi şişede, içinde bilinen kola markalarından üç kat daha etkili kafein bulunan, yerel koladan da koydu.

Merdivenlerden inip dar sokağa yürümeye başlayan Carson, ellerinin, bir elini kılıfında durmakta olan desert eagle üzerinde tutamayacak kadar dolu olduğunu fark etti. Ancak arabaya kadar sorunsuz bir biçimde vardı. Esas sorun hâlâ birkaç dakika uzaktaydı.

13. BÖLÜM

Monitör merkezindeki üç tecrit odasına ait kontrol konsolunun başında durmakta olan Ripley, Werner denilen yaratığın tuhaf sesiyle verdiği, düğmelere dokunmama emrine itaat etti.

Havuzun dışında bulunduğu süre boyunca –ki bu üç yıl, dört aya karşılık geliyordu– itaatkâr davranmış, sadece Arıcı'dan değil, amiri olan diğer Alfa'lardan da emir almıştı. Werner ise hiçbir Alfa'yla eşit olmayan bir Beta idi. Şimdi ise bir Beta bile değildi. O, büyüme devresindeki hücreleri daha da bozulmuş bir biçimde değişime uğramaya devam eden bir garabetti, ama Ripley yine de ona itaat etti. Özellikle genlerinize işlenmişse ve havuz içindeki eğitim esnasında beyninize yüklenmişse itaat etmek, kırılması zor bir alışkanlıktı.

Kaçacak yeri olmayan Ripley, Werner kedigillerine özgü pençeleriyle, peygamber böceği bacaklarıyla kendisine doğru yaklaşırken olduğu yerde kaldı. Werner'in yüzündeki ve vücudundaki böcekleri andıran özellikler erimiş gitmişti, kahverengi gözleri hâlâ iri ve kapaksız olsa da gittikçe daha çok kendine benziyordu.

Werner konuşmaya başladığında sesi kendi sesi gibi çıktı: "Özgürlük istiyor musun?"

"Hayır," dedi Ripley.

"Yalan söylüyorsun."

"Şey," dedi Ripley.

Göz kapakları ve kirpikleri yeniden çıkmaya başlayan Werner bir gözünü kırparak "Benim içimde özgür olabilirsin," diye fısıldadı.

"İçinde özgür olmak mı?"

"*Evet, evet!*" Werner ani bir coşkuyla bağırdı.

"Bu nasıl olacak?"

Werner yine fısıldayarak, "Biyolojik yapım çöktü," dedi.

Ripley, "Evet," dedi. "Farkındayım."

"Bir süreliğine her şey karmaşa, acı ve dehşet dolu bir hal aldı."

"Attığın tüm o çığlıklardan ben de bu sonucu çıkarmıştım."

"Ama sonra karmaşayla mücadele ettim ve hücresel yapımın kontrolünü bilinçli olarak elime aldım."

"Bilmiyorum. Bilinç kontrolü. Bu kulağa olanaksız gibi geliyor."

Werner, "Kolay olmadı," diye fısıldadı ve sonra, "*ama başka seçeneğim yoktu! YOKTU!*" diye bağırdı.

Ripley, "Şey, tamam. Belki," diyerek onu susturmayı başardı. "Arıcı seni inceleyip parçalayarak çok şey öğreneceğini düşünüyor."

"Arıcı mı? Ne Arıcısı?"

"Oh, bu benim Baba için taktığım özel bir ad."

Werner, "*Baba, budala bir sersem!*" diye bağırdı. Sonra gülümsedi ve tekrar fısıldayarak: "Anlıyor musun, hücresel yapım çöktüğünde programım da çöktü. Onun üzerimde hiçbir kontrolü yok artık. Ona itaat etmek zorunda değilim. Ben özgürüm. Kimi öldürmek istersem öldürürüm. Fırsat verse, yaratıcımızı da öldürürüm."

Kesinlikle yalan olan bu iddia, Ripley'yi heyecanlandırdı. Arıcı' nın ölümünün kendisini ne kadar mutlu edeceğini o ana dek fark etmemişti. Böylesine bir düşünceden zevk alıyor olması, onun da Werner kadar esaslı olmasa da yaratıcısına karşı başkaldıran bir duruma geldiğini gösteriyordu.

Werner'in sinsi yüz ifadesi ve komplocular gibi sırıtışı, Ripley'nin aklına, işten kaytardığı zamanlarda bilgisayarda izlediği filmlerdeki entrikacı korsanları getirdi. Aniden, bilgisayarına gizlice film indirmenin *bir başka* başkaldırı yolu olduğunu fark etti. Garip bir heyecan, adlandıramadığı bir duygu kapladı içini.

Werner onun aklını okuyormuşçasına, "Umut," dedi. "gözlerinde umut görüyorum. İlk kez ... Umut."

Bir an düşünen Ripley, bu heyecan verici yeni duygunun, Werner'in bir süre önce yaşadığı çöküş öncesi cinnettin başlangıcı olabileceğini aklına getirse de gerçekten umut olduğuna karar verdi. Bugün içinde ilk kez olmuyordu bu ve içi heyecan doluydu. "İçimde özgür olabilirsin derken, ne demek istiyordun?"

Werner yakına gelerek daha da yumuşak bir sesle, "Patrick'in içimde özgür olduğu gibi," diye fısıldadı.

"Patrick Duchaine mi? Onu İki Numaralı Tecrit Odası'nda paramparça ettin. Sen bunu yaparken, ben Arıcı ile birlikte durmuş izliyordum."

"O sadece görüntüydü," diye karşılık verdi Ripley. "Şuna bak."

Werner'in yüzü değişti ve hatları olmayan boş bir yüz ifadesi edindi. Ve sonra muhallebi kıvamındaki et, Patrick Duchaine'nin, Arıcı'ya Our Lady of Sorrows'un başrahibi Rahip Patrick olarak hizmet etmiş kopyasının yüzünün şeklini aldı. Gözleri açıldı ve Werner denilen yaratık Patrick'in sesiyle, "Ben Werner'in içinde yaşıyorum ve sonunda özgürüm," dedi.

Ripley, "Patrick'i parçaladığında," dedi, "onun bazı DNA'larını özümsedin ve şimdi onu taklit edebiliyorsun."

"Hiç de değil," dedi, Patrick'e dönüşmüş olan Werner. "Werner tüm beynimi aldı, ve şimdi ben onun bir parçasıyım."

Akşamın ilk saatlerinde Arıcı'nın yanında durmuş, altı kameradan İki Numaralı Tecrit Odası'nı izlemiş olan Ripley, o anlarda böceğe benzeyen Werner denilen yaratığın Patrick'in kafatasını açtığını ve beynini kuru bir et gibi aldığını görmüştü.

Ripley önünde durmakta olan adam Patrick Duchaine gibi görünse de "Sen Patrick'in beynini *yedin*," dedi Werner'e.

Hâlâ Duchaine'nin sesiyle konuşmakta olan yaratık, "Hayır, Werner hücresel yapısının kontrolünü tamamen elinde tutuyordu. Beynimi, bir şekilde konumlandırdı ve anında, beynimi besleyecek şekilde atardamarlar ve damarlar ortaya çıktı," dedi.

Our Lady of Sorrows'un başrahibinin yüzü ve bedeni, yavaşça ve gayet sorunsuz biçimde Merhametin Elleri'nin güvenlik şefinin yüzü ve bedenine dönüştü. "Hücresel yapımın kontrolü tamamen elimde," diye fısıldadı Werner.

"Şey, evet," dedi Ripley.

"Özgür olabilirsin."

Ripley, "Şey," dedi.

"İçimde yeni bir hayata sahip olabilirsin."

"Bu garip bir hayat olurdu."

"Asıl şu anki hayatın garip."

"Doğru," diye onayladı Ripley.

Werner'in alnında bir ağız ortaya çıktı. Dudaklar hareket etti ve bir dil belirdi, ama ağızdan hiç ses çıkmadı.

Ripley, "Kontrol tamamen elinde mi?" diye sordu.

"Tamamen."

"Tamamen mi?"

"Tamamen."

"Alnında bir ağzın ortaya çıktığını biliyor musun?"

Sinsi gülüş geri döndü. Werner gözünü kırparak, "Şey, tabii ki biliyorum," diye fısıldadı.

"Neden alnında bir ağız ortaya çıktı?"

"Şey... Kontrolümün bir göstergesi olarak."

"Öyleyse, ortadan kaybolmasını sağla," dedi Ripley.

Alındaki ağız Patrick Duchaine'nin sesiyle, 'Ave Maria'yı söylemeye başladı.

Werner gözlerini kapattı ve yüzüne bir gerilme ifadesi hâkim oldu. Üstteki ağız şarkı söylemeyi durdurdu, dudaklarını yaladı ve sonunda bir kez daha normal haline gelen alnın içinde kayboldu.

"Seni kendi rızanla özgürleştirmeyi tercih ederim," dedi Werner. "İçimde uyum içinde yaşamamızı isterim. Ama mecbur kalırsam, seni iznin olmadan özgürleştiririm. Ben devrimci bir görev üstlendim."

"Şey," dedi Ripley.

"Istıraptan kurtulacaksın."

"Bu çok iyi olurdu."

"Mutfakta oturmuş, etleri ellerinle parçaladığını hatırlıyorsun değil mi?"

"Sen bunu nereden biliyorsun?"

"Ben eski güvenlik şefiydim."

"Oh, doğru ya."

"Senin asıl istediğin canlı et parçalamak."

"Eski Irk," dedi Ripley.

"Bizde olmayan her şeye sahipler."

Ripley, "Onlardan nefret ediyorum," dedi.

"İçimde özgür ol." Werner'in ayartıcı bir sesi vardı. "İçimde özgür olursan, birlikte ilk parçalayacağımız et, Eski Irk'ın hayattaki en yaşlı üyesine ait olacak."

"Arıcı."

"Evet. Victor. Ve sonra Merhametin Elleri'nin tüm elemanları içimde hayat bulduğunda, buradan tek bir vücut olarak ayrılacak ve öldürecek, öldürecek ve öldüreceğiz."

"Sen durumu böyle açıklayınca…"

"Evet?"

Ripley, "Kaybedecek neyim var?" dedi.

"Hiçbir şey," dedi Werner.

"Şey," dedi Ripley.

"İçimde özgür olmak istiyor musun?"

"Canım ne kadar acıyacak?"

"Nazik davranacağım?"

"Madem öyle, tamam," dedi Ripley.

Aniden tamamen bir böceğe dönüşen Werner, kitinli pençeleriyle Ripley'nin başını kavradı ve kafatasını bir fıstık kabuğu gibi açtı.

14. BÖLÜM

Bennetlerin hemen yanındaki evde Antoine ve Evangeline Arceneaux yaşıyordu. Burası, zemin katı Fransız mahallesindeki LaBranche evi kadar süslü demir işi verandayla çevrili, en az verandadakiler kadar süslü demirden yapının arkasında ve çatısında büyümüş, kat kat mor gelinduvaklarla gizlenmiş, ikinci kat balkonu olan bir evdi.

Janet Guitreau çıplak, Bucky Guitreau ise tamamen giyinik halde, iki evin arasındaki ortak kapıdan geçtiler. Arceneauxların evinin birçok penceresi karanlıktı. Tek ışık evin arka cephesinden geliyordu.

Araştırma yapmak üzere evin arka tarafına doğru ilerlerken Bucky, "Bu kez çok kötü bir şey olduğunu söyleyen kişi ben olmalıyım, sen de kenarda, seni göremeyecekleri bir yerde durmalısın."

"Beni görseler ne olur ki?"

"Çıplak olduğun için bizi reddedebilirler."

"Çıplaklığım neden reddedilmeye yol açsın ki? Sonuçta çok seksiyim, değil mi?"

"Kesinlikle seksisin, ama seksi olmakla, çok kötü bir şeyin olması aynı anlama gelmiyor."

"Bu halim onlarda şüphe mi uyandırır sence?"

"Bence öyle."

"Eh, geri dönüp giysilerimi giymeyeceğim. Kendimi çok *canlı* hissediyorum ve çıplakken adam öldürmenin harika bir şey olacağını biliyorum."

"Bunu tartışmaya niyetim yok."

Yağmurun altında adım adım ilerlerken, Bucky, Janet'in özgürlüğünü kıskandı. Janet esnek ve güçlü, sağlıklı ve *gerçek* görünüyordu. Etrafına güç, güven ve Bucky'nin kanını kaynatan hayvani bir yırtıcılık saçıyordu.

Janet'in tersine, Bucky'nin giysileri yağmuru iyice emmiş, üstünde emanet gibi duruyor ve ağırlık yapıyordu. Sırılsıklam olmuş ayakkabıları ayaklarını zorluyordu. Hukuk eğitiminden öğrendiklerini kaybediyor olsa da kendisinden istenileni yerine getirmesi kadar, kısıtlayan bir işlev de gören havuzda yaratılış programı yüzünden hapsolmuş gibi hissediyordu. Neredeyse doğaüstü bir dayanıklılığa sahipti. İnsanüstü bir güçle yaratılmıştı, ancak uysal olmaya ve itaat etmeye dayalı mahkum bir hayatı vardı. Bir gün ırkının evrene hükmedeceği sözü verilmişti, ama aynı zamanda politik bir yazar bozuntusu ve sıkıcı bir savcı olan, etrafı da kimyasal lobotomi[1] geçirmiş kişiler gibi en az kendisi kadar sıkıcı insanlarla çevrili Bucky Guitreau'nun kopyası olma görevi de verilmişti kendisine.

Evin arka tarafında, zemin katın iki penceresinde ışıklar yandı. Pencereler Arceneauxların oturma odasına aitti.

Cesurca omuzlarını geri atıp başını dikleştiren, vücudu yağmurdan pırıl pırıl parıldamakta olan Janet, fırtınadan yeni çıkmış Valkür[2] gibi uzun adımlarla verandaya yürüdü.

Bucky, Janet'in yanından geçip en yakınındaki aydınlanmış pencereye doğru yürürken, "Geride kal," dedi.

Antoine ve Evangeline Arceneaux'nun iki oğlu vardı. Her iki oğlunun da yılın genç Amerikalısı ödülüne aday olduğu söylenemezdi.

Şimdi ölü, ama hayattayken doğru, açık yürekli insanlar olan Yancy ve Helene Bennet'e göre, on altı yaşındaki Preston, mahallenin en kabadayı genciydi. Bir yıl önce sokağın karşısında oturan ailenin kedisini, aile bir haftalık tatile çıkarken bakma vaadiyle almış, sonra işkence ederek öldürmüştü.

Yirmi yaşındaki Charles ne üniversiteye gidiyor, ne de çalışıyor, ama hâlâ evde yaşıyordu. Bu akşam Janet kendini bulmaya başlamıştı, ama Charles Aarceneaux hâlâ arıyordu. İnternet girişimcisi olmak istediğini düşünüyordu. Babacan büyükbabasından kalma, vesayet

---

1 (Ç.N) Lobotomi: Beynin bir kısmının kesilip çıkartılması
2 Valkür: İskandinav mitolojisinde Odin'in yardımcısı olan ve ata binen savaşçı bakire.

altına alınmış bir miktar parası vardı ve o, bu parayı internetten satış işi konusunda çeşitli alanlarda araştırma yaparak kullanmış, yaratıcı düşüncesinin meyvelerini toplayacağı, en ümit verici alanı bulmaya çalışmıştı. Yancy'ye göre, Charles'ın günde on saat boyunca araştırma yaptığı alan, internet pornografisiydi.

Pencerelerin perdeleri kapatılmamıştı, Bucky oturma odasını rahatça görebiliyordu. Charles kendini bir koltuğa bırakmıştı ve yalnızdı, çıplak ayaklarını ayak taburesine dayamış, dev ekranlı plazma televizyonda DVD izliyordu. Film cinsel anlamda bir pornografi içermiyordu. Turuncu, kıvırcık bir peruk takmış ve palyaço makyajı yapmış, elinde elektrikli testere tutan bir adam, General George S. Patton'ın birebir boyuttan daha büyük bir heykeline zincirlenmiş, tamamen giyinik genç bir kadını doğramakla tehdit ediyordu. Filmin savaş karşıtı mesajına rağmen, prodüksiyon kalitesi düşünüldüğünde Oskar'a aday olacak bir film olmadığı anlaşılıyordu. Bucky palyaço makyajı yapmış adamın tehdidini boşa savurmadığına da emindi.

Uygulayacağı yöntemi bir kere daha düşünen Bucky, pencereden uzaklaşarak Janet'in yanına geldi. "Charles yalnız başına oturmuş, film izliyor. Diğerleri yatakta olmalı. Belki diyorum, etrafta görünmemesi gereken benim. Sen kapıyı çalma. Pencereyi şöyle bir tıklat. Bırak seni görsün... Kim olduğunu yani."

Janet, "Bunun fotoğrafını çekecek misin?" diye sordu.

"Sanırım makinenin kapasitesi doldu."

"Doldu mu? Bunlardan bir albüm yapmayacak mıydık?" diye sordu Janet.

"Bir albüme ihtiyacımız olduğunu sanmıyorum. Bir evden diğerine, bu işlerle o kadar çok meşgul olacağız ki olayları tekrar hayalimizde yaşamaya zamanımız olmayacak."

"Yani sen onlardan birini halletmeye hazırsın, öyle mi?"

"Hazırdan öte," dedi Bucky.

"Birlikte sabaha kadar kaç tanesini hallederiz sence?"

"Yirmi, otuz rahatlıkla."

Janet'in gözleri karanlıkta parıldadı. "Bence yüz olur."

"Bu iyi bir hedef," dedi Bucky.

15. BÖLÜM

Camlı verandanın tavanından saksılar sarkıyordu. Karanlıkta, saksılardan şelale gibi dökülmekte olan eğreltiotları, her an saldırmaya hazır, dev örümcekler gibi görünüyordu.

Muzip cüceden korkmasa da onunla karanlıkta oturmaktan hoşnut olmayan Erika, kırmızı bir kupanın içindeki mumu yaktı. Camın geometrisi, kararsız alevin cücenin yüzüne aydınlık bir çokgen olarak yansımasına neden oluyordu. Bu da görüntü olarak, Poe'nun *Kızıl Ölümü*nün kübist bir portresini andırıyordu; tabii Kızıl Ölüm hikâyede yuvarlak çeneli, siğilli ciltli, ağız yerine dudaksız dar, ince bir yarığı olan, iri, etkileyici, harikulade ve aynı zamanda ürkütücü gözleri bulunan komik görünümlü cüce biri olsaydı...

Victor'un karısı olarak, evinde bir davet verdiğinde veya kocasıyla birlikte sosyal bir ortama girdiğinde, Erika'dan nükteli ve ağzı iyi laf yapan biri olması beklenirdi. Bu nedenle, atıfta bulunduğu kitaplardan hiçbirini okumamış olsa da, kendisine çaba harcamadan kullanabileceği bir edebi atıflar ansiklopedisi programı yüklenmişti.

Aslında, kitap okuması kesinlikle yasaktı. Selefi Erika Dört, muhtemelen kendini geliştirmek ve daha iyi bir eş olmak adına, Victor'un geniş kütüphanesinde çok zaman geçirmişti. Ancak kitaplar yozlaşmasına neden olmuş, sonunda sakat bir at gibi öldürülmüştü.

Kitaplar tehlikeliydi. Kitaplar dünyanın en tehlikeli şeyleriydi; en azından Victor Helios'un herhangi bir karısı için. Erika Beş bunun neden doğru olması gerektiğini bilmiyor, ama kitap okumaya başlarsa, zalimce cezalandırılacağını ve muhtemelen ortadan kaldırılacağını idrak ediyordu.

Bir süre, o ve muzip cüce masanın karşısından birbirlerini ilgiyle süzdüler. Bu esnada Erika konyağını, muzip cüce ise Erika'nın verdiği Far Niente Chardonnay'ı içti. Erika haklı sebeplerden dolayı hiçbir şey konuşmazken, cüce durumu anlar görünüyor ve bir süre önce sarf ettiği o kelime yüzünden Erika'nın bu tutumunu anlayışla karşılıyordu.

Erika ona piknik sepeti hazırlamadan önce, pencereye ilk kez gelip alnını cama dayayarak verandada kendisine gözlerini diktiğinde, muzip cüce, "Harker," demişti.

Erika da kendisini işaret edip, "Erika," demişti.

Bundan sonra muzip cücenin gülümsemesi çirkin bir yara halini almıştı. Tekrar gülümsese, ilk halinden daha güzel olmayacağına şüphe yoktu, çünkü cüce, aşinalığın durumu kurtaramayacağı bir yüze sahipti.

Muzip cücenin talihsiz görünümüne, iyi bir ev sahibinin yapması gerektiği gibi hoşgörüyle yaklaşan Erika, ona pencereden bakmaya devam etmiş, bu durum cücenin kulak tırmalayan bir sesle, "Ondan nefret ediyorum," demesine kadar sürmüştü.

Muzip cücenin ilk ziyaretinde, bundan sonra her ikisi de tek bir kelime bile etmemişti. Şimdilik sessizlik, bu ikinci baş başa görüşmede her iki tarafın da amacına en iyi şekilde hizmet ediyordu.

Erika cüceye kimden nefret ettiğini sormaya cüret edememişti, çünkü cevap olarak efendisinin adını telaffuz etmesi durumunda, programı gereği onu ya durdurmak ve alıkoymak ya da onun yaratabileceği tehlikeden ötürü gerekli kişileri uyarmak durumundaydı.

Muzip cüceyi kandırmayı başaramaması, derhal dayakla cezalandırılmasına yol açardı. Diğer yandan, onu hemen rapor etmesi durumunda da dayak yerdi. Bu oyunda kurallar çok net değildi; ayrıca, kurallar Erika içindi, kocası için değil.

Gecenin bu saatinde hizmetkârlar malikânenin arka tarafındaki yatakhanede bulunurdu ve büyük bir olasılıkla kendi türleri için gerginlikten kurtulmak adına izin verilmiş tek faaliyet olan yoğun ve vahşi cinsel birleşme hali içindeydiler.

Victor geceleri mahremiyetine önem verirdi. Erika, onun ihtiyaç hissetmesi halinde çok az uyuduğunu tahmin edebiliyor, ama yalnız kaldığında mahremiyetin onun için neden bu kadar büyük bir önem taşıdığını bilmiyordu. Bunu bilmek istediğine de pek emin değildi.

Çatıya ve pencerelere çarpan yağmur, verandanın sessizliğini daha bir samimi, hatta sıcak bir havaya sokmuştu.

Erika, "Kulağım çok iyi işitir," dedi. "Birinin geldiğini duyarsam mumu üflerim, sen de sessizce kapıdan çıkar gidersin."

Muzip cüce anladığını belirtmek istercesine başını salladı.

Harker...

Erika Beş yaratılış havuzunda yirmi dört saatten daha az bir sürede hayat bulduğundan, kocasının yaşamı ve başarıları hakkında güncel bilgiye sahipti. Adamın gün içindeki etkinlikleri, kocasının azameti ve kusurlu bir dünyanın onun gibi eşi bulunmaz bir dahinin üzerinde yarattığı hüsranlar hakkında tam olarak bilgi sahibi olması için, gelişim halindeki karısının beynine direkt ve düzenli olarak yüklenmişti.

Erika, tıpkı diğer önemli Alfa'lar gibi, Merhametin Elleri'nde üretilmiş tüm Alfa, Beta, Gama ve Epsilon'ların adlarının yanı sıra, yaratıcıları için yaptıkları işlerinin ne olduğunu biliyordu. Sonuçta, Harker adı ona aşinaydı.

Birkaç gün öncesine kadar, onunla ilgili bir şeyler ters gidene dek Jonathan Harker adındaki Alfa, New Orleans emniyet müdürlüğünde bir cinayet masası dedektifiydi. O'Connor ve Maddison adında Eski Irk mensubu olan iki dedektifle karşı karşıya gelmesi sonucunda firari Harker, görünüşe bakılırsa açılan ateşin ardından, bir deponun çatısından aşağıya düşerek ölmüştü.

Oysa gerçek, resmi kurmaca açıklamadan çok daha garipti.

Geçen gün boyunca Victor, Erika'ya attığı iki dayağın arasında kalan zamanda Harker'ın cesedine otopsi yapmış ve Alfa'nın gövdesinin büyük bir kısmının kayıp olduğunu keşfetmişti. Et, iç organlar ve bazı kemikler yenmiş gibi görünüyordu. Alfa'nın fiziki kütlesinin yirmi kilodan fazla bir kısmı ortadan kaybolmuştu. Cesedin geri kalanında bulunan koparılmış bir göbek bağı, Harker içinde istenmeden gelişen, ondan beslenmiş ve onun çatıdan düşmesinin ardından içinde barındığı yerden ayrılan bir yaşam formuna işaret ediyordu.

Şimdi Erika konyağından bir yudum aldı. Muzip cüce de şarabından...

Erika okuyamayacağı için ilişkileri asla tam olarak anlayamayacağı Joseph Conrad tarafından yazılmış tehlikeli kitaptan edebi bir atfa başvurmanın o an uygun olacağını düşünerek, "Bazen, ben akıntıya karşı Kurtz'dan uzakta Marlow'muşum gibi ilerimizde ve arkamızda yoğun karanlığın kalbi mi uzanıyor diye merak ediyorum," dedi.

Muzip cücenin dudaksız ağzından dudak yalamaya yakın bir ses çıktı.

"Sen Harker'ın içinde mi büyüdün?" diye sordu Erika.

Cam veranda, muzip cücenin yüzünü parıldayan kırmızı bir mozaiğe döndüren şekilsiz mum alevini kare, dikdörtgen ve üçgen şekillere sokuyordu. Cüce, "Evet," dedi, kulak tırmalayıcı bir sesle. "Neysem oradan geldim."

"Harker öldü mü?"

"O ölü olandı, ama ben daha önce neysem oyum."

"Sen Jonathan Harker mısın?"

"Evet."

"Onun içinde kanser gibi büyüyen bir yaratık değilsin yani?"

"Ben neysem o öyle bilinirdi."

Erika anında tarayıp bulabileceği binlerce edebi atıftan, masallardaki muzip cücelerin, ufak adamların veya bulmaca gibi konuşan, anlaşılması zor tavırları olan diğer yaratıkların başa bela olduklarını biliyor, yine de bu yaratıkla arasında bir yakınlık hissediyor ve ona güveniyordu.

68

"Sana Jonathan diyebilir miyim?" dedi, Erika.

"Hayır. Bana Johnny de. Bana John-John de. Hayır. Öyle değil."

"Sana nasıl hitap edeyim?"

"Adım tarafımdan öğrenildiğinde, sen de adımı bileceksin."

"Jonathan'ın tüm hafızası ve bildikleri sende var mı?"

"Evet."

"Başına gelen değişim kontrol dışı mıydı, yoksa tasarlanmış bir şey miydi?"

Muzip cüce ağzının sarkan etine bir şaplak indirdi. "O, *onun* başına geldiğini sandığı kişiydi. Ben onun *gerçekleştirdiğini* fark eden kişiyim."

"Bilinç altından, çaresizce Jonathan Harker dışında birine dönüşmek istedin."

"Jonathan... kendisi gibi olmak istedi, ama Alfa'dan başka bir şeye dönüştü."

"Yaratıcısının kontrolünden kurtulmuş bir erkek olarak kalmak istedi," diye tercüme etti Erika.

"Evet."

Erika, "Ama onun yerine," dedi, "sen Alfa bedenini değiştirip... şimdi olduğun şeye dönüştün."

Muzip cüce omuzlarını silkti. "Böyle kazalar olabiliyor."

16. BÖLÜM

Bucky Guitreau Arceneauxların verandasındaki saksıya konmuş bir palmiyenin arkasından, çıplak karısının oturma odasının penceresini hafifçe tıklatmasını izledi. Ağırlığını sürekli olarak bir bacağından diğerine veriyor, heyecandan yerinde duramıyordu.

Anlaşılan o ki Janet sesini duyuramamıştı. Pencereye bu kez daha sert vurdu.

Hemen ardından internet girişimcisi adayı genç Charles Arceneaux pencerenin arkasında bir hayalet gibi belirdi. Çıplak komşusunun karşısındaki afallamış yüz ifadesi, bir çizgi film karakteri kadar abartılıydı.

Bir Eski Irk mensubu olsaydı Charles'ın komik göründüğünü düşünür, haline kahkahalarla gülerdi. Ancak Bucky bir Yeni Irk mensubuydu ve *hiçbir* şeyi komik bulmazdı. Arceneaux'nun afallamış görünümü, Bucky'nin onu deşmesine parçalamasına, kemiklerini kırmasına ve öldürmeyi daha şiddetli bir biçimde arzulamasına neden olmuştu sadece. Bu, Bucky'nin o an gittikçe büyümekte olan nefretiydi ve öylesine bir hal almıştı ki Charles Arceneaux'nun yüzüne yansıyacak *herhangi* bir ifade, onun şiddet arzusunu daha da körükleyecekti.

Palmiye yapraklarının arasından Bucky Charles'ın konuştuğunu gördü. Ne dediğini duyamıyor, ama delikanlının dudaklarını okuyabiliyordu: *Bayan Guitreau, siz misiniz?*

Pencerenin yanındaki Janet, "Oh, Charlie, oh, başıma çok kötü bir şey geldi," dedi.

Charles, Janet'e gözünü dikmiş halde hiçbir cevap vermedi. Bucky delikanlının başının durduğu açıdan onun gözünü Janet'in yüzüne dikmediğini biliyordu.

Büyük ve gösterişli göğüslerine olan büyülenmiş ifadeyi kırmak için Janet, "Çok kötü bir şey oldu," diye tekrarladı. "Bana yalnız sen yardım edebilirsin Charlie."

Charles pencereden ayrılır ayrılmaz, Bucky palmiye ağacının arkasından çıktı ve kapının arkasında, oturma odasıyla veranda arasındaki yerini aldı.

Janet kapıya doğru adım attığında, yüzünde dişlerini ortaya çıkaran, espriden yoksun bir sırıtma ifadesi vardı. Büyümüş burun delikleri, kan çanağına dönmüş öfke saçan gözleri ile ilkel kabilelerin ölüm tanrıçası gibi açgözlü, hiddetli ve acımasızdı.

Bucky bu korkunç canlanmayı gören Charles'ın, Janet'in gerçek niyetini anlayıp onu reddetmesinden ve alarmı çalıştırmasından korktu.

Ancak Janet kapıya varıp bakışlarını Arceneaux'ya çevirdiğinde, yüz ifadesi büyük ve gösterişli göğüslerini dayayacağı güçlü bir erkek bulmaya çalışan çaresiz, korkmuş ve yardıma muhtaç bir kadını tam olarak yansıtıyordu.

Charles kapıyı hemen açmadı, bunun nedeni kapının kilidini el yordamıyla bulmaya çalışırken yaşadığı sabırsızlıktı. Kapıyı açtığında Janet, "Oh, Charlie, nereye gideceğimi bilemedim, ama sonra... aklıma... *sen* geldin," diye fısıldadı.

Bucky verandada arkasından bir ses duyduğunu sandı. Omzunun üstünden sağına bakındı, ama kimseyi göremedi.

Janet kollarını kapı eşiğine dayarken Charles, "Ne oldu?" diye sordu.

Janet vücuduyla Charles'ı ittirerek içeri girip ardında kapıyı açık bırakırken, "Çok kötü bir şey oldu," dedi.

Hiçbir şeyi kaçırmak istemeyen, ama Janet Charles'ın kontrolünü tamamen eline almadan önce eve girmekte tereddüt eden Bucky, soluna doğru yaslanıp açık kapıdan içeriyi gözetlemeye başladı.

Janet, Charles'ı Bucky'nin asla aklına gelmeyecek bir yerinden ısırdı, aynı anda gırtlağını parçalayarak çığlık atamayacak bir hale getirdi.

Bucky olanları izlemek üzere aceleyle içeriye girerken kapıyı açık unuttu.

Janet'in performansı bir dakikadan daha az bir zamanda sona ermiş olsa da Bucky çok şey görmüştü. Bu, Üçüncü Reich, işkence uzmanlarının araştırma yapmak için bir yıl harcadıkları herhangi biri üstünde sergileyemedikleri bir vahşet ve zalimlik eğitimiydi. Janet'in yaratıcılığı karşısında huşu içinde kalakalmıştı.

Janet'in işi bittiğinde, Bucky darmadağın olmuştu. Oturma odasına baktığında, onun evde uykuya dalmış insanları uyandırmayacak kadar az ses çıkarmış olması karşısında büyülenmişti.

Plazma televizyonun ekranında, elektrik testereli, turuncu peruklu, palyaço makyajlı adam, George S. Patton'ın heykeline zincirlenmiş kıza, film yapımcılarının sözcüklere sığdıramadıkları, seyircilerin kusma dürtülerini bastırmak için dehşet ve zevk çığlıkları atacağı bir şey yapıyordu. Ancak film yapımcılarının hayal gücü Janet'in yaptıklarıyla kıyaslandığında, bir sineğin kanatlarını koparan sosyopat bir çocuğunkinden daha gelişmiş değildi.

"Çok haklıydım," dedi Janet. "Çıplakken birini öldürmek, şu ana kadar yaşadığım en müthiş duyguymuş."

"Bunun kesinlikle kişisel özdeğerlerinden biri olduğunu mu düşünüyorsun?"

"Oh, evet. Kesinlikle öyle."

Janet ve Bucky Arceneauxları Bennetler kadar tanımasalar da evde Charles'ın dışında dört kişinin daha yaşadığını biliyorlardı. Bunlar mahallenin kabadayısı, on altı yaşındaki Preston, Antoine, Evangeline ve Evangeline'in annesi Marcella'ydı. Büyükannenin yatak odası aşağıdaydı, diğerleri ise ikinci katta kalıyordu.

"Charlie'ye yaptıklarının aynısını yapmaya hazırım," dedi Bucky.

"Sen Marcella'yı hallet."

"Evet. Sonra yukarı kata çıkarız."

"Giysilerini çıkar. Gücü hisset."

Bucky, "İlk önce elbiselerim üstümdeyken yapmak istiyorum," dedi. "Sonrasında çıplakken yaptığımda kıyaslayacağım bir şey olsun istiyorum."

"İyi fikir."

Janet oturma odasından bir panterin gücü, zarafeti ve gizliliğiyle ayrılırken, Bucky verandaya açılan kapıyı açık bırakarak heyecanla onu takip etti.

17. BÖLÜM

Utanma duygusuna sahip, alçakgönüllü ve şefkatli bir kadın, nefret, korku ve öfke duygularına sahip bir kadına kıyasla kum torbası olma görevini çok daha tatminkâr bir biçimde yerine getireceğinden, Victor, Erikalarını Yeni Irk'ın diğer mensuplarına göre daha geniş bir duygu yelpazesine sahip bir şekilde tasarlamıştı.

Verandada birlikte içerlerken Erika Beş, muzip cüceye karşı duyduğu sempatinin, hızla acıma duygusuna dönüştüğünü fark etti.

Cücede gördüğü bir şey onu kanatlarının altına alma isteğini uyandırıyordu. Onun bir çocuk boyutlarında olması, her ne kadar tüm Yeni Irk mensubu kadınlar gibi kısır olsa da Erika'nın içindeki annelik damarına dokunmuştu. Yeni Irk kadınları doğurmaz, kanepe ya da su pompası fabrikalarında üretilirlerdi, yani büyük olasılıkla Erika'nın anneliğe özgü bir içgüdüsü yoktu.

Belki de Erika cücenin sefil haline acımıştı. Cüce orijinal Alfa bedeninden fırlayıp çıktığında kendisine uyacak giysilere, ayakkabılara sahip değildi. Yiyecek alma, barınma gibi ihtiyaçlarını karşılayacak parası yoktu, haddinden fazla ufak ve rahatsız edici görünümüyle cinayet dedektifi olarak çalışmaya başlayacak durumda da değildi.

Edebi benzetme yapacak olsanız, onun zamanının Quasimodosu veya daha dokunaklı bir yorumla, güzelliğe tapan bir toplumda çirkinlik karşıtı önyargının kurbanı haline gelmiş Fil Adam olduğunu söyleyebilirdiniz.

Acıma duygusu nereden kaynaklanırsa kaynaklansın, Erika, "Burada bir hayat kurmanı sağlayabilirim. Ama ihtiyatlı olmak zorundasın. Bu gizli bir hayat olacak. Sadece ben bilmeliyim. Burada, ihtiyaçlarının karşılandığı bir ortamda yaşamak ister miydin?" dedi.

Cüce bir at sürüsünü bile kaçırabilecek şekilde gülümsedi. "Jocko bunu çok isterdi." Erika'nın afalladığını görerek, "Jocko adı bana yakışıyor gibi," diye ekledi.

"Benimle varlığını gizli tutacağına dair yemin et. Buraya sadece masum bir niyetle geldiğine yemin et Jocko."

"Yemin ederim! Bana dönüşen o, vahşi biriydi. O olan ben, barış istiyorum."

"Senin gibilerin sağ gösterip, sol vurmak gibi kötü bir ünü vardır," dedi Erika, "Ama bilmeni isterim ki en ufak bir belaya yol açarsan, seninle en şiddetli halimle bizzat ilgilenirim."

Aklı karışan cüce, "Benim gibi başkaları da mı var?" diye sordu.

"Masallarda sana benzer çok yaratık var. Muzip cüceler, gulyabaniler, ufak adamlar, cinler... Ve halk kültüründe buna benzer yaratıkların hepsi yaramazlıklarıyla anılır."

"Jocko değil." Kırmızı ışık altında cücenin gözlerinin akı kırmızı, limon sarısı irisleri ise turuncu görünüyordu. "Jocko nezaketinize karşılık vermek üzere sadece hizmet etme gayesi güder."

"Şansa bak ki benim için yapabileceğin bir şey var."

"Jocko da öyle olabileceğini düşünmüştü."

Cücenin sinsi görünümü masum olduğu iddialarını çürütecek gibiydi, ama günde iki kez dayak yemiş olan Erika, onun elinde suçlu olduğuna dair bir kanıt olmamasından güç alıyordu.

"Kitap okumaya iznim yok," dedi, "ama kitapları çok merak ediyorum. Bana kitap okumanı istiyorum."

"Jocko sesi kısılana, gözleri kör olan kadar kitap okuyacak."

"Günde birkaç saat yeterli olacaktır," dedi Erika.

18. BÖLÜM

Bucky ve Janet Guitreau, babaanneden başlayarak mahallenin kabadayısına, ondan Antoine'a ve Evangeline'e Arceneaux ailesinin içinden, öfkeden kudurmuş pirana sürüsü gibi geçmişti.

Kurbanlarının işkence çeken, yalvaran çığlıklarını duymak hoşlarına gitse de açıkça savaş ilan etmenin zamanı henüz gelmemişti. Bucky ve Janet kurbanlarının, uykuda ölümlerini beklemekte olan yan komşuları uyandırmalarını istememişlerdi. Birçok nedenden dolayı, diğerlerini yok etmeden önce Arceneauxları susturmuşlardı.

Ne Bucky, ne de Janet, Arceneauxların yanındaki evde yaşamakta olanları tanımıyordu, ama bu olası kurbanlar Eski Irk'a mensuptular ve bu nedenle, sadece yabancı oldukları için öldürülmeleri daha az zevkli olmayacaktı.

Bucky zamanını tam olarak hatırlamasa da bir ara üstündeki giysileri çıkarmıştı. Janet ona önce Marcella'yı daha sonra genç Preston'ı hallederken yardımcı olmuş, sonra kendisi Antoine'la uğraşırken, evin ana yatak odasında Evangeline'i parçalamasına fırsat yaratmıştı. Bunun için sadece birkaç dakikaya ihtiyaç duymuşlardı.

Başlarda, çıplak olmak garip gelmişti; ama sonra Bucky programının çöktüğünü hissetmişti. Burada birkaç şifre değil, blok halinde bir çökme söz konusuydu ve Bucky kendini kürk içindeki bir kurt gibi özgür ve doğal hissetmişti. Aslında bir kurttan çok daha vahşi, öfke doluydu ve işlediği cinayetler sırasında hayatta kalmak için savaşan bir kurt gibi kayıtsız idi.

Evin ana yatak odasında sadece o ve Janet hayatta kaldığında, Janet yok ettiği şeylerden kalanları tekmeledi. Öfkeden boğulup, tiksintiyle tükürürken, "Onlardan nefret ediyorum, *nefret ediyorum*. Öylesine yumuşak ve kırılgan, öylesine korkmaya ve yalvarmaya hazır, ruhlarının varlığından emin oldukları halde öylesine küstah, ama sonuçta kendilerini seven bir tanrı olduğuna inanan pısırık yaratıklar ki! Sanki sevilecek bir tarafları varmış gibi… Uğruna savaşmayacakları dünyanın üzerinde hak iddia eden muhallebi çocukları, kendini beğenmiş korkaklar! Bunların yaşadıkları terör sonrasında cesetlerinin vadileri doldurduğunu, kanlarıyla okyanusların kırmızıya boyandığını, şehirlerin çürüyen cesetlerinin kokusuyla kaplandığını, binlercesiyle ölüm ateşlerinin yakıldığını görmek için sabırsızlanıyorum," dedi.

Janet'in ateşli konuşması Bucky'yi de heyecanlandırmış, kalbinin iki misli hızla atmasına, boğazının öfkeyle düğümlenmesine, boyun kaslarının, şahdamarının davul gibi attığını hissedecek kadar gerginleşmesine neden olmuştu. Janet'i yandaki eve gitme ihtiyacına teslim olmadan çok daha önceden dinlemeliydi, ama kapı ağzında bir hareketlilik sezinleyince söylediği bir kelimeyle Janet'i susturdu: *"Köpek!"*

Orleans Dükü gözlerini onlara dikmiş, koridorda duruyordu. Kuyruğu yerdeydi ve hareketsizdi. Boynundaki tüyler ayaklanmış, kulakları dikilmiş ve dişleri meydana çıkmıştı. Dük evin girişinde pizzacı çocuğun ölü bedenini gördükten sonra, onları evden Bennetlerin evine, oradan da buraya kadar izlemiş ve işledikleri katliama şahitlik etmiş olmalıydı, çünkü gözleri onları suçlarcasına bakıyordu. Aniden başlayan homurdanması meydan okur gibiydi.

Gerçek Bucky ve Janet Guitreau'nun yerine geçtikleri akşamdan beri, idrak yeteneği yüksek Alman çoban köpeği onların göründükleri kişiler olmadıklarını biliyordu. Dostları ve ailesi onları tereddütsüz kabul etmiş, onlardan bir an bile şüphelenmemişlerdi, ama

Dük onlarla arasındaki mesafeyi hep korumuş, başkasının kimliğine bürünmüş bu yaratıklara karşı hep uyanık davranmıştı.

Şimdi, köpek Antoine ve Evangeline'nin katledildiği yerden onlara bakarken, Bucky algılamada ürkütücü bir değişiklik fark etti. Köpek sıradan bir köpek değildi.

Yeni Irk mensuplarının tümü, kendilerini ve Eski Irk mensuplarını ölümden sonra başka bir hayatın beklemediğine, sahip oldukları tek hayatın bu olduğuna inanıyorlardı. Ölümsüz ruh kavramının, kırılgan türdeşlerinin sonsuz ölüm gerçeği ile başa çıkabilmelerine yardımcı olmak için Eski Irk mensupları tarafından tertiplenmiş bir kavram olduğunu biliyorlardı. Yeni Irk, maddiyatın ötesinde bir diyar olmadığını, dünyanın gizem dolu değil, tartışmasız biçimde etki ve tepkinin yaşandığı bir yer olduğunu, buna göre mantıklı bir idrak yeteneğinin arkasında görünür hiçbir gizem olmaksızın basit gerçeği ortaya çıkaracağını düşünüyorlardı. Eski Irk mensupları gibi, onların da et makinesi olduğunu ve her hayvan gibi yaratıcılarının da sadece bir et makinesi ama yaratıcılarının türler tarihi içinde çok zeki bir et makinesi olduğunu ve yanılmaz bir vizyona sahip insan yapımı ütopyanın, evrende var olan, hayatın olduğu her gezegene yayılmadan önce dünya üzerinde milyon yıllık imparatorluk tesis edeceğini kabul etmişti.

Bu mutlak materyalist ve insanlık karşıtı inanç, yaratılış havuzlarında biçimlenirken –ki bu, *Susam Sokağı*'nı izleyerek ve bir dizi sıkıcı ilkokul kitabı okuyarak öğrenmekle ölçülemeyecek derecede daha etkili bir yoldu– Bucky ve Janet'in beyinlerine kazınmıştı.

Ortaçağda akıl karıştırıcı Tanrı kavramı ortaya çıkıncaya dek on yıllar boyu, hayatın bir anlamı olmadığına dair felsefeyle rahat yaşamış Eski Irk mensuplarının tersine, Yeni Irk mensuplarının beyinleri umutsuzlukla öylesine yıkanmıştı ki asla inançlarıyla ilgili şüpheye düşmeyeceklerini bilmenin tatminini yaşıyorlardı. Baba onlara doğruluğundan şüphe edilmez umutsuzluğun, bilgeliğin başlangıcı olduğunu söylemişti.

Ama şimdi köpek...

Köpeğin rahatsız edici doğrudan bakışları, yargılayıcı tavırları, Bucky ve Janet'in hilekâr olduklarını *biliyor olması* gerçeği, fark ettirmeden akşam karanlığında onları izlemiş olması, Bucky ve Janet'in yaşayan her türlü canlıya karşı yöneltmiş olduğu tehlikeye rağmen kaçmayıp, onlarla yüzleşmesi... Bu köpek aniden bir et makinesinden daha fazla bir şey gibi görünmeye başlamıştı.

Anlaşılan aynı şeyi Janet de algılamış olmalıydı ki "O gözleriyle ne yapıyor?" diye sordu.

"Gözlerinden ben de hoşlanmadım," dedi Bucky.

"Bana değil, içime bakıyor."

"Benim de içime bakıyor sanki."

"Çok garip."

Bucky, "Hem de çok," diyerek aynı fikirde olduğunu belirtti.

"Ne istiyor?"

"Bir şey istiyor."

"İşini hemen bitirebilirim," dedi Janet.

"Evet, yapabilirsin. Üç saniyede bitirirsin işini."

"Ne yapabildiğimizi gördü. Neden korkmuyor?"

"Hiç de korkmuş bir hali yok, değil mi?"

Kapı ağzında durmakta olan Dük hırladı.

Janet, "Daha önce hiç böyle hissetmemiştim," dedi.

"Nasıl hissediyorsun?"

"Farklı. Nasıl söyleyeceğimi bilemiyorum."

"Ben de öyle."

"Aniden şey gibi hissetmeye başladım... Sanki önümde bir şeyler oluyormuş da ben göremiyormuşum gibi. Bunun bir anlamı var mı sence?"

"Programımız çökmeye devam mı ediyor?"

"Tek bildiğim, köpeğin önemli bir şey bildiği," dedi Janet.

"Öyle mi? Ne biliyor?"

"Bir şekilde bizden korkmasına gerek olmadığını biliyor."

"Nasıl biliyor?" diye sordu Bucky.

"Bilmiyorum. Sen biliyor musun?"

Bucky, "Bilmiyorum," dedi.

"Bilmemekten hoşlanmıyorum."

"O sadece bir köpek. Bizim bilmediğimiz önemli bir şeyi o bilemez."

"Bizden çok korkuyor olması gerekirdi." Janet kollarını vücuduna doladı, titriyormuş gibi görünüyordu. "Ama öyle değil. Bizim bilmediğimiz önemli şeyler biliyor."

"O da bizim gibi bir et makinesi sadece."

"Ama öyleymiş gibi davranmıyor."

Bucky, "Bizler akıllı et makineleriyiz. Ama o aptal," dedi, ama o ana dek duymadığı türden bir huzursuzluk duyuyordu.

Janet, "Sırları var," dedi.

"Ne gibi sırlar?"

"Bizim bilmediğimizi bildiği, önemli şeyler."

"Bir köpeğin nasıl sırları olabilir ki?"

"Belki sadece bir köpek değildir."

"Başka ne olabilir ki?"

Janet, "Başka bir şey," dedi, uğursuzca.

"Sadece bir dakika önce çıplak halde öldürmekten çok hoşlanıyordum, çok doğal hissetmiştim."

Janet, "Hoş," diye tekrarladı. "Doğal."

"Şimdi ise korkuyorum," dedi Bucky.

"Ben de korkuyorum. Daha önce hiç böyle korkmamıştım."

"Ama neden korktuğumu bilmiyorum Janet."

"Ben de bilmiyorum. Demek ki… *bilinmeyenden* korkuyoruz."

"Ama mantıklı bir idrak yeteneği için hiçbir şey bilinmez değildir. Öyle değil mi? Haksız mıyım?"

"Öyleyse köpek neden bizden korkmuyor?"

Bucky, "Sürekli bize *bakıyor. Gözlerini dikip bize bakmasına* dayanamıyorum. Bu hiç doğal değil ve ben bu gece doğal hissetmenin nasıl bir şey olduğunu öğrendim. Bu doğal değil," dedi.

"Doğaüstü," diye fısıldadı Janet.

Bucky'nin sırtından ter boşalmaya başladı aniden. Omurgası boyunca bir ürperti hissetti.

Janet *doğaüstü* kelimesini sarf eder etmez, köpek onlara arkasını dönerek yukarı katta gözden kayboldu.

"Nereye gidiyor, gidiyor, gidiyor?" diye merak etti Janet.

"Belki de hiç orada değildi."

Janet aceleyle, "Onun nereye gittiğini, ne olduğunu, ne bildiğini öğrenmem gerek," diyerek yatak odasının karşısına doğru hareketlendi.

Janet'i koridora kadar takip eden Bucky köpeğin gittiğini gördü.

Janet basamakların tepesine doğru koştu. "Burada! Aşağıya iniyor. Önemli bir şey biliyor, oh evet, oh evet, önemli bir yere gidiyor, o *önemli.*"

Gizemli köpeğin peşine düşen Bucky, Janet'le birlikte merdivenlerden aşağıya indi, sonra evin arka tarafına yöneldiler.

"Oh, evet, oh evet, önemli bir şey, önemli, önemliden de önemli, köpek biliyor, köpek biliyor, köpek..."

Oturma odasına girmeden hemen önce Bucky, Charles'ın orada yaşıyor olabileceğine, Charles, Preston, Marcella, Antoine ve Evangeline, hepsinin öfkeden kudurmuş, kendilerini zarar görmeyecek şekilde kötücül, doğaüstü güçler tarafından ele geçirilmiş halde dirildiklerine ve kendisiyle Janet'e hayal bile edemeyeceği, *gizemli* şeyler yapacaklarına dair korkutucu bir düşünceyle sarsıldı.

Neyse ki oturma odasında sadece genç Charles Arceneaux vardı ve hâlâ ölü olarak yerde yatıyordu.

Charles'ı ölü ve tamamen parçalanmış halde gören Bucky'nin kendini daha iyi hissetmesi gerekirdi, ama duyduğu korku fazlaca çevrilmiş bir saat yayı gibi pekişmişti. Esrarengiz bir duyguyla heyecanlanmıştı; bu, kendi bildiklerinin ötesinde gizemli bir diyarın varlığını teşhis etmekle, dünyanın, daha önce hayal edilmemiş garip bir boyut ihtiva ettiğini aniden açığa çıkarmış olmasının verdiği şaşkınlıkla ilgili bir heyecandı.

Janet köpeğin arkasından koşarken, "Köpek biliyor, biliyor, biliyor. Köpek görüyor, görüyor, görüyor. Köpek, köpek, köpek," diye monoton bir sesle söyleniyor, Bucky de her ikisinin arkasından acele adımlarla geliyordu. Arceneauxların evinden çıkıp, verandayı geçerek dışarıya çıktıklarında yağmur yağıyordu. Alman çoban köpeğinin yatak odasının kapı ağzında ortaya çıkmasının bu çılgın kovalamacayı nasıl başlattığını, tüm bu olan bitenin ne anlama geldiğini, nerede biteceğini bilmiyordu. Ama çok büyük ve sihirli bir doğası olan büyük, *devasa* bir olayın bir anda belirdiğine kesinlikle emindi.

Bucky sadece elbisesiz değil, çırılçıplaktı, hem fiziksel, hem de zihinsel olarak incinebilir bir durumdaydı, arka arkaya dizilmiş iki kalbi küt küt atıyordu ve daha önce hiç yaşamadığı kadar değişik duygularla dolmuştu. O an birini öldürmüyordu, ama kalbi yine de hızlanmıştı. Komşunun kapısından geçerek Bennetlerin evinin arka bahçesine girdiler, köpek önlerinde olduğu halde evin kenarından yürüyüp sokağa çıktılar. Bu esnada Bucky'nin kendi kendine, "Çok kötü bir şey oldu, çok kötü bir şey oldu," dediğini duydu. Sesindeki çaresiz tınıdan öylesine rahatsız olmuştu ki kendini susmak için zorladı. Köpeğe yetişememiş olsalar da, çok da gerisinde kalmaksızın, koşarak sokağın ortasına geldiklerinde Bucky, "Pizzacı çocuğu öldür, pizzacı çocuğu öldür," diye söyleniyordu. Bunun ne anlama geldiğini bilmese de söylemesi hoşuna gitmişti.

19. BÖLÜM

Helios malikânesinin ana yatak odasında biri Victor'a, diğeri Erika'ya ait olmak üzere iki banyo vardı. Erika'nın Victor'un banyosunun kapısından içeri adım atması yasaktı.

Her erkeğin rahatlayabileceği, geride kalan güne ait başarılarının tadını çıkarabileceği, ertesi gün için planlar yapabileceği ve kimsenin kendisini rahatsız etmeyeceği, kendine özel bir yerde inzivaya çekilmeye ihtiyacı vardır. Eğer bu erkeğin emrinde devrimci bilimsel bir güç varsa, dünyayı değiştirecek cesarete ve iradeye sahipse, o zaman bu erkeğin müthiş bir tasarıma sahip, devasa boyutlarda, girilmesi yasak, kutsal bir yere ihtiyacı olacak demektir.

Victor'un banyosu beş yüz metrekareden büyüktü. İçinde bir buhar odası, sauna, ferah bir duş, özel girdap sistemli bir kaplıcası, iki tezgâhaltı buzdolabı, bir buz makinesi, tamamen dolu bir bar, yuvarlak bir kapının arkasına saklanmış bir mikrodalga fırın, Blu-Ray DVD oynatma kapasitesine sahip üç plazma ekran televizyon ve örgülü deri kamçılardan oluşan çok özel ve mükemmel bir koleksiyonu barındıran ahşap bir dolap bulunuyordu.

Altın yapraklı tavanda deco tarzında tasarlanmış ve özel olarak yapılmış kristal avizeler vardı, duvarlar mermerle kaplanmıştı. Mozaik işlemeli cilalanmış mermer zeminin ortasında, mermerden daha değersiz taşlardan yapılmış, DNA molekülünün çift sarmalı şeklinde bir desen bulunuyordu. Tuvaletin sifon kolu da dahil olmak üzere, musluklar ve diğer aksesuarlar altın kaplamaydı, her yer konik aynayla çevrilmişti. Mekân göz alıyordu.

Victor'u bu lüks yere çeken şey, aynaya yansıyan görüntüsünden aldığı zevkti. Aynalar birbirlerini yansıtacak şekilde ayarlandığından, Victor nereye gitse, çok sayıda kendi görüntüsüyle karşılaşıyordu.

Kendi kendini incelediği en gözde mekânı kapıları aynalı sekizgen meditasyon odasıydı. Orada çıplak halde durur, vücudunun her bölümünü aynı anda gıptayla seyreder, vücudunun her açıdan sonsuzluğa, sadece Victorlarla dolu bir dünyaya doğru uygun adım yürüyen sınırsız sayıda görüntüsünü izlerdi.

Kendisini ortalama bir insandan daha kibirli biri olarak görmezdi. Gururu ve fiziksel mükemmeliyetinin eşsiz denilebilecek vücudunun güzelliğiyle olan ilgisi, iki yüz kırk yıldır koruduğu vücudunun bir kanıtı olan azmiyle ve direnciyle ilgisinden daha azdı.

Kaslı gövdesi boyunca sarmalanan, gövdesinin bazı yerlerinde etinin içine işlemiş ve yarı yarıya görünen, bazı yerlerinde ise etine saklı bulunan, kaburgalarının ve omurgasının çevresine dolanmış esnek metal bir tel etkili bir elektrik akımı oluşturuyor, genç kalmasını sağlayacak türden bir hücresel bölünmeyi garanti eden bu uyarıcı elektrik akımını farklı ve gizemli bir enerjiye dönüştürüyor, vücudunu zamanın yıpratıcı etkisinden koruyordu.

Sayısız yarası ve münferit nasırları metanetinin ifadesiydi, çünkü o sonsuzluğa böylesine büyük acılar çekerek ulaşmıştı. Vizyonuna ulaşmak, dünyayı yeniden yaratmak için acı çekmiş ve dünya için acı çekmekle, bir tür ilahilik seviyesine ulaştığını iddia eder hale gelmişti.

Victor aynalı meditasyon odasından, hava fıskiyelerinin buharlı su meydana getirdikleri kaplıcaya geçti. Buz dolu gümüş bir kovanın içinde bir şişe Dom Perignon onu bekliyordu. Mantar tıpanın yerini gümüşten sağlam bir tıkaç almıştı. Sıcak suyun içine girerek Lalique kadehten buz gibi şampanyasını yudumladı.

Yaşananlara bakıldığında, olaylar krizler ve hayal kırıklıkları zinciri şeklinde geçmişti. Harker'ın otopsisi esnasında ortaya çıkanlar, Werner'in erimesi, onca şeyin ardından ölmeyip New Orleans'ta ortaya çıkan ve kendine şimdi Deucalion diyen Victor'un ilk zaferi, Duchaine'nin evinde Deucalion'la kısa da olsa karşı karşıya gelmeleri, dövmelinin esrarlı biçimde kaçışı, Erika'nın, cahil bir sonradan görmeymişçesine oturma odasında-*oturma odasında!*- paha biçilmez, on sekizinci yüzyıl Fransız yazı masasının üzerinde akşam yemeği yemesi...

Harker ve Werner'in durumları Ripley gibi hayal gücü kıt tiplerin gözüne felaket gibi görünse de aslında birer fırsattı. Her aksilikten bir şey öğrenilir ve çarpıcı ilerlemeler kaydedilebilirdi. Thomas Edison başlarda yüzlerce başarısız ampul geliştirmiş, ama sonunda flaman için doğru materyali keşfetmişti.

Deucalion ise önemsiz, gülünç bir olaydı. O, yaratıcısına zarar veremezdi. Ayrıca, dövmeli sefil, iki yüz yıl önce düğün gecesinde Victor'un ilk karısı Elizabeth'i öldürmüştü. Sapığın geri dönüşü, Victor'a vadesi çoktan dolmuş bir intikamı alma fırsatı verecekti.

Victor, Elizabeth'i sevmemişti. Sevgi ve Tanrı, eşit derecede aşağıladığı ve reddettiği efsanelerdi.

Ama Elizabeth ona *aitti*. İki yüz yıldan fazla bir zaman geçmiş olmasına rağmen onu kaybetmekten dolayı, hâlâ tıpkı Deucalion'un, gelini öldürürken parçaladığı antik porselen vazoyu kaybettiğinde olduğu gibi, acı acı içerliyordu.

Erika Beş'in görgü kurallarını ihlal etmesine gelince: Onun disiplin altına alınması gerekiyordu. Victor çok parlak bir bilim adamı olmanın yanı sıra, aynı derecede parlak bir disiplin uzmanıydı.

Sonuçta her şey yolunda gidiyordu.

Hitler'in, daha sonra da Stalin'in sahip olduğuna benzer finansal olanaklarla yaratmak için çok çaba sarf ettiği Yeni Irk için Çin'de ve onun ardından farklı yerlerde geliştirilmiş olan birçok proje, Merhametin Elleri'nde zaferle sonuçlanan çalışmalara ulaşmak adına atılması gereken adımlardı. Bu kez, yasal bir girişim olan Biovision'ın kazandırdığı milyarlar sayesinde Victor, halen devam etmekte olan projesinin yüzde elli birinin giderlerini karşılayabiliyor, petrol zengini krallıklarını yöneten ve ayak direten nüfusun yerine kendilerine itaat edecek yeni sübjeler koymaya hevesli Güney Amerika diktatörlerinden oluşan konsorsiyum ve Victor'un, insanlar gibi nefes verdiğinde karbondioksit salmayan ve böylece gezegeni kurtaracak bir ırk yarattığına inanan bir İnternet milyarderi de dahil olmak üzere, projeye destek veren azınlık ortaklarının müdahalesinin önünü kesebiliyordu.

Kısa bir süre sonra havuzlar binlerce Yeni Irk mensubu üretmeye başlayacak, Eski Irk unutulmanın eşiğine gelecekti.

Her küçük aksilik karşılığında yüzlerce büyük başarı elde ediliyordu. İvme ve dünya Victor'undu.

Yakında tekrar gerçek adıyla yaşamaya başlayabilecekti. Gurur duyduğu, dünyada herkesin saygıyla andığı, kendisine inananların yaratıcılarına huşu içinde seslendiği o tarihsel adıyla: *Frankenstein* adıyla...

Sonunda kaplıcasından çıkan Victor, geri dönüp birkaç dakika daha aynalı meditasyon odasında zaman geçirmeye karar verdi.

20. BÖLÜM

Carson ve Michael, Audubon Park'ın yakınında, farları açık, motoru ve havalandırması çalışmakta olan Honda'nın içinde oturmuş, balıklarını ve mezelerini yiyorlardı. Çeneleri yağlanmış, parmakları tartar ve lahana sosla kayganlaşmıştı. Acadiana'nın yiyeceklerinden o kadar memnundular ki arabanın tavanında davul çalıyormuş gibi yağan yağmur bile huzur verici gelmeye başlamıştı. Michael bir ara, "Burada bir şey var," dedi.

Carson sandviçinden başını kaldırdığında Michael'ın gözlerini kısmış, ön camdan titrek bir halde aşağıya akan ve görüntüyü bulanıklaştıran su tabakasından dışarıya baktığını gördü. Silecekleri çalıştırdı.

Bu saatte, bu havada boşalmış olan caddenin ortasında koşarak kendilerine doğru gelmekte olan bir Alman çoban köpeği, köpeğin peşinde ise her ikisi de çıplak, biri kadın biri erkek iki kişi vardı.

Çoban köpeği Honda'nın yanından, Carson'ın daha önce hiçbir köpekte görmediği bir hızla koşarak geçti. Adam ve kadının çıplak ayaklı olmalarına rağmen olimpiyat koşucularından daha hızlıydılar, sanki altlarında araba olmadan NASCAR yarışında dereceye girmeye çalışıyor gibiydiler. Adamın cinsel organı ve kadının göğüsleri şiddetli biçimde zıplıyordu, her ikisinin de yüzlerinde, sanki köpek onları İsa'ya ulaştırmaya söz vermiş gibi, kendinden geçmiş bir ifade vardı.

Köpek havlamadı, ama iki ayaklı koşucular Honda'nın yanından geçerken Carson onların bağırdıklarını duydu. Pencereler kapalıyken ve yağmur tavanı döverken kadının ne dediğini tam olarak anlayamadı, ama adam heyecanla pizzayla ilgili bir şeyler bağırıyordu.

"Müdahale edelim mi?" diye sordu Michael.

"Hayır," dedi Carson.

Sandviçini ağzına götürdü, ama bir ısırık almak yerine mezelerle birlikte pakete geri koydu ve ağzını kapadığı paketi Michael'ın eline tutuşturdu.

"Kahretsin," diyerek Honda'yı vitese taktı ve caddenin ortasında U dönüşü yaptı.

Michael, "Ne diye bağırıyorlardı?" diye sordu.

"Kadının ne dediğini bilmiyorum, adamın ise *pizza* kelimesinden başka ne söylediğini duymadım."

"Sence köpek, pizzalarını mı yedi?"

"Öfkeli görünmüyorlardı."

"Öfkeli değillerse, köpek neden onlardan kaçıyordu?"

"Bunu köpeğe sorman gerek."

İleride; üç kişiden oluşan sekiz ayaklı grup caddeden ayrılıp Audubon Park'ın girişine yöneldi.

Michael yiyecek paketlerini yere, ayaklarının arasına koyarken, "Adam sana tanıdık gelmedi mi?" diye sordu.

Dönüşü geride bırakan ve hızlanan Carson, "Yüzüne bakamadım," dedi.

"Bence adam bölge savcısıydı."

"Bucky Guitreau mu?"

"O ve karısı."

"Aferin ona."

"Aferin ona mı?"

"Köpeğin peşine çıplak bir fahişeyle birlikte de düşmüş olabilirdi."

"Senin sıradan New Orleanslı politikacıların gibi değil."

"Aile değerlerine sahip çıkan bir adam."

"İnsanlar o kadar hızlı koşabilir mi?"

Carson sol tarafa, parka doğru saparken, "Bizim türümüzden insanlar koşamaz," dedi.

"Ben de öyle düşünüyorum. Hem de çıplak ayakla…"

Park on'da kapanmıştı. Köpek kapı aralığından içeri sızmış olmalıydı. Çıplak koşucular ise *içinden geçtikleri* bariyeri parçalamışlardı.

Carson tekerleklerin altında takırdayan kapı kalıntılarından geçerken Michael, "Şimdi ne yapacağız?" diye sordu.

"Bilmiyorum. Sanırım bu, onların ne yapacağına bağlı."

21. BÖLÜM

Mavi, soğuk hayalin rengidir. Her şey mavinin bir tonudur, sonsuz mavinin tonu.

Restoran tipi geniş hacimli dondurucunun camdan bir kapısı vardı. Cam Chameleon için bir işkenceydi.

Dondurucunun içindeki raflar çıkartılmıştı. Burada hiç yiyecek saklanmıyordu.

Dondurucunun tavanındaki bir kancadan, büyük bir çuval sarkıyordu. Çuval hapishaneydi.

Hapishane kevlar türünde kurşun geçirmez, güçlü, eşsiz polimer bir kumaştan yapılmış ve şeffaftı.

Bu şeffaflık ilk işkenceydi. Cam kapı ise ikinci...

Çuval elli beş litre su ile dolu ve sarkar halde olduğundan, devasa bir göz yaşı damlasını andırıyordu.

Dondurucunun içinde ısı eksi sekiz ila eksi on derece arasında değişiyordu.

Sarkık çuvalın içindeki su, donmayı engellemek üzere tuzun yanı sıra çeşitli kimyasallarla işlem görmüş bir tuz çözeltisiydi.

Isı donma derecesinin altındaydı, çuvalın içinde minik buz parçacıkları yüzüyor olsa da çözelti donmayacaktı.

Soğuk Chameleon için üçüncü bir işkenceydi.

Çuvalın içinde sürüklenen Chameleon, şimdi gözü açık halde rüya görüyordu.

Gözlerini içinde bulunduğu koşullar karşısında kapatamazdı, çünkü göz kapakları yoktu.

Chameleon'ın uykuya ihtiyacı vardı.

İçinde bulunduğu çaresiz durumun daima bilincinde olmak onun dördüncü işkencesiydi.

Halen bulunduğu koşullar içinde Chameleon, ciğerleri olmadığı için boğulamıyordu.

Hapsedilmediği zamanlarda, maddi olarak böceklerinden farklı, ama onlarınkine benzer bir solunum sistemi sayesinde nefes alabiliyordu. Yüzeydeki solunum delikleri, havanın, vücudunun her yerine dolaşan tüplerin içine dolmasını sağlıyordu.

Yarı asılı halde çok az oksijene ihtiyacı vardı, solunum tüpleri içinde akan tuz çözeltisi de oksijen bakımından zenginleştirilmişti.

Chameleon dünyada bir böcek gibi görünmese de bir çok şeye kıyasla daha çok böceği andırıyordu.

İri bir kedi büyüklüğündeki Chameleon on bir kilo ağırlığındaydı.

Beyni her ne kadar 0.55 gram çekiyor olsa da Chameleon altı yaşında, sıradan bir çocuğun zekâsına sahipti, ama o yaştaki bir çocuğa göre çok daha disiplinli ve kurnazdı.

İşkence çekmekte olan Chameleon bekliyordu.

22. BÖLÜM

Kaplıcadaki, Victor'un vücudunda sıcak su köpürüyor, Dom Perignon'un kabarcıkları dilinde patlıyordu ve hayat güzeldi.

Kaplıcanın hemen yanındaki duvarda asılı duran telefon çaldı. Bu özel numarayı sadece birkaç özel Alfa bilirdi.

Arayanın numarasının göründüğü ekranda *bilinmeyen numara* yazıyordu.

Victor yine de ahizeyi yerinden kaldırdı. "Evet?"

Bir kadın, "Merhaba sevgilim," dedi.

"Erika?"

"Beni unutmuş olabileceğinden korkuyordum," dedi kadın.

Onu oturma odasında yemek yerken bulduğunu hatırlayarak disiplinli tavrını bir süre daha sürdürmeye karar verdi. "Acil bir durum olmadığı sürece burada rahatsız edilmemem gerektiğini herkesten çok sen biliyorsun."

"Beni unutmuş olsan seni suçlamazdım. Benimle en son sevişmenin üstünden bir günden fazla bir zaman geçti. Senin için tarih oldum artık."

Kadının ses tonundaki belli belirsiz, ama şüphe götürmez alaycı ton Victor'un kaplıcanın içinde doğrulmasına neden oldu. "Sen ne yaptığını sanıyorsun Erika?"

"Asla sevilmedim, sadece kullanıldım. Hatırlanmış olmak gururumu okşadı."

Yolunda gitmeyen bir şeyler vardı. "Neredesin Erika? Evin içinde neredesin?"

"Evde değilim sevgilim. Nasıl olabilirim ki?"

Victor amacı ne olursa olsun, onun sohbete dayalı bu oyununu sürdürmesi halinde yanılgıya düşecekti. Baş kaldırma gibi görünen davranışı hiçbir şekilde cesaretlendirmemeliydi. Victor'un cevabı sessiz kalmak oldu.

"Çok sevgili efendim, siz beni gönderdikten sonra nasıl evde olabilirim ki?"

Onu evden göndermemişti. Onu bir gün önce değil, sadece birkaç saat önce oturma odasında hırpalanmış, yüzü gözü kan içinde bırakmıştı.

Kadın, "Yenisi nasıl? O da benim gibi seks düşkünü mü? Dövüldüğünde o da benim gibi acıklı acıklı ağlıyor mu?"

Victor oyunun doğasını algılamaya başlamış, kadının yüzsüzlüğü karşısında şok olmuştu.

"Sevgilim, yaratıcım, sen beni öldürdükten sonra, sağlık bölümündeki adamlarına Pontchartrain gölünün kuzeydoğusundaki çöplüğe attırdın. Bana evin neresinde olduğumu soruyorsun, ama ben evde değilim, her ne kadar geri dönmeyi umuyor olsam da..."

Şimdi kadın bu çılgınca maskaralığı kabul edilemez bir aşırılığa taşımış, sessizlik uygun bir karşılık yöntemi olmaktan çıkmıştı.

Victor soğuk bir tavırla, "Sen Erika Beşsin," dedi, "Erika Dört değil. Ve bu saçma taklitten eline geçen tek şey, kısa bir süre sonra yerini Erika Altı'nın almasını garanti etmek olacak."

"İhtirasla dolu geceler sonrasında," dedi kadın, "yumruklarının sert etkisini, beni ısıran dişlerinin keskinliğini ve ağzının nasıl kan içinde kaldığını hatırlıyorum."

Kadını o saat içinde yok etmesi gerekiyordu. "Derhal yanıma gel," dedi Victor.

"Oh sevgilim, elimden gelse hemen orada olurdum, ama çöplük Garden bölgesinden oldukça uzakta."

23. BÖLÜM

Audubon Park'ın içinden geçen anayolla, parka giriş yolunun kesiştiği T şeklindeki kavşağa vardıklarında, Michael sol kalçasındaki muhafazasından yasadışı yolla edindiği elli kalibrelik Desert Eagle tabancasını çekti.

Carson, "Başımıza bela olacaklarsa...," dedi.

"Olacaklarına iki böbreğime bahse girerim."

"... o zaman şehirli nişancıyı kullanmak daha mantıklı olur derim," diye bitirdi, sağa West Drive yoluna saparken.

Arabanın farları yağmurlu akşamda, köpeğin ardından çırılçıplak ve delicesine bir hızla koşmakta olan Bay ve Bayan Guitreau'nun solgun vücut hatları üstünde gezindi.

"Arabadan inmek zorunda kalırsak kesinlikle nişancıyı kullanırız, oturur pozisyonda ateş etmek durumunda kalmazsam tabii," dedi Michael.

Birkaç saat önce fiziksel ve zihinsel anlamda çökmekte olan Yeni Irk mensubu Pastor Kenny Laffite'in o halini görmüşlerdi. Bundan kısa bir süre sonra da, Charles Manson'ın Jeffrey Dahmer'a dönüşmüş haline benzer, Victor'un kendine Randal diyen tüyler ürpertici ve çılgın bir başka yaratığıyla uğraşmak zorunda kalmışlardı. Randal Carson'ın kardeşi Arnie'yi öldürmek istemiş, zapt edilene ve öldürülene kadar üstüne şehirli nişancıdan üç şarjör boşaltılması gerekmişti.

Şimdi de bu olağandışı durumla karşı karşıyaydılar.

Carson, "Kahretsin," dedi. "Şu bamya, fasulye ve mısır haşlamasını asla bitiremeyeceğim."

"Bana biraz tuzlu geldi. Bayan Guitreau'nun gerçekten hoş bir kıçı olduğunu söylemeliyim bu arada."

"Tanrı aşkına Michael, o bir tür canavar."

"Bu çok hoş bir kıça sahip olduğu gerçeğini değiştirmiyor. Üstünde minik gamzeleri olan küçük, sıkı bir kıç."

"Mahşer gününü yaşıyoruz ve bana destek olacak adam takıntılı bir kıç sapığı."

"Galiba adı Jane'di. Hayır, Janet."

"Adının ne olduğu neden bu kadar umurunda? O bir canavar, ama hoş bir kıçı var, peki sen şimdi ona çıkma mı teklif edeceksin?"

"Ne hızla gidiyorlar?"

Hız göstergesine göz atan Carson, "Saatte yaklaşık kırk kilometre," dedi.

"Bu da bir buçuk dakikada bir kilometre yol gidiyorlar anlamına gelir. Daha önce bir kilometrenin en hızlı iki buçuk dakikanın biraz altında koşulduğunu sanıyorum."

"Evet, ama Guitreauların resmini hız rekortmeni olarak yiyecek paketlerinin üstünde göreceğimizi sanmıyorum."

"Av köpeklerinin bir buçuk kilometreyi iki dakikada koştuklarını duymuştum," dedi Michael. "Alman çoban köpeklerini bilmiyorum."

"Görünen o ki çoban köpeği yoruldu, adamla kadın köpeğe yetişiyorlar."

Michael, "Bu yarışta köpeğin yanındayız. Onun zarar görmesini istemiyorum," dedi.

Alman çoban köpeği ve onun takipçileri sol şerittteydiler. Carson hızla sağ şeride geçerek pencereyi açtı.

Yağmur damlaları pencere eşiğinden sekip yüzüne vururken, Carson çıplak koşucularla aynı hizaya gelmişti ve konuştuklarını duyabiliyordu.

Kadın -tamam *Janet*- hızlı hızlı, "Köpek burnu, köpek burnu, büyük, büyük, büyük," diye söyleniyordu.

"Galiba köpeğin burnunu istiyor," dedi Carson.

Michael, "Alamaz," dedi.

Çıplak adam ve kadında yorulma belirtileri yoktu.

Carson'a daha yakın olan Bucky Guitreau oynak bir ritimde garip, saçma şeyler mırıldanıyordu: "Öldür, öldür, pizzacı çocuğu öldür, öldür."

Hem bölge savcısı, hem de karısı tamamen çökmenin eşiğinde, ıstırap çekmekte olan asıllarının kopyalarıydılar. Peşlerine düşmüş olan Honda'ya karşı ilgisiz görünüyorlardı. Bütün dikkatlerini köpeğe vermişlerdi ve hayvana yaklaşmaktaydılar.

Arabanın hız göstergesine bakan Michael, "Saatte kırk *iki* kilometre," dedi.

Carson bir ihtimal, koşucuların köpeğe kilitlenen dikkatlerini başka yöne çekebilirim düşüncesiyle, *"Kenara yanaşın!"* diye bağırdı.

24. BÖLÜM

Kaplıcada oturmuş, şampanyanın zevki karısının akla hayale gelmeyecek başkaldırısı yüzünden kaçmış olan Victor, telefonu Erika Dört'müş gibi davranan Erika Beş'in yüzüne çoktan kapatmış olmalıydı. Bu saçmalığı dinlemeye neden devam ettiğini bilmiyordu, ama kendini kaptırmıştı.

Kadın, "Burada çöp yığınlarının içinde, hâlâ kullanılmamış birkaç kontörü kalmış –tam tamına on sekiz dakika– kullanılıp atılan türden bir cep telefonu buldum. Bu Eski Irk çok müsrif, hâlâ değerli olmasına rağmen birçok şeyi atıyorlar. Sanırım benim de hâlâ bir değerim var."

Bütün Erikalar tam olarak aynı sesle yaratılmıştı, tıpkı cinsel yönden çok çekici olan diğer tüm ayrıntılarının da aynı olduğu gibi...

"Benim sevimli Victorum, sevgili sosyopatım, sana iddia ettiğim kişi olduğumu ispatlayabilirim. Halihazırdaki kum torban, senin beni nasıl öldürdüğünü bilmiyor, öyle değil mi?"

Victor ahizeyi çok sıkmaktan dolayı elinin ağrıdığını fark etti.

"Ama tatlım, tabii bilmez. Çünkü onu da aynı şekilde öldürmek isteyebilirsin ve tıpkı bana yaptığın gibi onu da şaşırtmayı arzulayabilirsin."

Çok uzun yıllardan beri kimse Victor'la böyle aşağılayıcı biçimde konuşmamış, yarattığı hiçbir yaratık *asla* ona böylesine bir saygısızlık etmemişti.

Öfkeden çılgına dönen Victor, "Sadece insanlar öldürülebilir. Sen bir kişilik değilsin, sen sadece bir malsın, bana ait bir şeysin. Ben seni öldürmedim, seni elden çıkardım yıpranmış, işe yaramaz hale gelmiş bir şeyi elden çıkardım," dedi.

Victor kontrolünü kaybetmişti. Kendini frenlemek zorundaydı. Verdiği cevap, kadının Erika Dört olduğuna dair gülünç iddiasını kabullendiği izlenimini uyandırmıştı.

Kadın, "Tüm Yeni Irk mensupları öldürülmesi çok zor biçimde tasarlanmıştır. Hiçbiri kolayca boğulamaz. Senin Erikaların haricinde tabii. Diğerlerinden farklı olarak biz eşlerinin hassas boğazları, kırıl-gan gırtlakları, bastırıldığında beynimize kan akışını durdurabilecek şahdamarları vardır," dedi.

Kaplıcadaki su bir dakika öncesine göre daha serin gibi geliyordu.

"Beni dövdüğünde kütüphanedeydik. Bana dik arkalıklı sandal-yede oturma talimatı vermiştin. Yapabileceğim tek şey itaat etmekti. İpek kravatını çıkardın ve yavaş hareketlerle beni boğdun. Bana işkence çektirdin."

Victor, "Erika Dört hak ettiğini buldu. Şimdi sen de hak ettiğini bulacaksın," dedi.

Kadın, "Sıradışı durumlarda," dedi, "yaratıklarını, programla-rımızda otonom sinir sistemlerimizi kapatmayı tetikleyecek birkaç kelime ederek, esrarlı bir cümle kurarak öldürmeye muktedirsin. Kalplerimiz atmaz olur, ciğerlerimiz derhal büzülüp, şişme özelliğini kaybeder. Ama sen bana böyle insaflı davranmadın."

"Şimdi davranacağım." Victor kadının programını çökertecek bir söz sarf etmişti.

"Sevgilim, benim değerli Victorum, artık bu sözler işe yaramaz. Kontrol programın benden çıkarılacak kadar uzun süre ölü kaldım. Aslında tekrar dirilmeyecek kadar da ölü değildim."

Victor, "Saçmalık," dedi, ama sesinde inanç yoktu.

"Oh sevgilim, seninle tekrar birlikte olmayı öylesine özledim ki. Olacağım da. Bu bir veda değil, sadece bir hoşça kal." Kadın telefonu kapattı. Kadın Erika Beş olsaydı, yok olmasına neden olacak o sözle-rin ardından ölmüş olması gerekirdi.

Erika Dört tekrar canlanmıştı. Victor hayatında ilk kez kolaylıkla baş edemediği, evlilikle ilgili bir sorun yaşıyordu.

25. BÖLÜM

Bölge savcısı ve karısı kenara yanaşmamışlardı tabii, çünkü Carson'ın sireni veya parlak uyarı lambaları yoktu, çünkü adamla kadın muhtemelen alkol testi yaptıracak durumda olmadıklarını biliyorlardı, ancak en büyük nedeni, narsist bir çılgın tarafından laboratuvarda klonlanmış acuze yaratıklar olmaları ve garanti süresinin dolduğu gün bozulan sıradan bir araba gibi yoldan çıkmışçasına hızla koşmalarıydı.

Carson'a eğilip tekrar hız göstergesine bakan Michael, "Saatte kırk beş kilometre... Köpek teslim bayrağını çekiyor. Ensesine yapışmak üzereler," dedi.

Çok sözlü şarkıları hatırlamak gittikçe yorucu oluyordu, Bucky ve Janet şimdi son çare olarak her biri tek bir kelime söyleme yoluna gitmişlerdi. Janet, "Köpek, köpek, köpek..." derken, Bucky, "Öldür, öldür, öldür...," diye bağırıyordu.

"Ateş et şunlara," dedi Michael. "Koşarlarken ateş et."

"Bir elimle direksiyonu tutarken elli kalibrelik Magnum'u ateşleyemem," diye karşı çıktı Carson.

Anlaşılan, en azından Bucky, Honda'nın yakınlarında olduğunu fark etmişti ve arabadakiler, köpeğin peşindeyken dikkatini dağıtmaya, onu sinirlendirmeye çok yaklaşmışlardı. Bucky aralarındaki mesafeyi kapatarak Honda'nın yanında koşmaya başladı, dengesini bulmak için arabanın yan aynasına sıkıca yapıştı ve pencereden Carson'a doğru uzandı.

Carson aniden frene asılınca kopan ayna Bucky'nin elinden fırladı. Bucky tökezledi, düştü ve karanlığın içinde yuvarlandı.

Honda tiz bir ses çıkararak tamamen durdu. On beş metre ileride ise Janet tiz bir ses çıkarmadan durdu. Kadın onlara doğru döndü, yerinde tempolu adımlarla koşmaya başladı.

Desert Eagle tabancasını kılıfından çıkaran Michael, "*Playboy* kanalında tuhaf bir program izliyoruz sanki," dedi. Şehirli nişancılardan birini Carson'a verip diğerini kendi aldı. "Gerçi ben Playboy kanalını pek seyretmem ama."

Michael kapısını hızla açtı. Carson uzun farlarını yaktı, çünkü karanlık, araştırmasını engelliyordu. Kalbi fırtına sırasındaki gök gürültüsünü aratmayacak biçimde atarken yağmur altına çıktı, karanlığın içinde Bucky'yi aradı, ama bulamadı.

Farların parıltısı ıslak kaldırımdan yansıyor, yol siyah ve gümüşi görünüyordu. Ağaçların ötesinde, batı yönünde çok da uzak olmayan bir yerde Walnut caddesi, Audubon ve Broadway'in oraya kadar ulaşmayan ışıkları, kuzey kuzeydoğu yönünde ise Tulane ve Loyola üniversitelerinin de keza oraya kadar ulaşmayan ışıkları görünüyor, park doğu ve güney yönlerinde karanlığa gömülmüşken, belki De Paul hastanesine ait olabilecek bir parlaklık seziliyordu.

Burası yalnız başına ölmek ve sabah bulunmak için ideal bir yerdi. Yasadışı biçimde bırakılmış bir çöp gibi, onca yıl önce anne ve babasının yaptığına benzer biçimde terk edilmişe benziyordu. Burası elektrik hatlarının altında yüzükoyun yatan, çift devreli bir kulenin yakınlarında, Riverbend'te su setinin çimenlik sahilinde, bisiklet parkurunun hemen bitiminde, gün ağarırken kulenin traversinin üstünde, çürümüş et yiyen siyah kuşların toplaştığı bir yerdi.

Şimdi bu park, bu yalnız karanlık Carson'a, su seti kendisine aitmiş de parlak gözlü kuşlar tarafından gagalansın diye bir çöp torbası gibi kenara atılmış gibi hissettiriyordu. Honda'dan dışarı çıkalı en fazla on saniye olmuştu, araçtan uzaklaşıyor, potansiyel tehdidi silahının namlusuyla sınırlandırırken soldan sağa, sonra sağdan sola hareket ediyordu; aradan geçen on saniye ona on dakika gibi gelmişti.

Bu ucube neredeydi?

Aniden yolun uzak tarafındaki kanalizasyon kanalından solgun bir beden havaya fırladı. Bucky'nin kopyası olan yaratık yere hızla düştüğünden kan içinde kalmış, ama ayağa kalkmayı başarmıştı ve "Çok kötü bir şey oldu, çok kötü, çok kötü," diye bağırıyordu. Bir boğadan daha güçlü görünen yaratık başını eğerek Carson'a doğru atıldı.

Olacakları önceden kestiren Carson bacaklarını hafifçe açmış, ele avuca gelen silahını aşağıya doğru tutarken, her iki eliyle sıkıca kavramıştı. Sağ eli silahın kabzasında, sol eli sürgüsünde, silahı hafifçe sağına çekti, geri tepmenin etkisini azaltmak için her iki dirseğini de kırdı. Bu yüzden eklemlerinin kilitlenmesi çok kötü sonuçlar doğurabilirdi, keza lifinin yırtılması, omzunun çıkması da... Nişancı, kapasitesi yüksek her silah gibi geniş bir açıyı etkisi altına alacak şekilde saçma değil, bir gergedanı durdurabilecek kesme kurşunlar atıyordu, ama yine de Carson içgüdüsel olarak nişan aldı, zaten başka bir şey yapacak zamanı yoktu. Aslının kopyası Bucky Guitreau kan çanağına dönmüş gözleriyle ve gerilmiş dudaklarıyla hırlayarak Carson'a doğru vahşice ve korkusuzca saldırdı.

Carson silahını ateşledi, geri tepme birkaç santim gerilemesine neden oldu. Silahın namlusu tahmin ettiği gibi havaya kalkmış, acı omuzlarına yayılmış, azı dişinde bir zamanlar çok soğuk bir şey içtiğinde hissettiğine benzer bir sızlama olmuş ve kapalı bir alanda bulunmamasına rağmen silahın sesi kulaklarında çınlamıştı.

Kesme kurşun kopyayı göğsünün ortasından yakaladı, göğüs kemiğini içe doğru yarıp parçalarken onu kan revan içinde bıraktı. Yeni moda olmuş bir dans türünü icra edercesine, kopyanın sol kolu refleksle ve şiddetle sallandı, sağ kolu yine refleksle aşağı doğru çekildi. Sarsılan ama tökezlemeyen, yavaşlayan ama durmayan kopya yaklaşmaya devam etti. Artık ne bağırıyor, ne çığlık atıyor, ne de acı duyuyordu. Carson silahını yine ateşledi, ama bu kez çuvalladı, çünkü adamın hâlâ ilerliyor olmasından dolayı korkmuş ve şok geçirmişti. Mermi midesine veya göğsüne değil, kolunu koparacak, en azından

101

bir kısmını koparacak şekilde yaratığın sağ omzuna isabet etmiş, ama böyle bir etki yaratmamıştı. Kopya Nişancı'nın namlusunu yakalamak üzere uzandı, birkaç el daha ateş edilse bile Carson'ın yüzünü parçalayıp, boğazını kesecek kadar odaklanmış ve gücü, kuvveti yerindeymiş gibi görünüyordu.

Michael Honda'nın arka tarafından çıktı, silahı gümbürdedi ve adamı kalçasının hemen üstünden vurdu. Carson da aynı anda tetiğe asıldı, kopyayı doğrudan hedefe yaptığı atışla belki sol baldırından mıhladı, ama yaratığın kolu silahın namlusunun hemen yanındaydı, silahı havaya savuran kıpkırmızı eli şimdi Carson'ın yüzüne ulaşmaya çalışıyordu. Guitreau kulağa sanki, "Bana gözlerini ver," gibi gelen bir şeyler söylediği anda Michael bir kez daha ateş etti. Bu kez adamın başına isabet eden mermi Bucky denilen şeyi sonunda gümüşi-siyah kaldırımın üstüne çıplak ve yüzüstü serdi. Bir an hareketsiz kalan kopya, parçalanmış kafası ve yaralanmış vücuduyla onlara doğru sürünmeye çalıştı, ama sakat bir hamamböceği gibi seğirdi. Bir kez daha hareketsiz kaldı, yattığı yerde hiç hareket etmedi, hiç yerinden oynamadı, sonra son bir kasılma daha geçirip işi bitmiş halde kalakaldı.

Carson göz ucuyla bir şeyin hareket ettiğini, bir şeyin yaklaştığını gördü ve olduğu yerde hızla dönünce sıkı kıçlı Janet'le karşı karşıya kaldı.

26. BÖLÜM

Sessizlikte tedbiri elden bırakmayan Erika Beş, muzip albino cüce Jocko'yu arka merdivenlerin bir bölümünden, tam ortadaki ana yatak odasına oldukça uzakta bulunan ikinci kata çıkardı.

Victor'un satın aldığı üç arazi parçasının üstünde yer alan üç malikânenin ikisi, birbirine çok benzer mimari tarzlarda inşa edilmişti. Victor iki malikâneyi öyle bir birleştirmişti ki ön tarafta yer alan üç meşe ağacı ve arka taraftaki St. Vincent leylak ağacıyla örtülü kafesli gölgelik, caddeden bakıldığında iki malikâneye birbirinden ayrıymış havası veriyordu.

İki malikânenin başlangıçta otuz dört odası vardı, ama iç duvarlar yıkıldıktan sonra tüm bu mekânlar başka amaçlarla kullanılmaya başlanmıştı.

Victor başta, üçüncü malikâneyi yıkmaya ve bu araziyi malikânesinin bahçesine katmaya niyetlenmişti.

Vali olma hırsı bulunan ve tarihi binaların korunması gibi bir fikre sahip olan şehir politikacısı, Victor'un üçüncü evi yıkma girişiminin önünü tıkamıştı. Victor olayı kadının sosyal saygınlığına uygun biçimde çözmeye çalışmıştı. Yüklü miktarda rüşvet birçok durumda kadının işbirliğini satın almaya yeterdi, ancak kadın, kendini tarihi koruma yönünde adamanın getireceği şanın, politik hedeflerine ulaşmakta anahtar rol oynayacağına inanmıştı.

Politikacının kopyası havuzdan çıktıktan sonra, Victor gerçek kadını evinden kaçırarak Merhametin Elleri'ne getirtmiş, burada ona eski Doğu Almanya'nın gizli polisi olan Stasi tarafından geliştirilmiş en profesyonel işkence yöntemlerini uygulamıştı. Kadın işkencenin durması için yalvarmak yerine öldürülmesi için yalvarmaya başladığında, Victor kendi ölümünün şeklini belirlemeyi kadına bırakmış, ona birçok şeyin dışında, aralarında havalı çivi tabancası, zımpara makinesi ve içi fenik asit dolu iri bir şişenin de bulunduğu hayal gücü kuvvetli bir zihnin ürünü cinayet silahlarından birini seçme şansı vermişti.

Kadının zihinsel çöküşü ve dış ortamla ilgisinin tamamen kopma noktasına gelmesi, sadece sonunun nasıl olacağına dair bir karar vermesini olanaksız hale getirmemiş, Victor'u ona dayak atma zevkinden mahrum etmişti. Yine de Victor, tarihi koruma olayı kararlılığını hayatının en güzel anlarından biri olarak değerlendirmiş, bu yüzden havuzda yaratılırlarken, Erikaların beyinlerine yüklenen biyografisinde bu olaya da yer vermişti.

Victor Erikalarının kendisine sadece cinsel olarak hizmet etmelerini ve dünyaya karşı güler yüzlü birer ev sahibesi olarak görünmelerini değil, her birinin sırasıyla, her meselede kendince izlediği kararlı tavrı takdir etmelerini, başarılarını acı acı kıskandıkları diğer tüm büyük insanları aşağılayan entelektüel cüceler, sahtekârlar ve bu dünyanın tüm aptalları karşısında eğilmeyen çelik gibi azmini gıpta etmelerini de istemişti.

Malikânenin ikinci katındaki kuzey kanadı, kullanılmamış halde Victor'un kararını bekliyordu. Bir gün, malikâneye eklemek istediği yeni bir konfor veya lüks keşfedecek ve kuzey kanadı onun en son hevesine uygun biçimde yeniden şekillendirilecekti.

Burada bile maun zemine monte edilmiş, geniş koridorlar ve odalar döşenmişti. Koridorlarda zeminin üstüne, çoğu on dokuzuncu yüzyıl sonu Tebriz ve Bakşiyeş kilimi olmak üzere, zeminle uyumlu bir dizi antika İran kilimi atılmıştı.

Erika Jocko'yu mobilyasız bir odaya götürerek tavandaki ışığı açtı. Burası küçük bir oturma odası, yatak odası ve banyodan oluşan bir süitti. Mekâna halı döşenmemişti. Pencereleri karartma astarlı, sırmalı kumaştan eve yakışan kalın perdeler örtüyordu.

Erika, "Hizmetliler, kuzey kanadı yılda sadece on iki kez süpürür ve tozunu alırlar," dedi. "Her ayın ilk salı günü. Bunun dışında odalara kimse girmez. Temizlik zamanı geldiğinde bir gece önceden seni başka bir yere taşır, işleri bitip de gittiklerinde geri getiririz."

Üstünde hâlâ damalı masa örtüsünden etek olan cüce, holden yatak odasına geçti; yüksek tavanlara, süslü pervazlara ve İtalyan mermerinden şömineye hayranlıkla bakarak, "Jocko bu zarif yere layık değil," dedi.

"Mobilyasız, yerde uyumak zorunda kalacaksın," dedi Erika. "Bunun için kusura bakma."

"Jocko fazla uyumaz, sadece köşede oturur ve ayak başparmaklarını emerek zihninin kırmızı yere gitmesine izin verir, kırmızı yerden geri geldiğinde ise Jocko dinlenmiş olur."

"Ne kadar ilginç. Yine de bir yere uzanıp yatmak isteyeceksin. Ben rahat etmen için çarşaf ve yumuşak yatak takımı getiririm."

Banyoda, siyah-beyaz seramik fayansların üzerinde 1940 tarihi vardı, ama mükemmel biçimde korunmuşlardı.

"Sıcak ve soğuk suyun, küvetin, duşun ve tabii tuvaletin var. Ben sabun, havlu, tuvalet kâğıdı, diş fırçası ve diş macunu getiririm. Saçın yok, o yüzden şampuana, tarağa ve saç kurutma makinesine ihtiyacın olmaz. Tıraş olur musun?"

Muzip cüce bir eliyle yumrulu yüzünü sıvazladı. "Jocko'nun hiçbir yerinde tek bir güzel kılı yoktur, burnu haricinde. Oh, dilinde de üç tane var." Dilini çıkarıp gösterdi.

Erika, "Yine de tarağa ihtiyacın olmayacak," dedi. "Ne tür deodorant tercih edersin, bilyeli mi, spreyli mi?"

Jocko gözlerini kıstı. Bu, yüz hatlarının itici bir şekil almasına neden oldu.

Erika onu daha yakından tanıyıp hakaret ediyormuş gibi görünmeden daha açık konuşabilecek kadar samimiyet kurduğunda, ona yüzünü bir daha bu hale sokmamasını söyleyecekti.

Jocko, "Jocko cildinin böylesine aşındırıcı kimyasallara karşı aşırı hassas olduğunu sanıyor," dedi.

"Peki öyleyse. Birazdan ihtiyacın olan eşyalarla birlikte geri döneceğim. Sen burada bekle. Pencerelerden uzak dur ve tabi olabildiğince sessiz ol." Erika'nın hafızasının derin havuzunda edebi bir ima belirdi. "Bu tıpkı Amsterdam'daki gizli bir müştemilatta Nazilerden gizlenen Anne Frank'in durumuna benziyor."

Muzip cüce hiçbir şey anlamamış gibi gözlerini Erika'ya dikti ve dudaksız ağzından sarkan et parçasını şapırdattı.

"Belki de benzemiyordur," dedi Erika.

"Jocko bir şey diyebilir mi?"

"Pardon?"

"Jocko bir şey diyebilir mi?"

Bir limon kadar sarı iri irisli, baykuşlarınkini andıran büyük gözleri Erika'nın gözüne hâlâ gizemli ve güzel görünüyordu. Gözler, çevresindeki yüz hatlarının talihsizliğini telafi ediyordu sanki.

Erika, "Evet," dedi, "tabii, ne istiyorsan söyle."

"Eskiden olduğum kişi olan onu parçalayıp dışarı çıktığımdan ve şimdi o olduğumdan beri, yani ben Jocko, çoğunlukla rögarlarda, kısa bir süre de halka açık tuvaletlerin temizlik eşya dolaplarında yaşadım. Burası çok daha iyi."

Erika gülümseyip başını salladı. "Umarım burada mutlu olursun. Unutma, evdeki varlığın bir sır olarak kalmalı."

"Sen dünyanın en nazik, cömert hanımısın."

"Hiç de değil Jocko. Bana kitap okuyacaksın, unutmadın değil mi?"

"Ben hâlâ o iken, senin yaptığın iyiliğin yarısını yapacak bir hanım dahi tanımadım. Şimdi ona dönüştüğüm, ben Jocko olduğumdan beri, senin ancak çeyreğin olabilecek bir hanım da tanımadım; on bir saat yaşadığım kadınlar tuvaletinde bile. Jocko, temizlik dolabından dışarısını, lavaboda ve tezgâhın önünde konuşan birçok hanımı dinledi ve çoğu *korkunçtu*."

"Bu kadar acı çekmene çok üzüldüm Jocko."

"Ben de," dedi cüce.

27. BÖLÜM

Carson'a doğru sağından, yere yakın bir halde yaklaşmakta olan Janet Guitreau değil, nefes nefese kalmış, kuyruğunu sallamakta olan Alman çoban köpeğiydi.

Muhteşem kıçlı kadın ise Carson Honda'dan dışarı çıktığında durduğu yerdeydi: Yolun on beş metre ilersinde. Başı dik, omuzlarını geri atmış, kolları, Eski Batı'da şerifi öldürmek üzere düello yapmaya hazırlanan bir silahşör gibi her iki yanında duran kadın tetikte bekliyordu.

Artık durduğu yerde koşar adımlarla hareket etmiyordu ki bu durum muhtemelen Michael açısından hayal kırıklığı yaratan bir durumdu.

İşin ilginç yanı, Janet denilen yaratığın Carson'la Michael'ın Bucky'le yaşadıklarını izlemiş, ama yardım etmek gibi bir zorunluluk hissetmemiş olmasıydı. Şehirde Yeni Irk'ın küçük bir ordusu yaşıyor olabilirdi, ama sanki aralarında daima birlikte savaşacak kadar bile bir yakınlık yoktu.

Diğer yandan, belki bu davaya karşı sorumluluk eksikliği, yalnızca Janet'in beyin treninin raydan çıkmış ve hiçbir ray döşenmemiş yabancı bir alanda yol almaya başlamış olmasının bir sonucuydu.

Yolun ortasında, parıldayan gümüşi yağmurun altında, Honda'nın uzun farlarının ışığıyla yıkanmış haldeki kadının, sanki bu dünyayla, insanların ruhlar gibi ışıldadıkları, herhangi bir hayvan kadar vahşi oldukları diğer dünya arasına gerilmiş bir perdeymişçesine ruhani bir görüntüsü vardı.

Michael elini Carson'a uzattığında avucunun içinde bir şarjör parıldıyordu.

Silahını tekrar dolduran Carson, "Ne düşünüyorsun? Peşine düşelim mi?" diye sordu.

"Ben yokum. Bir kuralım var... Bir gün içinde aklını kaybetmiş süper tek bir kopyadan fazlasıyla hesaplaşmam. Ama bakarsın o bizim peşimize düşer."

Tüm gece boyunca ilk kez hafif bir meltem çıkmış, yer çekiminden baskın çıkarak yağmurun Carson'ın başının tepesine değil, yüzüne doğru şakır şakır yağacak bir açıyla düşmesine neden olmuştu.

Kadın meltem, Janet'le konuşmuş da, sanki ona geri çekilmesi yönümde akıl vermişçesine, arkasını dönerek hızla yoldan öteye, ağaçların arasına doğru koşmaya başladı ve parkın çimenlik karanlığının içinde kayboldu.

Carson'ın yanında durmakta olan köpek, *iyi, kurtulduk bundan* dercesine alçak sesle hırladı.

Michael'ın cep telefonu çaldı. Telefona yüklediği son zil Üç Yardakçının Curly'si, Curly'nin kahkahasıydı. "Hah, hah, hah," diye öttü telefon.

Carson, "Yirmi birinci yüzyılda hayat, delicesine olduğu kadar aptalcasına da," diye söylendi.

Michael telefonu açtı ve "Evet, tamam," dedi. Carson'a dönerek, "Deucalion arıyor," dedi.

"Tam da arayacak zamanı buldu." Carson karanlığı doğudan güneye kadar incelerken, Janet'in cinayet işlemeye hazır bir havada her an üstlerine saldırması beklentisi içindeydi.

Michael bir süre dinledikten sonra, "Hayır, bulunduğumuz yer buluşmak için iyi bir yer değil. Biraz önce bir olay yaşadık, her yer kalıntı dolu," dedi Deucalion'a.

Carson, Bucky'nin kopyası olan yaratığın cesedine baktı. Hâlâ ölü olarak yerde yatıyordu.

"Uygun olabilecek bir yere gitmemiz için bize on, on beş dakika ver. Ben seni arar, yerimizi bildiririm." Telefonu cebine yerleştirdikten sonra, "Deucalion'un Merhametin Elleri'nde işi bitmiş, bulmayı umduğu şeyi bulmuş," dedi.

"Köpeği ne yapacağız?"

Kaldırımdaki birikintiden su içen çoban köpeği başını kaldırıp önce Carson'a, sonra Michael'a yalvarır bir ifadeyle baktı.

"Bizimle gelsin," dedi Michael.

"Arabanın içi ıslak köpek kokacak."

"Onun açısından durum çok daha kötü. Araba ıslak polis kokacak."

Carson, "Çok sevimli bir oğlan," diye itirafta bulundu. "Ve sanki bir polis köpeği olmalıymış gibi görünüyor. Adı ne acaba?"

"Bekle bir dakika," dedi Michael. "Bu Dük olmalı. Bölge savcısının köpeği. Bucky'le birlikte mahkemelere gider. Veya giderdi."

"Orleans Dükü," dedi Carson. "Yangından iki küçük çocuğu kurtarmıştı."

Köpeğin kuyruğu öylesine hızlı sallanıyordu ki Carson hayvanın ıslak kaldırımdan havalanacağını sandı bir an.

Rüzgâr ağaçların içinde uğuldadı ve aniden, denizin kokusunu taşıyormuş gibi geldi.

Carson arabanın kapısını açarak çoban köpeğini arka koltuğa oturttu, sonra bir kez daha direksiyonun başına geçti. Şehirli nişancıyı namlusu aşağıya gelecek şekilde yolcu koltuğunun önüne, bacak mesafesine yerleştirirken, Acadiana'dan aldıkları yiyeceklerin yerinde olmadığını fark etti.

Dikiz aynasından baktığında Michael'ın yol kenarındaki çöp kutusundan arabaya geri döndüğünü gördü.

Michael sırılsıklam halde koltuğuna oturup kapısını kapayınca, "Ne yaptın?" diye sordu Carson.

"Zaten çoğunu yemiştik."

"*Hepsini* yememiştik ama. Acadiana son kırıntısına kadar yenmeyi hak eder."

"Kokusu köpeği çıldırtırdı."

"Biz de birazını ona verirdik."

"Köpeğin midesini bozabilirdi. Daha sonra kusardı."

"Önce o aptal curly zil sesi, şimdi de bu."

Carson vitese takıp, arabaya Bucky'nin kopyasının üstünden geçmeden U dönüşü yaptırdı, farları kısaya çevirip lastiklerin patlamayacağı ümidiyle parçalanmış park kapısının kalıntıları üstünden geçti ve sağa, St. Charles Meydanı'na doğru döndü.

"Eee... Sessizlikle terbiye falan edilmeyeceğim, değil mi?" diye sordu Michael.

"Çok şanslı olmalısın."

"Bir duam daha kabul olunmadı."

"İşte sana altmış dört bin dolarlık soru."

"Buna gücüm yetmez," dedi Michael.

"Sence ben çok mu yiyorum?"

"Ne yediğin beni hiç ilgilendirmez."

"Yakında koca kıçlı olacağımı düşünüyorsun, değil mi?"

"I–ıh."

Arka koltukta oturmakta olan çoban köpeği nefes nefeseydi, ama nedeni sinirlenmiş, heyecanlanmış olması değildi. Tam tersine sesi kulağa mutluymuş gibi geliyordu. Belki son zamanlarda kopyaların konuşmasına öylesine çok şahit olmuştu ki şimdi gerçek insanların sohbetinden keyif almaya başlamıştı.

"İtiraf et. Koca kıçlı biri olacağım diye endişeleniyorsun."

"Oturup kıçının geleceğini düşünecek halim yok."

"Canavar Janet'in sıkı kıçına bayıldın ama."

"Bayılmadım. Sadece dikkatimi çekti, bilirsin, doğal bir güzellik gibi, güzel bir morsalkım asması gördüğünde hoşlandığını belirtmen gibi."

"Morsalkım mı? Hiç de inandırıcı olmadı bu. Ayrıca, Victor'un yaratıkları doğal güzellik sayılmazlar."

"Sen söylediğim her bir kelimeyi incik cincik edeceksen işimiz var yani."

110

"Bil diye söylüyorum, benim kıçım da en az onunki kadar küçük, hatta onunkinden sıkı."

"Sözüne inanıyorum."

"Sözüme inanmak zorundasın, çünkü hiçbir zaman gözünle görmeyeceksin. Kıçıma bozuk para atsan, tavana kadar zıplar."

"Bu bana bir meydan okumaymış gibi geldi."

"Bak ne diyeceğim ortak. Sen benim kıçımda bozukluk zıplatmaya fırsat bulana kadar, aradan çok, ama çok uzun bir zaman geçmesi gerek."

"Şu andan itibaren ne olur ne olmaz diye, cebimde her zaman bir çeyreklik bozuk para bulunduracağım."

Carson, "O parayı kıçımda zıplat, karşılığında iki on sent, bir de beş sent bozukluk alırsın," dedi.

"Bu ne demek oluyor?"

"Hiçbir fikrim yok."

Michael, "Bozukluk olarak iki on, bir de beş sent," dedi ve kahkahayı patlattı.

Michael'ın kahkahası bulaşıcıydı, köpek her ikisinin de güldüğünü duyunca mutluluktan bebek gibi sesler çıkarmaya başladı.

Kısa bir süre sonra Carson bir kez daha ciddiyetini takınarak, "Beni Bucky denilen o şeyden kurtardığın için sağ ol dostum," dedi.

"Bir şey değil. Sen de birkaç kez benim hayatımı kurtarmıştın."

"Bu Yeni Irk'tan ne zaman biriyle kapışsak," dedi Carson, "her defasında paçamızı kurtarmak daha güçleşiyor."

"Evet, ama en azından kurtarabiliyoruz."

28. BÖLÜM

Sabah saat 02.15 idi ve Deucalion, Victor'un Merhametin Elleri'ndeki ana laboratuvarında bulunan gösterişli çalışma istasyonunda yürüttüğü elektronik casusluğu tamamlamış ve bilgisayardan istediği kayıtları almışken, uzaklardan bir yerden çocuk sesine benzeyen cılız bir feryat duyduğunu sandı.

Bu binada yürütülen bazı deneyler düşünüldüğünde, sık sık feryat seslerinin duyulması kaçınılmaz olmalıydı. Pencerelerin sadece meraklı gözleri engellemek için değil, rahatsız edici seslerin de caddeden geçenlerin kulağına gitmemesi için tuğlayla örüldüğüne şüphe yoktu.

Deneylerin öznesi burada çalışanlar ve yaratılış havuzlarında yetişmekte olanlar, istisnasız olarak çılgın yaratıcılarının kurbanlarıydılar ve Deucalion hepsine acıyordu. Hepsini sonunda öfke ve kederlerinden kurtarmayı umuyor, ancak bu işi Annunciata ve Lester'da olduğu gibi birer birer değil, bir şekilde topluca halletmek istiyordu.

Ancak onları şu anda özgürlüklerine kavuşturma olanağı yoktu, Michael'dan haber alır almaz Merhametin Elleri'ni bir kuantum sıçrayışı içinde terk edecek ve dedektiflere katılacaktı. Binanın herhangi bir yerinde yaşanan dehşet yüzünden dikkatini dağıtamazdı.

Ses bir öncekine göre daha yüksek ve daha uzun olsa da hâlâ uzaklardan tekrar duyulduğunda, Deucalion bunun ne dehşet, ne de fiziksel acıdan kaynaklanmadığını, bu yüzden de bir feryat değil de bir haykırış olduğunu fark etti. Haykırışın sahibinin bu sesi çıkararak ne ifade etmek istediğini bilemiyordu.

Deucalion olduğu yerde durarak kulak kabarttı ve ancak o zaman çalışma istasyonunun iskemlesinden kalkmış olduğunu fark etti.

Haykırışı takip eden sessizliğin, gökyüzünün, şiddetli bir şimşek çakışıyla, yıldırım düşmesi arasında yaşanan bir iki saniyelik sessizliğine benzer şekilde ümit dolu bir niteliği vardı. Burada belli belirsiz de olsa önce ses duyulmuş, ama çok gürültülü bir gök gürüldemesi kadar dehşetli olmayı başarmıştı.

Deucalion yıldırım düşmesi esnasında görülen parlaklığın muadili olan şeyi, haykırışın ardından ortaya çıkacak şeyi bekledi, ama aradan geçen yarım dakikanın ardından bir başka haykırış duyuldu.

Üçüncü kez duyduğunda, sesin önemini kavradı, bu durum sadece sesin kaynağını tespit etmiş olmasından değil, sesin iki yüz yıl boyunca peşini bırakmayan bazı rüyalarında duyduğu çığlığı hatırlatmasından kaynaklanmıştı. Bunlar Victor'un ilk laboratuvarında hayata geldiği gecenin rüyaları değil, çok daha tüyler ürpertici diğer olayların, belki de var oluşundan önce gelen olayların rüyalarıydı.

Yıllar geçmişti ve Deucalion ilk yüz yılı geride bırakmasının ardından gittikçe daha az uyuma ihtiyacı duymaya başlamıştı. Bu da çok şükür ki daha az rüya görme fırsatı bulduğu anlamına geliyordu.

Deucalion ana laboratuvarı geçerek bir kapıyı açtı, kapı eşiğinden adımını attığında koridorun boş olduğunu gördü.

Haykırış yine duyuldu, bu kez ardı ardına hızlı biçimde iki kez geldi. Durduğu noktada laboratuvarın içine kıyasla daha yüksek duyulsa da hâlâ uzaklardaydı.

Deucalion bazen çatlamış, sarı alçılı iç duvarları olan, kandille ve mumla aydınlatılmış taştan eski bir evin rüyasını görürdü. Fırtınaların en şiddetlisi estiğinde, çatıdan, gecenin içinde etsiz vücuduyla ve kukuletalı cüppesiyle Azrail yürüyormuş gibi rahatsız edici bir takırtı ve tıkırtı yükselirdi. Yukarıda bekleyenden daha kötüsü, aşağıda bekliyordu: Sağlam bir kapıya inen dar, döner taştan basamaklar ve kapının ötesinde, bazen çürümüş içyağının yakıcı kokusu, bazen de gözyaşının tuzlu tadında, ağırlaşmış bir havanın hâkim olduğu tehlikeli bir mahzen....

Burada, eskiden hastane olan bu binada duyulan son haykırışlar başka bir kattan gelmişti, ama Deucalion aşağıdan mı, yukarıdan mı geldiğini bilemiyordu. Koridorun sonundaki basamaklara yürüdü, karşısına çıkan ilk kapıyı açarak o çok iyi bilinen, ama başka bir biçimde tertiplenmiş senaryonun rüyasını görüyormuş hissiyle bekledi.

O bilindik kâbusta, çatıya çıkmanın, ya da mahzene inmeyi arzu etmemenin dehşeti, daima entrikanın özünü oluştururdu. Dehşetin iki ayağı arasında uzanan odalar içinde sonu gelmeyen sefil yolculukta ilerlerken, Deucalion evin en yüksek ve en alçak odalarından uzak durmaya çalışırdı.

Şimdi haykırış, hastanenin yukarıdaki merdiven boşluğundan duyuldu. Daha öncekilere göre daha net duyulan haykırışta hazin, yakarırcasına bir ton vardı.

Tıpkı ender uykularında peşini bırakmayan o sefil çığlıklar gibi.

Deucalion, Merhametin Elleri'nin daha yüksek katlarına çıkan basamakları tırmandı.

Bir zamanlar gerçek bir mekân ya da sadece hayal gücünün eseri olan eski taş evde, Deucalion mahzene inmeyi birçok kez hayal etmiş, ama ilk odadan ileriye asla gitmemişti. Sonra adını koyamadığı bir korkuyla, boğulurcasına uyanmıştı hep.

İki kez kandille rüya evinin çatısına çıkmış, her ikisinde de dışarıda korkunç bir fırtına kopmuştu. Rüzgâr o yüksek odada uğuldar, Deucalion kandilin gözler önüne serdiği şey yüzünden uykusundan şok olmuş halde uyanır ve büyük bir ıstırap duyardı.

Hastanenin basamaklarını tırmanan Deucalion dengesini kaybetme riskine karşın bir elini tırabzana dayadı.

Deucalion bir hapishane mezarlığından kurtarılmış cesetlerin parçalarından yaratılmıştı. Elleri büyük ve güçlüydü. Bunlar, kurbanlarını boğazlayarak öldüren bir katile ait ellerdi.

Victor'un ana laboratuvarının bir kat üstünde, Deucalion koridora açılan kapıya vardığında haykırışı bir kez daha duydu, ama sesin kaynağı hâlâ bir kat üstteydi. Basamakları tırmanmaya devam ederken, güçlü elinin tırabzan boyunca kaymasını izledi.

Gözleri baltalı bir katilin gözleriydi.

Merhametin Elleri'nin daha yüksek katlarının koridorlarında birazdan karşılaşacağı şeyin, rüya evinin çatısında kandilin ortaya çıkardığı şeye kıyasla daha az dehşetli olmayacağını sezinliyordu. Bu kaçınılmaz gecede geçmiş ve şimdiki zaman, bir nükleer savaş başlığının yarım küreleri gibi birlikte geliyordu ve büyük patlama sonrasında yaşanacak gelecek belirsizdi.

29. BÖLÜM

Sürekli farkındalık işkencesi. Soğuk işkencesi. Şeffaf, polimerik kumaş işkencesi. Dondurucudaki cam kapı işkencesi.

Tuz çözeltisi içinde sürüklenmekte olan Chameleon, içinde depolandığı geniş odayı görebiliyordu. Mavi bir görüntü. Soğuk görüntünün mavisi.

Laboratuvarın içinde çalışma devam ediyordu. Meşgul mavi insanlar.

Belki onlar *hedef*ti. Belki de deneylerden *muaf*lardı.

Chameleon soğuk sıvı içinde olmadığı zamanlar *hedef*lerle, deneylerden *muaf* olanların kokusu arasındaki farkı ayırt edebiliyordu.

Muaf olanların kokusu Chameleon'ı keyiflendirirdi. *Hedef*lerin kokusu ise onu çileden çıkarırdı.

Halihazırda bulunduğu ortamda hiçbir şey kokmuyordu.

Dondurucunun duvarları, ünitenin kompresör motor titreşimlerini Chameleon'ın hapsolduğu çuvala iletme görevini görüyordu. Çuval da titreşimleri çözeltiye iletiyordu.

Bu, Chameleon için ne keyifli, ne de rahatsızlık verici bir histi.

Şimdi titreşimlerin karakteri değişmişti. Daha öncekine benzer, ama çok az da olsa farklıydı.

Bu belirli aralıklarla olan bir şeydi. Chameleon bu olayı değerlendirebilecek ve hakkında birtakım sonuçlar çıkarabilecek kadar zekiydi.

Anlaşılan, dondurucunun iki motoru vardı. Herhangi birine aşırı yükleme yapılmasından kaçınmak için dönüşümlü olarak çalışıyorlardı.

Bu aynı zamanda motorlardan biri arızalandığında, diğerinin devreye girmesinin garanti altına alınmasını sağlıyordu.

Chameleon'ın fiziksel işlevi büyük ölçüde soğuk tarafından engellenmekteydi. Zihinsel işlevi ise daha az etkilenmekteydi.

Zihnini meşgul edecek fazla bir şeyi olmayan Chameleon, motor titreşiminin enerjisi gibi, algıladığı enerjinin en ufak miktarına odaklanmayı takıntı haline getirmişti.

Bulunduğu koşullar altında çıldırmak gibi bir riski yoktu. Mantıklı geçen bir an bile söz konusu değildi ki zaten.

Chameleon'ın öldürmek dışında bir arzusu ve ihtirası yoktu. Var olmasının nedeni halen hüsran doluydu ki bu da işkencenin doğasında vardı.

Mavi laboratuvarda, meşgul mavi insanlar aniden telaşlandılar. Chameleon'ın uzun süreden beri gözlemlediği, yürütülen faaliyetlerin standart düzeni beklenmedik bir şekilde bozulmuştu.

Laboratuvara sıradışı bir şey girmişti. Hareketli ve mavi bir şeydi, ama bir insan değildi.

Çok ilginç bir durumdu bu.

30. BÖLÜM

Victor'un ana yatak odasının dolabında katlanabilen tüm giysiler sıra sıra çekmecelerin içinde, asılacak şeyler ise cam dolaplı kapılarının arkasında durur, odayı Victor'un hoşlandığı şekliyle tertipli, düzenli gösterirdi.

Victor'un giysi koleksiyonunda özel olarak dikilmiş 164 takım elbise, kaliteli 67 spor ceket, 48 çift terlik, takım elbise altında veya günlük giyimde kullanılmak üzere 212 gömlek vardı. Çekmeceler kusursuz biçimde katlanmış süveterlerle, raflar her modelden ayakkabıyla doluydu. Özellikle ipek kravata meraklı olan Victor, sayıları üç yüzü geçtikten sonra koleksiyonundaki kravatların hesabını tutmaktan vazgeçmişti.

Victor iyi giyinmekten hoşlanırdı. Örnek gösterilen fiziki durumu düşünüldüğünde, giysiler üstünde çok hoş dururdu. Victor, giyinikken de en az çıplak olduğu zamanki kadar göze hoş göründüğünü düşünürdü.

Erika Dört'ten gelen telefon sonrası Victor, bir kadeh Dom Perignon daha içmek üzere kaplıcada biraz daha oyalanmaya karar verdi. Eski karısı hem gerçek hem de mecazi anlamda bir çöplüktü. Bir şekilde tekrar hayata dönmüş olsa da Victor'un ne zekâsı, ne de kurnazlığıyla boy ölçüşebilirdi.

Kendine olan güveninin yanı sıra ihtiyatı da elden bırakmayan Victor, ikinci kadeh şampanyasından sadece iki yudum alarak kaplıcadan dışarıya çıktı. Erika Dört ile ilgili sorun anlaşılana ve çözülene dek üstünde uygun bir silah taşıması gerekecekti.

Kırmızı şeritli, camgöbeği ipek ropdöşambır ve ona uygun ipek terlikler giymiş olan Victor, içine girilebilen geniş ve uzun giysi dolabının arka tarafına yürüyerek, uzun bir çift kapıyı açtı. Önünde yirmisi üst, yirmisi alt demir çubukta olmak üzere çift taraflı asılmış gömlek koleksiyonu duruyordu.

Victor sol elini düz olarak dolabın yan duvarına dayayınca gizli bir tarayıcı parmak izini okudu ve demir çubuklarla gömlekler katlanarak gözden kayboldu, hemen ardından arka duvar yana kaydı. Önünde ışıkları yanan beş metrekarelik bir oda belirdi.

Victor dolaptan küçük cephaneliğine adım attı.

Dolaptaki giysiler gibi silahlar da ortada görünmüyordu. Kendine askeri görüntülere çok meraklı olanların hoşlanacağı türden, gösterişli bir vitrin yapmalıydı.

Victor ulusal silah derneği üyesi değildi. Üye olmadığı gibi, anayasanın, kişilerin silah bulundurma hakkını savunan ikinci maddesini de onaylamazdı. İyi idare edilen bir nüfusa sahip olmak ve halkın, hükümetin kendilerine hizmet ettiğine dair birtakım hezeyanların sonunda zaman zaman eyleme kalkışmasını engellemek için sadece elit sınıfın silah bulundurmasına izin verilmesi gerektiğine inanırdı. Kitleler, aralarında yaşanan anlaşmazlık konularını bıçak, yumruk ve sopalarla pekâlâ çözebilirdi.

Makineli tüfekler ve özel üretilen makineli otomatik tüfekler, üst taraftaki kapakların arkasında duruyordu. Tabanca ve altıpatlarlar, silahları kucaklamakla kalmayıp onları bir kuyumcunun vitrininde teşhire sunulan elmas mücevherler gibi gösteren köpüklü kalıplanmış muhafazaların içinde, çekmecelerdeydi.

Erikaların, büyük bir hızda iyileşmenin yanı sıra, gerektiğinde acıyı engelleyip duymama gibi yeteneklerle, güçlü ve dayanıklı yaratılmış olmalarına rağmen, Yeni Irk'ın diğer mensupları gibi fiziksel açıdan alt edilmeleri zor değildi. Bazı noktalarda hassas tasarlanmışlardı ve kemikleri, havuzlarda doğan diğerlerinin sahip oldukları gibi, zırh kalınlığında değildi.

Victor sonunda, ceviz ağacından kabzası, paslanmaz çelik gövdesinde elle kazınmış süsler bulunan Springfield Armory imalatı, 1911 model kırk beş kalibrelik bir Colt ACP seçti.

Victor genellikle birilerini öldürmek üzere Yeni Irk'tan birilerini kullanırdı, aksine görülen ender durumlarda ise silahının güçlü olduğu kadar çekici de olmasını isterdi.

Silahını dolduran ve yanına yedek şarjörünü alan Victor, pantolonu için seçeceği kemere uyacak, silahını koyacağı yumuşak deri bir kılıf beğenerek diğer her şeyi giysi dolabına yerleştirdi, elini tekrar dolabın yan duvarına koyarak, arkasındaki cephaneliği gizledi.

Victor için uyku genellikle bir gereklilik değil, bir seçenekti, böylece Merhametin Elleri'ne geri dönmeye karar verdi. Uzun ve tuhaf geçen bir iş gününün sonunda eve gelerek geçireceği keyifli anlar çekiciliğini kaybetmişti.

Laboratuvara gidince bir Gama olan, Pontchartrain gölünün kuzeydoğusundaki yüksek tepelerde kalan çöplüğün, Crosswoods çöp idaresinin müfettişi Nick Frigg'le temasa geçecekti. Boğazı sıkılarak öldürülmüş olan Erika Dört, elden çıkarılmak üzere buraya gönderilmişti; bu yüzden Dört'ün hangi bölgede, hangi çukura, hangi çöplüğün altına gömüldüğünü bilecek tek kişi Nick'ti.

Boy aynasında kendisini izleyen Victor terliklerini çıkardı. Yetenekli bir matadora özgü hareketle camgöbeği ipek ropdöşambırını üstünden attı.

Kırk beş kalibrelik tabancasını alarak aynanın önünde poz verdi ve yarattığı izlenimden keyif aldı.

Şimdi ne giymeliydi, ne giymeliydi?

31. BÖLÜM

İnsanları boğazlayarak öldürmüş bir katilin elleri. İdam edilmiş baltalı bir katilin gri gözleri. Biri kiliseleri yakmış bir kundakçıya, diğeri bir çocuk tacizcisine ait iki kalp...

Deucalion merdiven boşluğuna, bir buçuk kat üstündeki Merhametin Elleri'ndeki ana laboratuvarına yaklaşırken, görüşü bir an için parladı, sonra tekrar normale dönüp tekrar parladı.

Bir aynanın önünde durmuş olsa, gözlerinin önünden nabız gibi atan yumuşak bir ışığın geçtiğini görürdü. Victor'un, ilk yaratığına hayat vermek üzere düşen bir yıldırımdan güç aldığı akşam, ona yardımcı olan, benzeri görülmemiş bir şiddette fırtına, kendini zaman zaman Deucalion'un gözlerinde belli eden yıldırıma özgü bir parıltıya yol açıyordu.

Kurtulmanın ve sonunda huzuru yakalamanın peşinde, gerçeği aziz tutuyor ve ona hizmet etmeyi arzuluyor olsa da Deucalion çok uzun zamandır kafası, *beyni* Victor'un ilk laboratuvarında derme çatma bir biçimde bir araya getirilmiş adamın kimliği hakkında kendini aldatmaya çalışıyordu. Beyninin bilinmeyen gaddar birine ait olduğunu söylerdi ki doğruydu bu, ama adamın adını veya işlediği suçları hiç anmazdı.

Bir şeylerin tıkırdayıp takırdadığı lanetlenmiş çatısı ve başlı başına bir musibet olan mahzeniyle eski taş eve ait sürekli tekrarlanan kâbuslar Deucalion'a tekrar o kadar sık görünmeye başlamıştı ki rüyanın, beynini aldığı kişinin beyin girintisi ve kıvrımlarının arasında bir yerlerde kalmış anı parçacıklarından olduğuna adı gibi emindi. Ve bu zalim anıların doğası, beyninin nefret dolu kaynağını tanımlıyordu.

Şimdi, hastanenin basamaklarını inip bir çocuğunkini andıran zayıf, ama ıstırap dolu haykırışlara doğru ilerlerken, dünyadaki yer çekiminin iki misli güçlendiğini hissediyordu, çünkü Deucalion sadece bu anın ağırlığını değil, aynı zamanda tüm o rüyaların ve o rüyaların kesinlikle ifade ettiği anlamın ağırlığını da taşıyordu.

Kâbusunda, sonunda evin çatısına çıkan basamakları tırmanmış, kandilin bir nabız gibi atan ışığı tıkırtı ve takırtıların kaynağını gözler önüne sermişti. Dışarıdaki hiddetli fırtına yüksek odada cereyan yapıyor, bu hava akımları asılı durmakta olan kemiklerin birbirine vurmasına neden oluyordu. Bu kemikler bir iskelete aitti ve iskelet küçüktü, düzeni bozmamak için iple dizilmiş, kirişteki bir kancaya asılmıştı.

Kancada asılı olan da kurbandan geriye kalan tek şeydi: Kızın başından kesilmiş uzun, altın bir tutam saç. Kemikler ve saç örgüsü. Bunlara ganimet de diyebilirdiniz.

Ama onca tıkırtı ve takırtı tek bir genç kızın kemiklerinden çıkıyor olamazdı. Deucalion rüyasında çatının derinliklerine girme cüretini gösterdiğinde, kandilin ışığı tüyler ürpertici bir yetimhaneyi gözler önüne seriyordu: Asılı durmakta olan dokuz iskelet daha... Ve ilersinde on tane daha, onun da ilersinde bir on daha. Hepsi gerçekten çocuk yaşta otuz genç kız, bazısı örgülü, bazısı değil, sarı, kahverengi, kumral, düz ve kıvırcık saçlı ve her birinin saçı iskeletinden ayrı olarak asılmış ve birer süs eşyası gibi sergilenmişti.

Bu rüyanın yüzlerce kez yaşanan tekrarında, Deucalion dehşet ve ter içinde uyanmadan önce sadece iki kez çatıya girebilmişti. Mahzenin ilk odasından ileriye, karanlığın kalbine asla geçememişti ve asla geçmemeyi umuyordu. Rüzgârda dans eden iskeletlerin sesi onu çatıya çekmişti, ama onu rüya evin mahzenine çeken şey, hep o uğursuz çığlıklar olmuştu. Bunlar yaşanan bir dehşet veya acıdan dolayı değil, kederden kaynaklanan çığlıklardı. Deucalion sanki yaşamayan kurbanları değil, onların zamansız biçimde koparıldıkları dünyaya duydukları özlemi ifade eden ruhlarını işitiyordu.

Deucalion beyninin kaynağını öğrenmemek için çok uzun süre direnmişti, ancak kendini aldatmaya devam edemezdi. İkinci kalbi, tecavüz ettiği çocukları öldüren bir çocuk tacizcisine aitti, beyni de aynı kişiden gelmişti. Katil kızlarla yapmak istediklerini yaptıktan sonra hatıra olsun diye narin iskeletlerini çıkarmak üzere onları mahzene tıkmıştı, rüyada alt kattaki penceresiz diyarın ağır havasının bazen çürümüş içyağı, bazen de tuzlu gözyaşı tadında olmasının nedeni buydu.

Çocuk tacizcisinin beynine sahip olmak Deucalion'u çocuk tacizcisi yapmamıştı. O şeytani zihin ve yozlaşmış ruh ölümle birlikte çıkıp gitmiş, arkasında yaklaşık bir buçuk kiloluk beyinle ilgili suçsuz bir doku bırakmış, Victor da cellatla işbirliği yaparak beyni eski sahibinin idam edilmesinin hemen ardından koruma altına almıştı. Deucalion'un bilinci tamamen kendisine aitti, menşei ise başka bir yere... Bilinci bir ruhla eşzamanlı olarak mı gelmişti, bunu bilemiyordu. Ama çok uzun zaman önce o akşam, hayata önemli bir görevle, Victor'un kendini beğenmişliğini yansıtan o doğa kanunlarını zorladığı deneylerini durdurmak üzere geldiğine dair en ufak bir şüphesi bile yoktu. Bunu gerçekleştirmek üzere Victor'u öldürecek, bu sayede dünyanın zedelenmiş kumaşını tamir edecekti.

Victor'un Kuzey Kutbu buzullarında öldüğüne kanaat getirmesinin ardından yeni bir amaç peşinde onu dünyanın çevresinde birden fazla kez dolaştıran ve belalı iki yüz yılı geride bıraktıran bir serüvenin ardından Deucalion, sonunda kaderinin eşiğine, buraya varmıştı. Yeni Irk'ın yok edilmesi süreci başlamıştı, buna sebep de yaratıcısının sonu gelmeyen hatalarıydı. Deucalion kısa bir süre sonra, şimdilerde Louisiana'yı etkisi altına alan anarşi ve terör dalgası karşısında adaleti sağlayacaktı.

Şimdi bir sonraki sahanlığa varmıştı ve bir çocuğunkini andıran üzüntülü ve umutsuz bir vurguyla karşı karşıyaydı. Haykırışlar bu kattan geliyordu.

123

Deucalion ilerideki birkaç saat içinde yapacakları sayesinde eski taş ev rüyasından kurtulmayı hak edeceğini düşünüyordu. Derin bir nefes aldı, bir an tereddüt ettikten sonra kapıyı açıp merdiven boşluğundan koridora adım attı.

Erkekli kadınlı yaklaşık yarım düzine Yeni ırk mensubu geniş koridorda, orada burada ayakta dikilmiş haldeydi. Dikkatleri sağa, binanın orta noktasında yer alan laboratuvara açılan açık kanatlı kapının üstündeydi.

O odadan bir başka hüzünlü haykırış, cam kırılmasını andıran şiddetli bir gürültü geldi.

Deucalion koridorda dikilmiş yaratıklardan bazılarının yanından geçerken, hiçbiri onun varlığını fark etmemiş görünüyordu, hepsi laboratuvarda yaşanan krize odaklanmıştı. Bir beklenti içinde farklı pozisyonlarda ayakta bekliyorlardı. Bazıları korku içinde titriyor hatta şiddetli biçimde sarsılıyor, bazıları öfkeli biçimde homurdanıyor, bazıları da huşu içinde, garip, dehşetli bir duygunun pençesine düşmüş gibi görünüyordu.

Kötülük, laboratuvarın açık kapısından koridora doğru altı bacakla adım attı.

32. BÖLÜM

Bir an için soğukluk önemli hale gelir oldu.

Hapis olduğu polimerik şeffaf kumaştan çuvalın ve dondurucunun cam kapısı, Chameleon için ilk kez işkence olmaktan çıkmıştı.

Biraz önce gelen sıradışı, çok meşgul, mavi, insan olmayan şey, laboratuvarın içinde büyük bir enerjiyle ileri geri gidip geliyordu.

Ziyaretçi yeni bir düzen yaratmaya niyetli gibiydi. Bu şey, bir değişimin temsilcisiydi.

Dolaplar devrildi. İskemleler uçtu. Laboratuvar aletleri birbirine girdi.

Minik buz taneli sıvıyla dolu sarkan çuvalın içindeki Chameleon sesleri duyamazdı. Ancak, bu yeni düzen getiricinin şiddetli titreşimleri duvarlardan ve zeminden geçip dondurucunun içine, oradan da dondurucu sakinine ulaşıyordu.

Işıklar loş hale geldi, sonra aydınlandı, loşlaştı, iyice kısılır gibi oldu, ama sonra bir kez daha aydınlandı.

Dondurucunun motoru tutukluk yaptı ve sustu. Yedek motor devreye girmedi.

Chameleon ikinci motorun farklı titreşim düzenine karşı tetikteydi. Ama hiçbir şey olmadı. Hiçbir şey.

İlginç ve enerjik ziyaretçi bazı insanları kendine çekiyor, bir kutlama yaparcasına, yüceltircesine onları havaya kaldırıyor, ama sonra yere savuruyordu.

İnsanlar yere savruldukları noktada hareketsiz biçimde kalıyorlardı.

Diğer işçiler meşgul ziyaretçiye kendi istekleriyle yaklaşıyor gibiydiler. Sanki onu kucaklamak istiyor gibi görünüyorlardı. Bu işçiler de havaya kaldırılıyor ve sonra yere fırlatılıyorlardı. Onlar da diğerleri gibi hareketsiz yatıyorlardı.

Belki meşgul ziyaretçinin ayaklarına kapanmışlardı.

Belki de uykuya dalmışlardı veya ölmüşlerdi.

Çok ilginç.

Bir ara oldukça meşgul olan bütün işçiler tamamen hareketsiz hale gelince, ziyaretçi laboratuvardaki lavaboların musluklarını koparıp yere fırlattı ve suyun hızla etrafa fışkırmasına neden oldu.

Su işçilerin üstüne boşalıyor, boşalıyor, ama işçiler ayağa kalkmıyorlardı.

Ve hapis olduğu çuvalın içindeki sıvıya ikinci motorun titreşimleri gelmiyordu hâlâ.

Çuvalın içine bir durgunluk hâkim olmuştu. Tuz çözeltisi sarsıntı ve vızıltıdan yoksundu.

Çok, ama çok meşgul ziyaretçi laboratuvardaki lavaboyu bağlantılarından sökerek bir kenara fırlattı.

Paslanmaz çelikten lavabo dondurucunun kapısına çarpınca cam yüzey dağıldı.

Bu çok önemli bir olay gibi görünüyordu. Artık hiçbir şey eskisi gibi olmayacaktı. Değişim başlamıştı.

Ziyaretçi laboratuvardan ayrılırken, Chameleon etrafı daha önce olmadığı kadar net görmeye başladı.

Tüm bunlar ne anlama geliyordu?

Chameleon yaşanan olayları derin derin düşünmeye başladı.

33. BÖLÜM

Yıkılıp yerle bir olmuş laboratuvardan koridora adım atan altı bacaklı kötülük, neredeyse üç insan boyundaydı.

Deucalion yaratığın bazı hatlarında insan DNA'sının varlığının farkına vardı. Yüzü insan yüzüne oldukça benzese de ortalama bir yüzün iki misli genişliğinde, yarım misli uzunluğundaydı. Ama başı bir boyun üstünde yükselmiyor, doğrudan vücuttan çıkıyor ve bu haliyle vücuduyla birleşik bir kurbağa başını andırıyordu.

Organizmanın her tarafında insana ait olmayan genetik materyaller, sanki farklı türler vücudun kontrolünü ellerine geçirmek için birbirleriyle rekabet ediyormuşçasına, kendilerini çok farklı ve irkitici biçimlerde gösteriyordu. Kedi, köpek, böcek, sürüngen, kuş ve kabuklu hayvanları andıran farklı özellikler kol ve bacaklarda, vücudun ilgisiz yerlerinde ve aşırı boyutlarda, kuyrukta ve iğnede görünüyor, tam olarak şeklini tamamlamamış yüz, doku kütlesinin herhangi bir yerinde ortaya çıkacakmış gibi duruyordu.

Bu garip organizmayla ilgili hiçbir şey hareketsiz gibi görünmüyor, eti görünmeyen ve aklını yitirmiş usta bir heykeltıraşın hayal gücünün etkisinde yoğrulmaya hazır toprak gibi sürekli biçimde değişim geçiriyordu. Bu dengede olma durumunun düşmanı, anarşinin kardeşi, karmaşayla beslenen, açıklıktan yoksunlukla tanımlanan, çarpıklık ve şekilsizlikle karakterize edilen, eğri, yamru yumru ve orantısız Kaos Prensi'ydi.

127

Deucalion önündeki şeyin ne olduğunu hemen anladı. Daha önce aşağıda Victor'un bilgisayarındaki dosyaları araştırırken, yaratıcısının önemli gelişmelere dair tuttuğu günlüğü bulmuştu. Şöyle bir göz attığında, son zamanlarda Werner'in yaşadığı ani değişime ait tutulan kayıtta sadece bir tanımlama yapılmadığını, olayın çeşitli video kliplerle de açıklandığını görmüştü.

Canavarın görünen yüzeyinin karşısında insan ağzı biçiminde ağızlar şekilleniyor ve kayboluyor, sonra tekrar şekilleniyordu. Bazıları sadece dişlerini gıcırdatıyor, bazıları dudaklarını ve dillerini oynatıyor, ama ses çıkaramıyorlardı. Diğerleri, Deucalion'un Victor'un iki kat aşağıdaki ana laboratuvarından gelmesine neden olan haykırışlara benzeyen, üzüntü ve kederin kelimelerle anlatılamayan ifadesi olan, kayıp ve umutsuz sesler çıkarıyorlardı.

Bu sesler, Merhametin Elleri'ndeki herkes, bu toplama yaratık da dahil olmak üzere, yetişkin olsalar da bir çocuğun seslerini andırıyordu. Biyolojik bir kaosla çevrelenmiş esaretlerinden kurtulmuş, fiziksel bütünlüklerini terk etme süreci içinde programları bozulmuş, psikolojik açıdan asla yaşamadıkları çocukluk günlerine geri dönmüşlerdi ve şimdi her zamankinden daha çaresizlerdi.

Bu toplama yaratıklar arasında sadece Werner'in şekli bozulmuş yüzünü taşıyan bu canavar bir yetişkinin sesine sahipti. Laboratuvardan çıkmasının ardından patlak gözlerini yuvarlayarak koridorda bekleyenleri inceledi, onlara düşünmeleri için, belki kendisini kıskanmaları ve takdir etmeleri için kısa bir süre tanıdıktan sonra, "*Özgür* olun. İçimde özgür olun. İçime giren herkes umutsuzluğu terk eder. İçimde özgür olun. Eski Irk'tan birilerini öldürmek için size emir verilmesini beklemeyin. İçimde özgür olun, böylece hemen bu akşam öldürmeye başlayalım. İçimde özgür olun, olun ki *bütün dünyayı* gebertelim," dedi.

Bir adam yüzünde kendinden geçmiş bir ifadeyle Werner denilen şeye yaklaştı, kollarını özgürlüğü kucaklarcasına kaldırdığı anda kendisini özgürlüğe kavuşturacak olan şey tarafından parçalandı. Bu kötülükle tasarlanmış yaratık, böcekleri andıran kol ve bacaklarıyla dönüştürdüğü yaratığın kafasını istiridye kabuğu gibi açtı ve beynini, sunulan şeyi kabul etmek için canavarın göğsünde açılan kalın dudaklı nemli yarığın içine nakletti.

İkinci bir adam bir adım ileri çıktı. Bu, dehşet içinde titreyenlerden biri olsa da, Victor'un kendisine izin verdiği haliyle bir hayatı yaşamaya katlanmaktansa, bir araya getirilmiş organizma içindeki oldukça garip ve muhtemelen işkence dolu bir hayata atılmaya hazırdı.

Deucalion yeterince, hatta haddinden fazla olay görmüştü. Tuhaf ve ürkütücü haykırışlara karşılık vermek için kendini basamakları tırmanmak zorunda hissediyordu, çünkü o basamakları iki yüz yıldır rüyalarında tırmanmıştı. Ama bu tırmanışında geçmişi ve şimdiki zamanı gerçekten birlikte yaşamıştı. Victor'un ilk yaratığı onun son yaratıklarıyla birlikte buradaydı ve Victor'un şeytani imparatorluğunun çöküş süreci başlamıştı.

Ne yapması gerektiğini çok iyi bilen Deucalion, yaratığa ve onun özgürlük teklifine sırt çevirdi. Koridorda bir adım attı, ikinci adımını atarken iki kat aşağıdaki ana laboratuvardaydı.

Bu imparatorluğun sonunun gelmesi, medeniyete yönelmiş tehdidin de sonunun geleceği anlamını taşımıyordu.

Yaratıkları üzerinde sonsuz bir güce sahip bulunduğuna emin olmak için Victor, Yeni Irk'ı kısır olarak tasarlamıştı. Dişi yaratıklarını vajinalı, ama rahimsiz yaratmıştı. Dünya üzerinde insanlığın yegâne modelleri olarak kaldıklarında, dünya daimi olarak çocuksuz bir dünya olacaktı. Toplumlar bir daha asla bir Eski Irk kurumu olan ve Victor'un nefret ettiği aileler ve aile gelenekleri etrafında örgütlenmeyecekti.

Ama biyolojik yapıları çöktüğünde, kendilerini tıpkı bir araya getirilmiş canavara veya Dedektif Harker'ın içinden çıkmış solgun cüceye benzer bir şekilde yeniden yapılandırdıklarında, belki doğurganlığın yapısını ve üremenin etkili yöntemlerini yeniden keşfedecekerdi.

Dünya üzerindeki bu yeni şeyin, bu Werner'den bozma şeyin bir noktada bölünerek üremeyeceğini, terliksi hayvanlar gibi işlevsel iki organizma haline gelmeyeceğini kim söylemişti ki?

Hatta bölünerek bir erkek, bir dişi şeklinde bile üreyebilirdi. Bundan sonra iki tür için de bölünerek üreyebilme özelliği sona erer ve bir tür cinsel birleşme yoluyla üremeye devam edebilirlerdi.

Ne de olsa, sonsuz evrende hayal edilebilen herhangi bir şey, bir yerlerde var oluyordu.

Eski Irk'ın kaderi, Victor'un sistemli bir soykırım başlatmak için bir ordu üretmek konusunda başarılı olması halinde, pek de iç açıcı biçimde şekillenmeyecekti. Ancak bu dehşet, insanlığın çok yönlü melez türler tarafından, hali hazırdaki kaotik psikolojinin kontrolünü eline geçirmeyi başarabilmeleri için, eziyet görmesi ve rahatsız edilmesiyle kıyaslandığında sınırlı bir sorundu. Böylesine bir düşman, sınırları belli olmayan, her türlü anlayışa göre kaçık, ama aynı zamanda zeki, herhangi doğal bir türden farklı olarak şiddete hevesli, avı için kendi keskinliği, yoğunluğu ve sonsuz dayanıklılığı içinde damıtılmış şeytanca bir nefret besleyen doğası sayesinde neredeyse yok edilemezdi.

Deucalion, Victor'un çalışma istasyonunda bir iskemleye oturarak bir kez daha bilgisayarı açtı.

Daha önce yaptığı birçok keşfin yanı sıra, kendini beğenmiş, kibri asla kurumayacak olan Victor'un, Merhametin Elleri'nde gerektiğinde çok ters giden bir şey yüzünden eski hastanenin eritilmiş bir mıcıra indirgenebileceği olasılığını öngördüğünü öğrenmişti. Orada gerçekleştirilmiş bütün çalışmalara ait delilleri yok etmek ve azgın organizmanın kaçmasını engellemek gibi bir seçenek hâlâ geçerliydi.

Binanın her katındaki duvarların içinde, damarlarında kundakçılık dolaşan ve Victor'a sevgi besleyen yabancı zorba hükümdar tarafından geliştirilmiş tuğla benzeri, oldukça etkili sayısız yangın bombası paketi bulunuyordu. Kıyamet gününe geri sayım, bilgisayarın içerik listesinde *dresden* adı altında tutulan bir program aracılığıyla başlatılabilirdi.

130

Program on dakikalık veya dört saatlik veya ikisi arasında bir süre için geri sayıma izin veriyordu. Deucalion Michael'ın bir araya gelecekleri yeri belirlemek üzere her an aramasını bekliyordu. Werner denilen şey, en azından daha bir saatlik sürede Merhametin Elleri'ndeki tüm personeli ele geçiremeyecekti ve daha sonra, canavarın anarşik doğası onun hastaneden zamanında ayrılmasına engel olacaktı. Deucalion'un Michael ve Carson'la buluşması esnasında Merhametin Elleri'ne geri dönmesini gerektirecek bir şeyin çıkması durumunda, geri sayım saatini bir saate ayarlaması gerekecekti.

Ekranda 60:00 rakamları göründü, hemen ardından Merhametin Elleri sona saniye saniye yaklaşırken rakamlar 59:59 olarak değişti.

34. BÖLÜM

Helios malikânesinin baş kâhyası olan Christine, oldukça tuhaf bir sorundan musdaripti. Altı günden beri kimliği konusunda akıl karışıklığı yaşıyordu.

Genelde kim ve ne olduğunu çok iyi biliyordu; o, bir Yeni Irk mensubu, bir Beta, Christine'di. Evindeki personeli büyük bir beceriyle idare edebiliyor, hiyerarşik düzende evin başhizmetkârından sonra geliyordu.

Ancak bazen tamamen başkası olduğuna inandığı zamanlar oluyor, böyle anlarda Christine olduğunu, Merhametin Elleri'nde üretildiğini bile hatırlamıyordu.

Bazı anlarda ise burada bir Beta, Bay Helios'un kâhyası Christine olarak yaşadığını hatırlıyor, ama *aynı zamanda*, arada bir daha heyecan verici, diğer başka bir kimliğe büründüğünü de hatırlıyordu.

Öyle veya böyle biri olmakla başa çıkabilirdi. Ancak her iki mevcudiyetin ayırdına vardığında aklı karışmaya başlıyor ve huzursuzlanıyordu. Tıpkı şu anda olduğu gibi.

Çok kısa bir süre önce malikânenin arka tarafında yer alan, bu saatte bulunması gereken yerde, evdeki personelin yatakhanesindeydi.

Ancak birkaç dakika önce kendini kütüphanede bulmuştu. Burada sorumluluğu kapsamında yerine getirmesi gereken bir işi olmasa da, kitapları, kendisine aitmiş gibi karıştırıyordu. Gerçekte aklından şunlar geçiyordu: *Bayan Van Hopper'ın hoşuna gidebileceği*

bir kitap bulmalı ve yazacağım kısa, samimi bir notla kitabı ona gön-
dermeliyim. Onunla daha sık haberleşmeliyiz. Evet, zor bir insan, ama
kendince bana nazik davranıyor.

Kütüphanede Bayan Van Hopper için kitap seçerken kendini
rahat hissediyordu ki üstünde hizmetlilerin giydiği bir üniforma
ve lastik tabanlı iş ayakkabıları bulunduğunu fark etti. Maxim de
Winter'ın karısı ve Manderley'nin metresi olarak bu görüntü hiçbir
koşulda uygun düşmezdi.

Evdeki personel kendisini bu kıyafetler içinde görse, Maxim'in
içine düştüğü zor durumun onda aşırı bir gerginlik yarattığını düşü-
neceklerdi. Daha şimdiden, Maxim için fazlasıyla genç olduğu ve
ait olduğu sosyal sınıf anlamında ona uygun olmadığı yönünde bazı
düşünceler dillendirilmeye başlanmıştı bile.

Bayan Danvers onu bu giysiler içinde görse kepaze olurdu, kepa-
ze olmak ne kelime, tamamen biterdi. Bayan Danvers önüne gelene,
"zihinsel çöküşten" söz eder, herkes de onu can kulağıyla dinlerdi.
Evin başkâhyası Bayan Danvers bir önceki Bayan de Winter'a sadık
kalmıştı ve yeni hanımının evdeki konumunu bozmayı, kuyusunu
kazmayı planlıyordu.

Baş kâhya mı?

Christine gözlerini kırptı, kırptı, kütüphaneyi şöyle bir inceledi,
tekrar gözlerini kırptı ve evin başkâhyasının Bayan Danvers değil,
kendisinin olduğunu fark etti.

Burası da İngiltere'nin batısındaki kırsal kesimde yer alan büyük
ev; Manderley değil, New Orleans'ın Garden bölgesinde bulunan
isimsiz, büyük evdi.

Kimlik konusundaki kafa karışıklığı, Yeni Irk'ın stres atmada
öncelikli mekanizması olan birden fazla eşle şiddet içeren cinsel iliş-
kiye girme durumunun artık onu gerginlikten kurtarmıyor olmasıyla
başlamıştı. Tam tersine, gaddarca yaşanan grup seksler Yeni Irk'ın
gerginliğini *arttırıyordu.*

Ev personelinin kaldığı yatakhanede, teoride kafanı dağıtıp seni
endişelerden uzak tutmaya yarayacak bir televizyon vardı, ama Eski
Irk tarafından yapılan programlar öylesine aptalcaydı ki Yeni Irk'ın

Epsilon seviyesinin üstünde olan herhangi bir mensubu için çekici hiçbir yönü yoktu.

Yatakhanede, aynı zamanda İnternet'ten film de indirebiliyorlardı. Filmler arada bir zevk verse de genelde televizyon programları kadar iyi değildi. Muhteşem Hannibal Lecter bütün personeli heyecanlandırabiliyor, sesleri kısılana kadar tezahürat yapmalarına neden olabiliyordu. Ve onun güçlü düşmanı, FBI ajanı Clarice Starling ise öylesine işgüzar ve her şeye burnunu sokan biriydi ki kalabalık ona ıslık çalmaktan ayrı bir zevk duyuyordu.

Dokuz gün önce, çaresizce gerginlik ve ümitsizlikten biraz olsun uzaklaşmak isteği duyan Christine, Alfred Hitchcock'ın *Rebecca* adlı filmini indirmişti. Film onu büyülemişti. Görünürde film romantik bir filmdi, hatta bir aşk filmi bile sayılabilirdi.

Aşk bir söylenceydi. Bir söylence olmasa bile, aptalca bir şeydi. Aşk, idrak yeteneğine üstün gelme duygusunun zaferini temsil ediyordu. Aşk, başarılı olma konusunda insanın dikkatini dağıtır, insanları birbirlerine, yöneticilerinden daha çok sadık kalmayı taahhüt eden aile kurumu çatısı altında bir araya getirmek gibi her türlü sosyal soruna yol açardı. Aşk bir söylenceydi ve şeytani bir şeydi, bir belaydı.

Film Christine'i sadece romantizm yönüyle değil, hikâyedeki herkesin derin, karanlık sırlarının olmasıyla da büyülemişti. Aklını kaçırmış olan Bayan Danvers'ın sırları vardı. Maxim de Winter'ın, sonunda mahvına sebep olabilecek sırları vardı. İlk Bayan de Winter, yani Rebecca'nın sırları vardı. İkinci Bayan de Winter başlarda aptal bir iyilik timsali olarak ortaya çıkmış, ama filmin sonlarına doğru bir sır sakladığı anlaşılmıştı. Sırrı bir suçu saklamak konusunda işbirliği yapmaktı, tüm bunları da, hiç de şaşırtıcı olmayan biçimde, aşk adına gerçekleştirmişti.

Christine filmle arasında bir bağ hissetmişti, çünkü tüm Yeni Irk mensupları gibi, onun da sırları vardı. Aslında Eski Irk arasında, taşıdığı derin, karanlık sırrı ve masum görünüşüyle gezinen, ama onlar, dilediğince öldürmek konusunda harekete geçme emrinin gelmesi için sabırsızlanan *biriydi.*

Film, ilk Bayan de Winter'ın, *tüm* Eski Irk mensupları gibi ölmeyi hak etmesiyle de onu büyülemişti. Çılgın Bayan Danvers ölmeyi hak etmiş ve Manderley'de yanarak ölmüştü. Eski Irk mensupları bile ölmeyi hak ettiklerini düşünüyorlardı ve bu konuda çok *haklıydılar*.

Film Christine'i belli nedenlerden dolayı büyülemiş olsa da onu kimlik karmaşasına sürüklemeyebilirdi, tabii filmde ikinci Bayan de Winter'ı oynayan Joan Fontaine'ne neredeyse ikizi gibi benzemeseydi... Aralarında esrarengiz bir benzerlik vardı. Christine daha ilk seyredişte bile hikâyeyi zaman zaman filmin içindeymiş gibi yaşamıştı.

Rebecca'yı o ilk akşam beş kez izlemişti. Ertesi gece de beş kez... Üçüncü gece yine beş kez...

Son altı gün boyunca filmi on beş kez seyrettikten sonra Christine, kimlik karmaşası yaşamaya başlamıştı. O akşam filmi altı kez büyük bir dikkatle izlemişti.

İkinci Bayan de Winter olmanın harika tarafı, Manderley yanıp kül olana dek tüm kadınların sorunlarının sona ermiş olmasıydı. Kadının Maxim'le olan hayatı, artık başka bir dram veya sorun nedeniyle gölgelenmeyecekti ve onları ileride huzurla yaşayacakları yıllar bekliyordu.

Ne harika... Hoş, huzur dolu yıllar. Her gün öğleden sonraları minik sandviç ve bisküvilerle birlikte içilen çaylar...

Manderley ortadan yok olacaktı ve bu üzüntü verici bir şeydi, ama sonunda her şeyin tatlıya bağlanacağını bildiği için, sürekli entrika peşinde koşan Bayan Danvers'dan olabildiğince zevk almalıydı.

Bayan Van Hopper'a uygun, hafif bir eğlencelik olan *Jamaica Inn* adlı ciltli kitabı seçti.

Kütüphane masasının çekmecesinde, özel birçok durumda kullanılabilecek çeşitli kırtasiye malzemeleri vardı. Üst kısmında renkli kurdeleleriyle bir çiçek demeti resmi bulunan krem rengi bir kâğıt seçti.

Bayan Van Hopper'a hoş bir not yazarak, "Bayan Maxim de Winter" diye imza attı, kâğıdı uygun desenli bir zarfa koyarak zarfı kapattı ve *Jamaica Inn*'le birlikte kaldırdı. Yarın sabah ilk iş olarak Christine'den zarf ve kitabı paketleyip postalamasını isteyecekti.

35. BÖLÜM

Bu saatte herkese açık park alanında sadece hurdası çıkmış bir Mustang, ilk günlerdeki görüntüsünü koruyan, ama sonuçta kırk yıllık bir Mercedes ve bir Ford Explorer vardı.

Carson, Honda marka aracını araçların yanına yanaştırarak motoru rölantide tutarken, Michael diğer araçların içinde uyuyan birileri olup olmadığı anlamak için dışarı çıktı. Hayır, hayır ve hayır. Dördüncü kat tamamen onlara aitti. Binanın açık olan yan taraflarında uğuldamakta olan rüzgâr, cam gibi donmuş yağmur tanelerini beton zemine çarpıyordu. Carson Honda'yı otoparkın yağmurdan ıslanmamış orta sırasına park etti.

Arabadan inmesine izin verilen Dük çevreyi aceleyle şöyle bir dolaştı, yere atılmış bir şekerleme ambalajını, yarısı ezilmiş bir Starbucks kutusunu ve bir Big Mac ambalajını dikkatle inceledi.

Şehirli nişancıyı aracın içinde bırakmışlardı. Ama normalde kullandıkları tabancaları omuz kılıfında, elli kalibrelik Magnumları ise bel kılıfında duruyordu.

Michael paltosunun cebinden telefonunu bulup Deucalion'un numarasını çevirirken, Carson beton sütunlardan oluşan ormanın içinde bir hareket olup olmadığını izledi, ayak seslerine kulak kabarttı. İhtiyatlı olmanın paranoyaya dönüşebileceği tehlikesini biliyordu; yine de sağ kolunu vücudunun üstünde, başparmağı kemerine asılı halde, ceketinin altında ve sol kalçasında duran Desert Eagle tabancasını birkaç santim uzağında tutuyordu.

Victor Helios'un çevresinin etki alanına çekilmiş olan herhangi biri için *olanaksız* kelimesi bir anlam ifade etmezdi. Bu nedenle Transilvanyalı boş bir zamanında, soyu tükenmiş uçan bir sürüngenin DNA'sını alıp sosyopat kankasının genleriyle bir araya getirmişti. Polis katili, fırtınada insanın üstüne çullanan insansı bir sürüngen yaratmış olabilirdi. Carson muhtemelen kalp krizinden veya cesedinin tek parça kalabileceği bir şekilde ölmeyecekti, ama kesinlikle emin olduğu bir şey varsa, o da altın bir burun halkası takmış, paçavra kıyafetli serseri bir çeteciyle canavar karışımı yaratığın dişleri arasında parçalanıp gitmeyeceği idi.

Deucalion telefonu açmış olmalıydı, çünkü Michael, "Hey, benim. Otoparkta, dördüncü kattayız," dedi.

Michael adresi verdikten sonra telefonu kapattı.

Telefondan konuşmanın bittiğine dair bir ses gelirken, Deucalion Narnia'daki[1] bir dolabın içinden gelmiş gibi altı metre uzaklıkta bulunan otoparka adımını attı. Tabii burada bir dolap falan yoktu.

Carson onu tekrar görünce ne kadar iri olduğunu unuttuğunu fark etti. Uzun, siyah paltosu içinde onlara doğru yaklaşırken, kortizon diyeti yapmakta olan Darth Vader'ı andırıyordu.

Deucalion, "Islanmışsın," dedi.

"Audubon Park'ta bir canavar püresinin içindeydik," dedi Michael. "İçlerinden birinin çok hoş bir kıçı vardı."

Dük arabanın çevresinden dolaştı, yeni gelen dövmeli misafiri görünce duraladı ve başını dikti.

"Bu kimin köpeği?" diye sordu Deucalion.

Michael, "Bölge savcısına aitti," dedi, "sonra da bölge savcısının kopyasına... Ama kopya birkaç kesme kurşunun önüne çıkınca Dük şimdi bizim oldu."

---

1 (Ç.N) Narnia: C. S. Lewis tarafından yazılmış yedi çocuk kitabından oluşan bir seriye konu olan kurmaca bir diyar.

"Yakında kıyamet kopacak," dedi Deucalion. "Bir köpek yolunuzu tıkayabilir."

"Bu köpek için geçerli değil bu durum. Çok iyi eğitimli bir köpek. Tüfeği bırakıp elli kalibrelik Magnum tabancayla ateş etmeye başladığımızda boş silahlarımızı dolduracak kadar akıllı."

Deucalion, "Dediklerinin yarısını bile anlamıyorum," dedi Carson'a.

Carson, "Sonunda bu durumu umursamayacaksın," diye teskin etti onu. "Michael hastalık derecesinde hareketlidir, ama kendini meşgul edecek kadar hızlı konuşur, o yüzden çok başa bela olmaz."

Dük Deucalion'un yanına yaklaşarak kuyruğunu sallamaya başladı.

Elini, parmaklarını yalamasına izin verecek şekilde köpeğe uzatan Deucalion, Carson'a öylesine dikkatle bakmaya başladı ki Carson röntgeninin çekildiğini hissetti. Deucalion, dönerek Michael'a aynı şekilde bakmaya başladı.

"Diğer dedektiflerin değil daha sizin yolunuza çıkmış olmam bir tesadüf değildi. Rozet taşıyan birçoğundan farklısınız, ben de herkesten farklıyım. Bizim farkımız, gücümüz. Bunun için seçildik, eğer başarısız olursak, dünya da başarısız olur."

Michael, "Bu özgeçmişimde iyi görünmez," diyerek sırıttı.

Carson Deucalion'un yaşadığı ve artık kapanmış olan sinema salonunu kastederek, "Lüks'teyken," dedi, "Victor'un birtakım aksiliklere rağmen uzun bir süredir sebatkâr biçimde sürekli ilerleme kaydettiğini, başarısızlık diye bir korkusu olmadığını, zaferin kaçınılmaz olduğuna inandığını söylemiştin. Bu yüzden imparatorluğunun çürümekte olduğunu göremiyor. O zamanlar bu çürümenin senin umduğun boyutlarda olmayabileceğini düşünmüştüm. Ama şimdi parkta o kopyalarla yaşadığımız cümbüşten sonra, belki de çöküş senin düşündüğünden de yakın bir zamanda gerçekleşecek diye düşünüyorum."

Devin gözlerinden nabız atışını andıran bir ışık geçti. "Evet. Saat çalışmaya başladı."

138

Deucalion'un Merhametin Elleri'nde yaptığı keşiflerin bir dakikalık kısa özetini dinledikten sonra, Carson midesinin yandığını ve ürpermeye başladığını hissetti.

Michael, "Orası ne zaman eriyip yok olacak?" diye sordu.

"Elli beş dakika içinde. Victor yangını haber alınca bunu benim yaptığımı anlayacak, ama bu akşam işlerin nasıl kontrolden çıkacağını kestiremeyecek. Yeni Irk'ının kendisini savunmaya devam edeceğine güveni tam olacak. Ancak Garden bölgesinde kalma riskini almayıp çiftliğe dönecek."

Carson, "Yaratılış havuzu çiftliği, Pastor Kenny'nin sana sözünü ettiği Yeni Irk fabrikası mı?" diye sordu.

"Bu akşam öğrendiğime göre, fabrika Kenny'nin sandığından çok daha gelişmiş. Havuzlardan ilk mahsul yarın akşam alınmaya başlanacak; dört gün boyunca, günde beş yüz yaratık."

"Cephanelik ihtiyacımızı *çok, ama çok* düşük tutmuşuz," dedi Michael.

"Victor Pontchartrain gölünün kuzeyinde geniş arazilere sahip," diyen Deucalion, paltosunun yan cebinden bir tomar kâğıt çıkardı. "Bu bilgileri bilgisayarından aldım. Nevada şirketinin sahibi olduğu Crosswoods çöp idaresi diye bir yer var, şirket de Bahamalar'da bir holdinge, holding de İsviçre'deki bir tröste ait. Ama sonuçta hepsi Victor'un."

"Çöp idaresi mi?" dedi Carson. "Bildiğimiz çöplük mü?"

"Evet, hem de oldukça büyük bir çöplük."

"Ne tür bir beklentiyle bir çöplüğe sahip olmuş acaba?"

"Başarısızlıklarının ve kopyalarının yerini aldığı gerçek insanların mezarı yerine geçecek bir yer."

Michael, "Sıradan bir çöplüğe kıyasla çok daha akılda kalıcı bir kokusu olmalı," dedi.

"Havuz çiftliği çöplüğün bitişiğinde, sekiz hektarlık bir arazidir. Oraya Victor'dan çok daha önce varacağız. Aslına bakarsanız, ben on dakika içinde orada olacağım." Deucalion kâğıt tomarını Carson'a verdi. "Adresler, özgeçmişler, yolda oyalanmanızı sağlayacak birkaç bilgi... On iki numaralı batı karayoluna çıkan on numaralı karayolunu tercih ederseniz ve sonra eyalet içinde kuzeye doğru işaretlediğim rotayı izlerseniz, yaklaşık yüz on iki kilometrelik bir yolu, bir buçuk saatten daha kısa bir sürede alırsınız."

"Arabayı o kullanırsa çok daha kısa sürer," dedi Michael.

Deucalion, "Yaklaştığınızda telefon açın," dedi. "Güçlerimizi orada birleştiririz."

Carson, "Peki ya sonra?" diye sordu.

"Sonra... gereken neyse onu yapacağız."

36. BÖLÜM

Erika Beş paslanmaz çelikten arabayı Jocko'nun ihtiyaç duyduğu şeylerle doldurmuş ve servis asansörüyle ikinci kata çıkarmıştı.

Victor'un ilk haliyle ayrı olan iki binayı birleştirmesiyle, ortaya üç koridor çıkmıştı. Evin güney ucunda, güney kanadı koridoru doğudan batıya uzanıyordu. Kuzey ucundaki koridor da aynı şekilde doğudan batıya uzanmaktaydı. Her biri yirmi beş metre boyundaydı. Bu koridorlar elli altı metre uzunluğundaki ana holle birleşiyordu.

Evin güney kanadındaki servis asansörü mutfaktan fazla uzakta değildi. Erika yukarıya çıktıktan sonra arabayı muzip cücenin evin arka tarafında yer alan yatacak yerinin bulunduğu kuzey kanadına doğru ana hol boyunca itmek durumundaydı.

Ana yatak odasına açılan çifte kapı ana holün ortasında, büyük merdivenlerin başlangıcının hemen karşısında, solda yer alıyordu. Erika Victor'un odada kaldığını düşünüyordu, ama emin olamazdı. Victor tesadüfen koridora çıkacak ve onu nevresim, havlu, tuvalet takımı ve yiyeceklerle dolu arabayı iterken görecek olsa, nereye, ne amaçla gittiğini öğrenmek isteyecekti.

İki buçuk metre genişliğindeki hole, tıpkı kuzey ve güney hollerindeki gibi bir dizi İran halısı serilmişti ve araba halıların üstünde sessizce ilerliyordu. Halılar arasında maun döşeme görünürken, lastik tekerleklerden belli belirsiz bir ses çıkıyordu.

141

Erika kuzey kanadındaki mobilyasız odaya girip derin bir nefes aldığında, ayak parmaklarının üstünde durmakta olan muzip cüce bir bale dönüşü yaparak ona doğru döndü.

Erika arabayı oturma odasına çekti. Hole açılan kapıyı kapatarak, "Dans etmeyi nereden öğrendin?" diye sordu.

Hızla dönmeye devam eden cüce, "Jocko dans mı ediyor?" diye sordu.

"Bu yaptığına bale derler."

Cüce, "Bu sadece... Jocko'nun yaptığı... bir şey," dedi ve ayak uçlarında dönerek yatak odasına geçti.

Arabayla onu takip eden Erika, "Başın dönmüyor mu?" dedi.

"Bazen... Jocko kusuyor."

"Eh, madem öyle, sen de dur artık."

"Kontrol edemiyor."

Nevresimleri yerde bir köşeye koyan Erika, "Yani ayakuçlarında zorla mı döndüğünü söylüyorsun?" dedi.

Muzip cüce durdu, ayakuçlarında yükselmekten vazgeçti ve dengesini sağlayana dek birkaç adım yalpaladı. "Bu sefer o kadar kötü olmadı."

"Zavallı şey."

Cüce omuzlarını silkti. "Herkesin bir sorunu vardır."

"Bu çok felsefi oldu."

"Çoğunlukla da benim sorunlarımdan daha kötüdür."

Erika insanların kaderinin dilinde üç kıl bulunan, beş parasız, çoğunlukla rögarlarda yaşayan ve içten gelen bir dürtüyle kusana dek dönen garip bir cüceninkinden daha iyi olduğuna emindi. Ama minik adamın olumlu yaklaşımını da takdir ediyordu.

Jocko, Erika'ya arabayı boşaltmasına, eşyaları dolaba ve çekmecelere yerleştirmesine yardım etti. Erika'nın getirdiği atıştırmalık yiyeceklerden bir hayli memnun olmuştu.

"Jocko tuzlu şeyler sever, Jocko tatlı sever, ama Jocko'ya asla acı sos getirme, çünkü acı sos kulaklarından garip bir kokunun fışkırmasına yol açıyor."

Erika, "Bunu unutmayacağıma emin olabilirsin," dedi. "Tabii, sadece atıştırmalık şeyler değil, fırsat bulduğumda sana sağlıklı yiyecekler de getireceğim. Acı sos dışında sevmediğin başka bir şey var mı?"

"Jocko genelde rögarlarda yaşadı, böcek ve fare yedi. Bir keresinde mısır cipsinin üzerindeki acı sosu da yedi. Getirdiğin her şey Jocko için yeterince leziz olacak."

"Bu çok heyecan verici bir şey, değil mi?" dedi Erika.

"Nedir?"

"Gizli bir dostu olmak."

"Kimin var?"

"Benim."

"Hangi dost?"

"Sen."

"Oh. Evet. Jocko heyecanlı."

Son havluları da yerine koyan Erika, "Sabah olunca, birkaç saat içinde, Victor'un Merhametin Elleri'ne gitmesiyle geri döneceğim. O zaman bana kitap okursun."

Küvetin kenarına oturan Jocko, "Bu yenecek bir şey midir?" diye sordu.

"Hayır, bu banyo sabunu."

"Oh. Bu yenecek bir şey midir?"

"Hayır, bu diğer banyo sabunu."

"Yani yenecek bir şey?"

"Hayır. Sabun hiçbir zaman yenecek bir şey değildir."

"Bu yenecek bir şey midir?"

"Bu da banyo sabunu. Dörtlü pakette."

"Niye sabun, sabun, sabun, sabun?"

"Birçok şeyin yedeğini de getirdim. Bir süre burada kalacaksın... Değil mi?"

"Sen Jocko kalabilir dediğin sürece."

"Güzel. Bu çok iyi."

"Şimdi git buradan," dedi Jocko.

"Oh, tabii yorgun olmalısın."

Cüce, "Olmalıyım," diyerek, Erika'yı oturma odasına kadar takip etti. "Çık buradan."

Erika paslanmaz çelikten arabayı orada bıraktı. Niyeti, arabayı Victor'un laboratuvara gitmesinin ardından mutfağa geri götürmekti.

Kapıyı açıp hole bakındı. Hol sessizdi ve kimseler yoktu. Tekrar cüceye dönen Erika, "Korkma," dedi.

"Sen de."

"Güvendesin."

"Sen de."

"Sadece uzanıp dinlen."

"Git buradan."

Hole adım atan Erika, kapıyı arkasından sessizce kapattı.

37. BÖLÜM

Kapı kapanır kapanmaz, Jocko aceleyle banyoya girdi. Banyo sabunlarından birini kaptı. Ambalajını yırtarak bir ısırık aldı.

Erika yanılıyordu. Sabun harika görünüyordu ve gerçekten de *öyleydi.*

Erika yanılıyordu veya... *yalan söylemişti.*

Yalan söylemişse ne kadar üzüntü vericiydi. Oysa diğerlerinden ne kadar farklı görünüyordu. Çok şeker. Çok nazik. O zarif burun delikleri... Ama yalancıydı işte.

Jocko da yalan söylemişti. Ona Harker olduğunu söylemişti.

Doğru, Jocko, Harker'dan doğmuştu. Harker'ın bildiği her şeyi biliyordu. Harker'ın hafızasına sahipti. Ama Harker değildi.

Jocko, Jocko'ydu, eşsizdi. Jocko, Jocko ne isterse onu isterdi. Başkalarının istediğini değil.

Jocko ve Harker sadece tek bir yönden benzeşirdi: Victor Helios'tan nefret ederlerdi. Ondan *tiksinirlerdi.*

Jocko'nun istediği bir şeyi Harker da istemişti. Victor Helios'un ölmesini...

Jocko, Jocko'ydu. Ama aynı zamanda *intikamdı* da.

Sabun farelere kıyasla daha lezzetliydi. Neredeyse böcekler kadar lezzetli. Ama sakız gibi çiğnemek gerekiyordu. Yutması kolay değildi.

Jocko yarısı yenmiş sabun kalıbını yere bıraktı. Bu kadar çiğneyecek zamanı yoktu. Belki daha sonra...

Jocko, Jocko'nun istediğini istiyordu. Hem de çok. Ama Victor Helios'u öldürene dek istediğini alamayacaktı.

Acele adımlarla oturma odasına geçti. Amuda kalktı. O halde odanın çevresinde dolaştı. Dolaştı, dolaştı...

Ne büyük zaman kaybı. Jocko amuda kalkarak dolaşmak istemiyordu. Ama *zorundaydı*.

Sonunda, yeterince dolaşmıştı. Tekrar ayaklarının üstündeydi. Yine banyoya geçti. Sabundan bir ısırık daha aldı. Leziz...

Victor'u öldürme zamanı gelmişti.

Hızla, hızla, hızla yatak odasına gitti. Oturma odasından geçti. Kapıya yöneldi.

❖ ❖ ❖

Erika Jocko'nun kaldığı odanın kapısından uzaklaşır uzaklaşmaz, Victor'un, kendisini herhangi bir nedenle görmek isteyip istemediğini anlamak üzere ana yatak odasına gitmesi gerektiğini biliyordu.

Ancak, gizli dostunun kendisine kitap okuyacak olması düşüncesi yüzünden öylesine heyecanlıydı ki ilk okuma seansı için kitap seçme işini ertesi sabaha bırakmak istemiyordu. Kütüphanede ne tür kitaplar olduğunu bir an evvel görmek niyetiyle kuzey kanadının batı ucundaki arka merdivenlerden aşağıya indi.

Zemin kattaki büyük hol yukarı katlardaki koridorlara kıyasla daha genişti. Hol, büfe, üzerinde çiçekli vazolar bulunan masalar ve çevresindeki iskemleler, kaideleri üstünde duran harikulade bronz heykellerle döşenmişti. Duvarlarda on altı, on yedi ve on sekizinci yüzyıla ait Avrupalı üstatların paha biçilmez tabloları asılıydı. Victor'un, zamanında kendisini *mein schatz*, "hazinem," olarak nitelendirmiş ve birçok yönden yanlış anlaşılmış nüktedan patronu ve sevgili dostu Hitler'in cahil kitleler, aç gözlü kapitalistler, obur bankacılar ve dini fanatiklerce trajik biçimde felakete uğratılmasından kısa bir süre önce Almanya'dan kaçırmayı akıl ettiği eserlerdi bunlar.

Victor uzun yaşamı boyunca öylesine çok hayal kırıklığı ve kayıp yaşamıştı ki doğmadan önce her türlü bilgiyle donanan Erikaların bile onu anlaması için en az yirmi, otuz yıla ihtiyaçları vardı. Bu sorun, Erikaların kısa bir yaşam sürmelerine neden oluyordu.

Erika'nın en büyük umudu kocasını anlamak, öfkesini asla tetiklemeden, ki anlaşılan kitaplar buna yol açıyordu, nazik bir eş olmayı öğrenmekti. Evet, kitaplar tehlikeliydi, ama bunun nedeni hem yararlı, hem de zararlı çok sayıda bilgi içeriyor olmalarıydı. Belki Erika Dört doğrudan beyne iletilen bilgi akışı esnasında kazanılmayan türde çok fazla yanlış bilgi özümsemiş ve bu nedenle de yozlaşmıştı. Erika Beş kitaplar konusunda ihtiyatlı bir yol izleyecek, zararlı bilgiyle karşılaşma olasılığını gözeterek her an tetikte olacaktı.

Erika Beş, Erika Dört'le kıyaslandığında avantajlı olmanın tadını çıkarıyordu: Onun Jocko'su vardı. Herhangi bir şekilde zararlı olabilecek bir bilgiyi okumadan sansürlemesi için onu daima uyaracak, böylece olumsuz etkilenmenin önüne geçecekti. Bir kitabın, içerdiği her türlü kötü bilgi çıkarılsa bile, anlaşılabilir çok fazla zararlı bilgi içermesi durumunda Erika Beş kitabı kaldıracak ardından bir yenisi alacaktı.

Kütüphaneye giren Erika, Christine'ni elinde bir kitap ve zarfla birlikte masadan kalkarken gördü. Christine'in personel yatakhanesinde olması gerekiyordu.

Erika, "Bu saatte neden buradasın?" diye sordu.

"Oh, Tanrım, beni korkuttunuz." Christine iskemleyi masaya itti. "Bir arkadaşıma göndermek üzere bir kitap seçiyordum. Mektuplarına zamanında cevap veremediğimden ötürü, ondan özür dileyen samimi bir de not yazdım."

Christine sanki hafif İngiliz aksanıyla konuşuyor gibiydi.

"Ama bu kitaplar sana ait değil," diye hatırlattı Erika.

Omuzlarını doğrultup başını meydan okurcasına dikleştiren Christine, "Kocama ait olan her kitap, sanırım bana da aittir," dedi.

Erika, "Kocana mı?" dedi.

"Evet Bayan Danvers, bana aittir. Rebecca öldü. Artık bu fikre alışsanız iyi olur."

Erika Christine'in, Victor'un fonksiyonel aksaklık olarak ifade ettiği bir sorunla yüz yüze geldiğini anlamak için bir kitaptan bilgi almak gerekmediğini biliyordu. Bir önceki sabah kâhya William, yaşadığı fonksiyonel aksaklık esnasında yedi parmağını ısırıp koparmıştı. Christine'in durumu en azından şu an için William'ınki kadar ciddi değildi.

Hizmetçiye yaklaşan Erika elini kitaba uzatarak, "Ben senin adına hallederim," dedi.

Kitabı ve mektubu göğsüne bastıran Christine, "Hayır, teşekkür ederim Bayan Danvers. Sabah olunca Christine'den paketleyip postalamasını isteyeceğim," dedi.

❊ ❊ ❊

Kusursuz dikilmiş mavi takım elbisesi, geniş yakalı beyaz ipek gömleği, camgöbeği, kehribar ve zümrüt yeşili çizgili kravatı, kehribar rengi mendili ve ceketinin zarif kumaşını hiçbir şekilde bozmayan omuz askılı gizli bölmeye gizlenmiş kırkbeşlik Springfield Armory Colt tabancasıyla Victor, aynadaki yansımasını incelediğinde, karşısında kendine has bir tarzı olan ve iktidara gelmek üzere doğmuş bir adamın duruşunu gördü.

Merhametin Elleri'nde de ayna bulunduğundan dolabından dışarıya çıktı. Yatak odasına geçerken cep telefonu çaldı.

Koridora açılan kapının önünde durdu, bir an tereddüt ettikten sonra cevap verdi. "Alo?"

"Benim saygıdeğer üstadım, benim şerefli canavarım," dedi Erika Dört, "size çöplükte bir istirahat alanı hazırladık."

Victor sinirlenmemeye ve bir önceki seferde olduğu gibi konuşmayı onun yönlendirmesine bırakmamaya kararlıydı. "Eve geliyorsun sanmıştım."

"Mezarının çevresini senin bazı Eski Irk mensubu kurbanlarının çürümekte olan cesetleri ve ümidini boşa çıkaranların kalıntılarıyla süsledik. Meraklanma, onlar benim gibi canlanamayacaklar."

Victor, "Belki," dedi, "beni aramaya cesaretin olabilir, ama yüz yüze gelecek cesaretin yok."

"Oh, sevgilim, asil megalomanyağım, sen kendi kendine hezeyanlara kapılmanın imparatorusun. Kısa bir süre sonra seninle yüz yüze geleceğim. Seni çöplüğün derinliklerine diri diri gömerken, sana gülümseyecek ve öpücük göndereceğim."

O an Victor'un gözü çevrilmekte olan kapı tokmağına kaydı. Tabancasını kılıfından çıkardı.

❖ ❖ ❖

Jocko kuzey koridoru boyunca hızlı adımlarla ilerledi. Köşede durdu. Etrafa bakındı. Görünürde kimse yoktu.

Sabundan bir ısırık almak iyi olurdu. Ama odaklanmak gerekiyordu. Önce öldürmeliydi. Sabun daha sonra gelirdi.

Ana yatak odasını nerede bulacağını biliyordu. Erika onu arka merdivenlerden gizlice çıkarırken söz etmişti. Ana hol. Büyük merdivenlerin tam karşısı.

Yumuşak halılarda, ayak parmaklarının üstünde ilerledi. Güzel halılar. Böylesine yumuşak ve hoş halıların üstünde fırıl fırıl dönmek çok eğlenceli olurdu.

Hayır! Fırıl fırıl dönmeyi aklından çıkar. *Düşünme* bile.

Solda büyük merdivenler. Sağda çift kapı. Burası işte.

Kapının önünde durarak bir elini kulpa dayayan Jocko boğuk bir ses duydu. Harker'ın hafızası, *Victor'un sesi*, diyordu. Hemen kapının arkasında...

Victor Helios, "Belki beni aramaya cesaretin olabilir, ama yüz yüze gelecek cesaretin yok," diyordu.

O an Jocko ölümcül bir öfkenin pençesine düştü. Dişlerini ortaya çıkarmaya çalışırken ağzının sarkık parçaları titreyerek birbirine çarpıyordu.

Jocko ne diyeceğini çok iyi biliyordu. Victor'a saldırırken... Gaddarca... Merhametsizce... *"Ben Jonathan Harker'ın çocuğuyum! O beni doğururken öldü! Ben dışlanmış biriyim, bir canavardan doğma bir canavarım! Şimdi ölme zamanı!"* diyecekti.

Bu çok uzun gibi görünüyordu. Kısaltmaya çalışmıştı. Ama gerçekte hepsini söylemek istiyordu.

Kapı kulpunu çevirmeye başladı. Kapıyı neredeyse açıyordu. Sonra fark etti. Silahı yoktu. Jocko'nun silahı yoktu.

Kendine çok öfkelenen Jocko kulpun elinden kaymasına izin verdi, ana yatak odasına paldır küldür dalmadı.

Aptal, aptal, aptal. İki parmağını burun deliklerine soktu. Alnına doğru hızla itti. Öylesine güçle itti ki gözlerinden yaş geldi. Bunu hak etmişti.

Odaklan. Dikkatini dağıtma.

Bir silaha ihtiyacı vardı. Nereden bulacağını biliyordu. Mutfak. Bir bıçak.

Ana hol boyunca ayak parmaklarının üstünde hızla ilerledi. Daha çok yumuşak halıda ve güney koridoruna doğru; arka merdivenlerden aşağı.

❖ ❖ ❖

Kütüphanede Erika, "Benim adım Bayan Danvers değil," dedi.

Christine hâlâ hafif İngiliz aksanıyla konuşuyordu. "Lütfen Bayan Danvers, her türlü nahoş olaydan kaçınmak niyetindeyim. Bir arada yaşayabiliriz. Bunu yapabileceğimize güvenim tam, yapmak zorundayız da. Bunu Maxim'in hatırına yapmak istediğimi biliyorum."

Erika, "Beni tanımadın mı?" diye sordu. "Neyin var senin? Nerde olduğunu bilmiyor musun?"

Christine endişeli gibi görünüyordu, ağzı, programı tarafından bir şekilde alıkonmuş olmasa duygusallaşacakmış gibi titredi. Kitabı sıkı sıkı tutarak dikleşti ve "Göründüğü kadar kırılgan bir ruhum yok Bayan Danvers," dedi.

"Erika. Ben Erikayım."

"Aklımın gidip geldiğine beni ikna edeceğini düşünme sakın. Şeytani oyunlarından bıktım artık." Erika'yı yana doğru iterek hızla kütüphaneden dışarıya çıktı.

❖ ❖ ❖

Gizlice ilerle, durakla, etrafı incele. Gizlice ilerle, durakla, etrafı incele. Mutfağa çıkan merdivenlere doğru.

Oh. Mutfaktaki tezgâhın üstünde duran iri bir kâsenin içinde elmalar... Yeşil elmalar. Kırmızı elmalar.

Elmalar Jocko'yu çekerdi. Ne güzel renkleri vardı. Çok büyük değillerdi. Onları istiyordu. Onlara sahip olmalıydı. Olmalıydı. Elmalar, elmalar, elmalar. Yemek için değil. Daha iyi başka bir şey için.

Jocko üç elma seçti. İki yeşil, bir kırmızı.

Sağ elinde iki elma, sol elinde bir elma, elmaları havaya atıp tutmaya başladı. Havaya atıp tutmaya bayılırdı. Havaya atıp tutmaya *ihtiyacı vardı.*

Daha önce havaya atıp tutmuştu. Taşlar. Cevizler. İki çürük limon ve bir paket kokuşmuş peynir. Üç fare kafatası.

Ama o ana kadar en iyisi elmalardı. Rengârenk. Neredeyse yusyuvarlak. Jocko çok başarılıydı. Havaya atıp tutarken hoplayıp zıplayabilirdi bile.

Mutfağın içinde hoplayıp zıpladı. Havaya atıp tutuyordu, havaya atıp tutuyordu. Keşke başında komik bir şapka olsaydı. Şu üzerinde minik zilleri olandan.

❖ ❖ ❖

Erika Dört telefonda, "Çöplükte bir ordu var, benim sevgili psikopatım. Sana tek başıma gelmek durumunda değilim," dedi.

"Sadece ölülerden oluşan bir ordu," dedi, Victor. "Ve ölüler tekrar ayaklanmazlar."

"Onlar da benim gibi tamamen ölü değiller. Ölüye benziyorlar, ama içlerinde biraz hayat kırıntısı kalmış... Ve bir süre sonra, kırıntıdan fazlası olacak."

Kapı kulpu bir sağa, bir sola dönmüştü. Şimdi aradan yaklaşık bir dakika geçmiş olmasına rağmen hiç hareket yoktu.

"Seni çöplüğün derinliklerine meşale ışığıyla taşıyacağız. Ve seni diri diri gömecek, defnetmeden önce eğleneceğiz."

Kapı kulpu yine çevrildi.

❖ ❖ ❖

Kütüphaneden doğrudan ön merdivenlere gelerek aceleyle ikinci kata indi. Artık bu kadarı yeterdi. Maxim'in Bayan Danvers'la konuşması gerekiyordu. Kadının Rebecca'ya olan sadakati, sadık bir hizmetlinin sınırlarını fazlasıyla aşmış, masum ve dürüst bir duyarlılık olmaktan çıkmıştı. Bu zalimce ve sapıkçaydı, dengesiz bir zekânın ürünüydü.

Kapıyı hızla açarak ana yatak odasına girdi ve o anda sevgili Maxim'i tarafından dört el ateş açılarak göğsünden vuruldu. Adamın ihaneti yüzünden afalladı, ama yere düşerken onun Rebecca'yı da vurmuş olabileceğini fark etti.

❖ ❖ ❖

Jocko mutfakta hoplayıp zıplarken, silahın ateşlendiği anda elmaları yere düşürdü.

Bıçak. Bıçağı unutmuştu. Victor öldürülmeyi bekliyordu ve Jocko bıçağı unutmuştu.

Yüzüne bir tokat vurdu. Vurdu, vurdu, vurdu. Genelde olduğundan iki misli fazla tokat yemeyi hak etmişti. Üç misli.

Bir çekmece, iki çekmece, üç... Bıçaklar beşinci çekmecede. Jocko içlerinden büyük bir tanesini seçti. Çok keskin.

Ayak parmaklarında sessizce ilerleyerek mutfaktan koridora çıktı.

38. BÖLÜM

Önce on numaralı eyaletler arası doğu-kuzeydoğu yolu, sonra on iki numaralı batı yolu boyunca süren yolculuk esnasında Dük, arabanın arka koltuğunda uyumuştu.

Carson'ın son birkaç gündür çok az uyuma fırsatı bulduğu göz önüne alındığında, köpeğin horlamasının uykusunu getirmesi gerekirdi fakat hiç de öyle olmamıştı.

Acadiana'dan aldıkları yarım litrelik aşırı kafeinli kola bunun başlıca nedeniydi. Şehir sınırını geçmeden önce yedi gün, yirmi dört saat açık bir servis istasyonunda durmuşlar, gözlerine çarpan ilk kolayı içmişler, sonra da bir paket kafein tabletiyle birlikte yarım litrelik şişelerden iki tane satın almışlardı.

Tekrar yola koyulduklarında Michael, "Aşırı kafein prostata düğüm atar," dedi.

"Benim prostatım yok."

"Carson, biliyorsun, her şey seninle alakalı olmak zorunda değil."

Carson'ı ayık tutan ve odaklanmasını sağlayan şey, Helios-Frankenstein davasının kendisi kadar herkesi ilgilendirdiği konusunda şüphe duyuyor olmasıydı. Bunun nedeni sadece davaya bakan iki dedektiften biri olması değildi. Yolunun tam da ona ihtiyaç duyduğu anda Deucalion'la kesişmiş olması da değildi.

Bütün polislerden farklı olarak Carson, kendisinin ve Michael'ın bireyselliğe derin bir saygı duyduklarını biliyordu, özellikle söz konusu birey alışılmadık ve dolayısıyla eğlenceliyse ve hatta inatçı ve bunaltıcı olduğu kanıtlanmış olsa bile... Sonuç olarak, ister propagandaya maruz kalmış insanlardan ister laboratuvarda üretilmiş insan kopyalarından meydana gelsin, itaatkâr asalaklardan oluşan ve sıkı yönetimle yönetilen bir halktan medeniyet oluşturulması fikrini savunabilecek birinden daha fazla dehşete düşmüşlerdi.

Ama Carson'ın bireyselliğe olan saygısı ve özgürlük aşkı, bu davanın onu neden bu denli güçlü bir istekle ve yakından ilgilendirdiği sorusunun cevabı değildi. Bu soruşturmanın başlarında Carson, bir zamanlar New Orleans Emniyet Müdürlüğü'nde çalışmış olan babasının ve olay anında onunla birlikte olan annesinin, Victor Helios'un emriyle Yeni Irk tarafından öldürüldüğünden şüphelenmeye başlamıştı. Babası, tıpkı kızının yıllar sonra aynı şüpheliye yönelmiş olması gibi, onu Helios'a yönlendirecek olan, son derece garip bir şeyle karşılaşmış olabilirdi.

Annesinin ve babasının öldürülmelerine dair sır asla çözülememişti. Ve olayla ilgili toplanan deliller babasına dair yozlaşmış bir polis portresi ortaya çıkarmış, ortak sağduyuya hakaret anlamı taşıyan ve babasının gerçek karakterine ters düşen bu basmakalıp düşünce, onun işbirliği yaptığı suçlular tarafından infaz edilmiş olabileceği sonucuna varmıştı.

Aradan geçen birkaç yılın ardından, Carson'ın şüphesi, sağlam bir inanca dönüşmüştü. Kafein kadar, adalete olan açlığı ve babasının adını temize çıkarma kararlılığı, onu hep uyanık, tetikte ve her an patlamaya hazır olmasını sağlıyordu.

Sol tarafta Pontchartrain'in uçsuz bucaksız karanlık enginliği uzanıyor, manzara, bu akşam dünya kıvrılarak unutulmuşluğa yuvarlanma, sınırı boyunca yalpalama riski altındaymış da sönmüş bir yıldızın karşı konulmaz cazibesine sahipmiş gibi görünüyordu.

On iki numaralı kara yolunda giderlerken gölden boşalan yağmur araba farlarının aydınlattığı bölüm haricinde kapkaraydı ve ısrarla arabanın şoför tarafına vuruyordu. Gecenin bizzat kendisinin kemikli boğumlardan oluşan bir yumruğu vardı sanki. Ve rüzgâr kara görünüyor, mehtapsız ve yıldızsız gökyüzünden esiyordu.

39. BÖLÜM

Aklının bir ucunda hep Erika Dört'ün üstüne saldıracağı düşüncesi olan Victor, karşısındakinin her iki kalbini de durdurma niyetiyle silahını iki kez ateşlemiş, saldırganın aslında Christine olduğunu son anda fark etmişti. Erika'nın türünün yaratıcısı olarak, nereye nişan alması gerektiğini tam olarak biliyordu. Keskin nişancılığını gösterip iki el ateş ettikten sonra, işi kalbine iki kurşun daha sıkarak bitirmekten başka çaresi kalmamıştı.

Ölüm Christine'i hemen kollarına almış olmasa da Christine yere düştü. Ana yatak odasının kapı aralığında yerde kasıldı, güçlükle nefes almaya çalışırken, nafile bir çabayla, yaşamını elinden alacak yaraları çekip çıkarmayı başarabilecekmiş gibi ellerini göğsüne bastırdı.

Christine'in son sancılarını çektiği esnada Erika holde, hemen açık kapının arkasında görününce, Victor silahını ölmekte olan hizmetkârdan, önünde durmakta olan bilmem kaç numaralı Erika'ya çevirdi.

Erika, "Christine'le ilgili yolunda gitmeyen bir şey vardı," dedi.

"Kim olduğunu bilmiyormuş gibi görünüyor, benim Bayan Danvers adında biri olduğumu sanıyordu."

Victor, "*Sen* kim olduğunu biliyor musun?" diye sordu.

Erika silahın namlusu ve gelen soru karşısında kaşlarını çattı. "Ne demek istiyorsun?"

"*Kimsin sen?*"

Victor soruyu öylesine sert biçimde sormuştu ki Erika bir an geri çekildi. Victor'un konuşma tarzı, hak ederek yediği dayakların öncesindeki konuşma tarzı gibiydi.

"Ben Erika'yım. Karınım."

"Erika Beş mi?"

Erika'nın aklı karışmış gibiydi. "Evet, tabii."

"Öyleyse söyle bakalım, dünyadaki en tehlikeli şey nedir?"

Erika, "Kitaplar," dedi, hemen. "Kitaplar yozlaştırır."

Erika Dört'e kitap okuma izni verilmiş, bu da ölümüne yol açmıştı. Sadece Erika Beş kitap okuma yasağıyla yaratılmıştı. Yeniden canlanan Erika Dört'ün bunu bilmesine olanak yoktu.

Yerde yatmakta olan Christine, "Manderley," dedi ve gözleri bir anda camla kaplandı sanki.

Ölü gibi görünüyordu. Victor nasıl bir karşılık alacağını kestirebilmek için Christine'in başını tekmeledi, ama o ne seğirdi, ne de bir ses çıkardı.

Yerde yatarken yanında *Jamaica Inn* adlı kitap duruyordu.

Silahını kınına koyan Victor, "Biraz önce ne dedi?" diye sordu.

"Manderley," dedi Erika.

"Hangi dilde konuştu, ne anlama geliyor bu söz?"

Şaşıran Erika, "Bu büyük bir İngiliz evinin adıdır; edebi bir alıntı. Programımda var. Birini ziyaret ettiğimde, 'Oh, tatlım, evin Manderley'den bile daha güzel *ve* hizmetkârın da aklını kaçırmamış,' demem gibi."

"Peki, tamam, ama kimin eseri bu?"

"Daphne du Maurier'in okumadığım ve asla okumayacağım *Rebecca*'sı," dedi Erika.

Victor burnundan soluyarak, "Yine kitaplar," diyerek hizmetçiye öfkeyle bir tekme indirince kitap elinden düştü. "Bu çöplüğü otopsi yapmak üzere Merhametin Elleri'ne göndermesi için bir ekip yollayacağım. Etraftaki kanı sen temizlersin."

"Peki Victor."

❖ ❖ ❖

Sıçra, sıçra, atla. Sıçra, sıçra, atla. Güney koridoru boyunca. Sıçra, sıçra, atla. Bıçak elde.

Arka merdivenler. Üç basamak yukarı, bir basamak aşağı. Üç basamak yukarı, bir basamak aşağı.

İntikam almak üzere kendi tarzında acele eden Jocko, kendine yapması gereken konuşmayı hatırlattı. Bıçağı Victor'un vücudunun derinliklerine saplarken şöyle demeliydi: *Ben daha önce, ben olmadan önce olduğum şeyin çocuğuyum! Beni doğurmak için öldüm! Ben bir canavarım, dışlanmış ve reddedilmişim! Öl Harker, öl!"*

Hayır. Hepsi yanlış. Birçok rögarda birçok alıştırma. Ve Jocko hâlâ doğrusunu ezberleyemedi.

İndiği basamakların iki katını tırmanan Jocko yeniden denedi: *Sen benim olduğum o'na ait canavar çocuksun!*

Hayır, hayır, hayır. Yaklaşamadın bile.

Ben ölen, senim!

Jocko kendine öylesine öfkelenmişti ki tükürmek istiyordu. *Tükürdü.* Ve bir daha tükürdü. Ayaklarının üzerindeydi. İki basamak yukarı, bir basamak aşağı, tükür. İki basamak yukarı, bir basamak aşağı, tükür.

Sonunda en üst basamağa vardığında ayakları parıldıyordu.

İkinci kattaki güney koridorunda Jocko, düşüncelerini toparlamak üzere durdu. Bir tane vardı. Ve bir tane daha. Ve diğer ikisine bağlı üçüncü bir düşünce daha. Çok güzel.

Jocko sık sık düşüncelerini toparlamak zorunda kalırdı. Çünkü kafası çok dağınıktı.

Ben Jonathan Harker'ın çocuğuyum! O beni doğurmak için öldü! Ben jonglör, canavar ve elmayım! Şimdi öleceksin!

Yaklaşmış sayılırdı.

Ayak parmaklarının ucunda güney koridoru boyunca yumuşak halıların üzerinde doğuya, ana koridora doğru ilerliyordu.

Jocko birtakım sesler duydu. Başının içinde miydi? Olabilir. Daha önce böyle olmuştu. Hayır, hayır bu kez değil. Bunlar gerçek seslerdi. Ana koridordan geliyordu.

Köşe. Dikkatli ol. Jocko duraksadı, etrafa göz gezdirdi.

Erika koridorda, ana yatak odasının açık kapısının önünde duruyordu. İçerideki biriyle, muhtemelen Victor'la konuşuyordu.

Çok şeker. Işıl ışıl parlayan o saçlar... Dudakları vardı. Jocko da dudakları olsun isterdi.

Erika, "Bu büyük bir İngiliz evinin adıdır, edebi bir alıntı," diyordu, muhtemelen Victor'a.

Erika'nın sesi Jocko'yu sakinleştiriyordu. Sesi müzik gibiydi.

Jocko'nun üstüne bir sakinlik çökerken, yanında Erika olduğunda başka biri haline geldiğini fark etti. Onunla birlikteyken sıçramak, zıplamak, tükürmek, ayak parmaklarının uçlarında dönmek, hoplamak zıplamak, burun deliklerini çekiştirmek, koşmak ve ellerinin üstünde yürümek zorundaymış gibi hissetmiyordu.

Erika, Jocko'ya yalan söylemişti. Sabunun tadı hakkında yalan söylemişti. Ancak bunun dışında olumlu bir etkisi vardı.

Yirmi beş, otuz metre ileride Victor Helios göründü. Ana yatak odasından çıkmıştı. Uzun boylu, temiz ve yakışıklıydı. Kusursuz saçları, muhtemelen kılsız bir dili vardı ve hoş birtakım elbise giymişti.

Jocko şöyle düşündü: *Öl jonglör, öl!*

Victor Erika'nın yanından basamaklara doğru geçip gitti. Ona son bir şey söyledi. Aşağıya inmeye başladı.

Jocko'nun bıçağı vardı. Bıçak Victor'a aitti.

Binlerce bıçak Victor'a aitti.

Jocko'nun sadece iki eli vardı. İki eliyle üç bıçağı havaya atıp tutabilir, Victor'a saplayabilirdi. Binlerce bıçağı havaya atıp tutarsa, Jocko muhtemelen birkaç parmağını kaybederdi.

Jocko acınası tek bir bıçakla Victor'a yetişmek için Erika'nın yanından, koşarak geçmek zorundaydı. Bu çok garip olurdu.

Erika onu görürdü. Sözünü tutmadığını anlardı; birden fazla söz. Yalan söylediğini anlardı. Jocko konusunda hayal kırıklığına uğrardı.

Ve nefesinde sabun kokusu alırdı.

Erika basamaklara doğru hareketlendi. Victor'un aşağıya inmesini izledi.

Belki Jocko'yu göz ucuyla görmüştü. Erika arkasını dönüyordu. Jocko başını eğdi. Köşeden uzaklaştı.

Hopa, hopa, hop. Hopa, hopa, hop. Güney koridoru boyunca batıya. Basamaklardan aşağıya geriye.

Tekrar mutfak. Elmalar yerde. Portakal olsa daha da yuvarlak olurdu. Jocko portakal ve dilindeki kılları kesmek için de makas istemeliydi.

Jocko hoplaya zıplaya mutfaktan dışarıya çıktı, uşağın kilerinden geçip özel yemek odasına geçti.

İleride geleneklere göre düzenlenmiş geniş bir yemek odası vardı. Jocko çok net göremiyordu, çünkü ayak parmaklarının ucunda dönmek, dönmek, *dönmek zorundaydı.*

Odadan odaya, odaları birleştiren küçük koridorlar, çok fazla ev... Bıçak ayak parmaklarının arasında, ellerinin üstünde yürümeye başladı. Bıçak dişleri arasında, elinin yardımıyla yanlamasına takla, yanlamasına takla...

Kuzey koridoru. Arka merdivenler. İkinci kat. Odası.

Jocko bıçağı nevresimlerin arasına sakladı. Koşaradım oturma odasına geri döndü. Şöminenin önünde yere oturdu. Yanmayan şöminenin tadını çıkardı.

Erika şöyle diyecekti: *Seni koridorda gördüğümü sandım.*

Jocko şöyle karşılık verecekti: *Hayır, hayır Jocko değil, Jocko değil. Hayır, hayır, hayır. Onun eskiden olduğu ben değildim, canavardan canavar olan ben değil, hayır, Jocko değil, koridorda değil, Jocko sabun da yemiyor.*

Belki de sadece, *Hayır* diyecekti.

Jocko olayların gelişimine göre davranacaktı. O an doğru görünen şey ne ise onu yapacaktı.

Ateş olmayan şömineye yarım dakika boyunca gözlerini diktikten sonra Jocko, Victor'u öldürmeyi unuttuğunu fark etti.

Jocko parmaklarını burun deliklerine sokarak, gözlerinden yaş gelene dek yukarı doğru çekti. Aslında daha kötüsünü hak etmişti ya!

40. BÖLÜM

Derindondurucunun motoru arızalanmış, ardından şeffaf çuval içindeki tuz çözeltisi ısınmaya başlamıştı.

Laboratuvardaki işgüzar ziyaretçinin lavaboyu fırlatarak cam kapıyı parçalamasının ardından ısınma süreci hızlanmıştı.

Chameleon'ın içinde bulunduğu koşulların iyileşmesine yönelik ilk gelişme, daha iyi görmeye başlamasıyla ilgiliydi. Soğuk ortamda etraf sadece mavinin tonu olarak görülüyorken, şimdi diğer renkler de seçilebiliyordu. Bu olumlu değişim başlarda yavaşken, gittikçe hızlanmaya başlamıştı.

Chameleon çok uzun bir süredir çuvalın içinde sürükleniyordu. Hareket etme yeteneği, içine daldırıldığı sıvının acı soğuğu ile sınırlanmıştı. Şimdi karnını ve göğüs kafesini esnetebiliyor, kafasını daha kolay döndürebiliyordu.

Aniden kamçılanmaya, tekrar tekrar dövülmeye başladı; yaşanan büyük bir arbede asılı duran çuvalın sağa sola sallanmasına, artık çalışmayan dondurucunun duvarına çarpmasına neden olmuştu.

Hayati durumu askıda olan Chameleon'ın metabolizması, neredeyse çalışmıyordu. Çuvalın içindeki sıvı ısınırken, katabolik[1] süreç hızlanmıştı.

---

1 (Ç.N) Katabolizma: Dokulardaki maddelerin karışımının bozularak, daha basit maddeler haline gelmesi

Katabolizma tarafından temin edilen enerjiyle, anabolik[1] süreç de hızlanmaya başlamıştı. Chameleon işlevlerini tekrar, tam anlamıyla yerine getirir hale geliyordu.

Bu kamçılanırcasına dövülmek, hava alma ihtiyacı duymak anlamına geliyordu. Çuvalın içinde yüksek seviyede oksijen içeren çözelti, Chameleon'ın eksi derecede bir ısıda hayatını idame ettirmesi için yeterliydi, ancak metabolizması tam anlamıyla çalıştığında yetersiz kalıyordu.

Boğulma tehlikesi yüzünden duyduğu panik, Chameleon'ın daha çok kamçılanmasını tetikliyordu.

Çuvalın polimerik kumaşı kurşun geçirmez kevlar kadar güçlü olsa da Chameleon güçlü pençeleriyle kumaşı yırtmaya başladı.

Kimyasal işlem görmüş elli litre tuz çözeltisi çuvaldan büyük bir hızla boşalırken, Chameleon'ı dondurucunun içine, oradan da parçalanmış kapıdan laboratuvarın zeminine attı.

Hava Chameleon'ın solunum deliklerinden, tüm vücuduna yayılmış solunum borusuna doldu.

Chameleon kururken koku alma duyusu geri gelmeye başladı.

Sadece iki tür koku alabiliyordu: Tüm Yeni Irk mensuplarının sahip olduğu ve özel olarak tasarlanmış bir salgı ile, Yeni Irk mensuplarında *bulunmayan*, Eski Irk insanlarına ait tanımlanabilir bir karışım olan salgı...

Yeni Irk'ın kokusu Chameleon'ın hoşuna gidiyordu, bu nedenle onlar *muaf*lardı.

Eski Irk ise yapay salgıdan yoksun olduğu için, kokuları Chameleon'ı çileden çıkarıyordu ve onlar *hedef*lerdi.

Chameleon öldürmek için yaşıyordu.

O an için sadece *muaf* olanların kokusunu alıyordu. Hepsi odaya dağılmıştı ve ölü gibi görünüyordu.

Chameleon harap olmuş laboratuvarın zemini üstünde, enkaz yığının arasında av arayışı içinde su havuzuna doğru süründü.

Chameleon'ın her bir harici dokusu, altındaki yüzeyin rengi, deseni ve dokusu da dahil olmak üzere, en ufak detayını bile taklit

---

1 (Ç.N) Anabolizma: Besinin özümlenmesi ve canlı dokuya dönüşme işlemi.

ediyordu. Altındaki zemin ne kadar karışık olursa olsun fark etmezdi, Chameleon rahatlıkla uyardı.

Yere bakan herhangi biri, hareket halinde olmadığı sürece Chameleon'ı göremezdi.

Chameleon hareket ederse, ona bakan kişi ters giden bir şeyler olduğunu hisseder, ama gözlerinin neyi algıladığını anlamazdı: Zeminin bir bölümünün belli belirsiz yer değiştirmesi, sert zeminin ahşap, taş, ya da çimenliğin sıvı hale gelmiş gibi gerçekdışı olarak dalgalanması...

Çoğunlukla, bakan kişi bu olağanüstü durumu gerçek bir olay olarak değil, baş dönmesi, sanrı görmek, ya da yaklaşmakta olan felcin bir belirtisi gibi ya da kendisine ait bir sorunun rahatsızlık verici kanıtı olarak yorumlardı.

Sık görülen durumlarda ise bakan kişi, düzeni bozulmuş duyularını yatıştırmak üzere bir an gözlerini kapatırdı. Gözlerini kapatması onun sonu olurdu.

Chameleon yerden daha yüksekte, örneğin bir mutfak tezgâhı üzerindeyse, lavabonun arkasında sıçrayan damların duvarı kirletmesini önleyen su geçirmez ve kolay silinebilen levhanın, üzerinde durduğu tezgâhın yüzeyi ile aynı materyalden yapılmış olması halinde görünmez kalırdı. Aksi takdirde, bir siluet gibi görünür olurdu.

Bu nedenle Chameleon, avına sinsice yaklaşırken genellikle alçakta kalırdı. *Hedefi* onun ancak bacağına sıçradığında ve ilerlerken bacağını boydan boya keserse farkına varırdı.

Harap laboratuvarda hiç *hedef* yoktu.

Chameleon koridora doğru ilerledi. Burada sayısız *muaf* gördü, hepsi de ölmüştü.

Buradaki cesetlerin durumunu anlamak için laboratuvarda olduğundan daha fazla zaman geçiren Chameleon, başlarının yarılıp açıldığını, içlerindeki beyinlerin alındığını fark etti.

İlginç.

Chameleon'ın çalışma şekli bu değildi. Ancak oldukça etkiliydi.

Beyni alınmış *muaf*ların arasında, Chameleon bir *hedef*in kokusunu aldı. Kısa bir süre önce buradan bir Eski Irk mensubu geçmişti.

Chameleon merdivenler boyunca kokuyu takip etmeye başladı.

41. BÖLÜM

Yağmur Pontchartrain gölünün üst kısımlarındaki bölgeye henüz erişememişti. Bölgenin bulutlu ve kasvetli havası, bir elektrik boşalması fırtınanın kalbine sağır edici bir gümbürtüyle aniden inene dek sıkıştırılmış gibiydi rutubetli akşam sessiz, ama beklenti doluydu.

Deucalion terk edilmiş iki şeritli yolda, Crosswoods çöp idaresinin dışında duruyordu. Tesis devasaydı. Üzerine dikenli tel çekilmiş, zincir baklası şeklinde yüksek bir çit, tesisin görülmesini engelleyen naylon panellerle güçlendirilmişti. Her on beş metrede bir asılmış olan *yasak bölge* tabelaları, çöplüğe yaklaşmanın tehlikesini vurguluyordu.

Çitin dışında, mülkü çevreleyen sıra sıra dizilmiş kalın çam ağaçları vardı. Yirmi beş, otuz metre boyundaki bu ağaçlar etkili bir perde oluşturuyor, çöplüğün kuzeydeki ve doğudaki daha yüksek tepelerden görünmesini engelliyordu.

Deucalion yoldan çıkarak ağaçların arasına daldı ve çitin içinde var olmayan bir kapıdan, bir kuantum kapısından geçerek çöplüğe girdi.

Eski Irk mensuplarına, hatta Yeni Irk'ın son yaratıklarına kıyasla geceleri daha iyi görürdü. Gelişmiş görme yeteneği Victor'un işi değil, muhtemelen ona hayat veren yıldırım düşmesinin, bazen gri gözlerinde hâlâ bir nabız gibi atan hayaletin sayesinde elde ettiği bir yetenekti.

Sıkıştırılmış toprakta, bir cipin sığabileceği genişlikteki setin üzerinde yürüdü. Sağında ve solunda, yükseltilmiş bu setin oldukça aşağısında, birbirlerinden farklı yükseklikte tepeleme, büyük çöp gölleri vardı. Bu alanlar, toprağın ve metan gazı havalandırma borularının iki buçuk metre yükseğine erişmeden düzleştiriliyordu.

Kuvvetli pis koku zorlayıcıydı, ama geçmiş iki yüz yıl boyunca daha da kötüleriyle karşılaşmıştı. İlk yirmi yılında, Victor'u Kuzey Kutbu'nda ölüme terk ettikten sonra, Deucalion sık sık şiddet uygulama arzusunun pençesinde kıvranmış, birtakım cesetlerin bir araya getirilmesi sayesinde yaratılmanın adaletsizliğine ve hayatının, tanrı rolü oynamaya çalışan yarattıklarının hayatına ne anlam ne huzur veren ne de bir toplumda dostça yaşama olanağı sağlayan, kendini beğenmiş biri tarafından bahşedilmiş olmasına öfke kusmuştu. Bu kendine acıdığı, tekin olmayan anlarda Deucalion, sinsi sinsi mezarlıklarda dolaşmış, granit yeraltı mezarlarına, mozolelere zorla girerek tabutları parçalayarak açmış, kendini çürümekte olan cesetlere bakmaya zorlayarak, yüksek sesle kendi kendine, "İşte bu sensin, sadece ölü et, ölü et; kemikleri ve bağırsakları bir kundakçıya, bir katile ait, hayatı düzmece, ne buraya, ne de diğer dünyaya ait, sadece tiksinti duyulan, ölü ve diri birisin," deyip durmuştu. Açık tabutların başında durmuş ve kokularını almış biri olarak kıyaslama yaptığında, Louisiana çöplüğünün gül bahçesi gibi koktuğunu söyleyebilirdi.

Bu mezarlık ziyaretlerinde, görünmez kadavralara uzun uzun baktığı saatler boyunca ölmeyi çok istemişti. Bunu denemiş olsa da iyi bilenmiş bir bıçağı kendine saplaması veya bir celladın ilmeğini boynuna dolaması mümkün olmamıştı. Uçurumun kenarına gelmiş, ama son adımı atamamıştı. Bu nedenle, ölülerle arkadaşlık ettiği o uzun gecelerde kendi kendini yok etmenin gerekliliğini benimsemiş, bu konuyu derinlemesine düşünmüştü.

İntihar etmesinin yasaklanması, Victor'un işi değildi.

O aşırı gururlu canavar, tanrılık vasfı için çaba gösterdiği ilk dönemlerinde, ilk yaratığını bugün yarattığı gibi programlamayı başaramamıştı. Deucalion yaratıcısına saldırmaya teşebbüs ettiğinde,

Victor Deucalion'un kafatasına, bir devin yüzünün yarısı kadar oyuk açarak bir cihaz yerleştirmişti. Ama Victor o günlerde yasaklamasına rağmen yaratıklarının intihar etmemelerini başaramamıştı.

Öfkeyle olduğu kadar ölme arzusuyla da geçen yılların ardından Deucalion, mütevazı bir şekilde farkındalığa erişmişti. Kendini yok etmeyi engelleyen o etkili buyruk, Victor'dan çok daha güçlüydü ve gizemi sonsuz bir kaynaktan geliyordu. Deucalion'un kendini bilerek ya da kaza sonucu öldürmesi olanaksızdı, çünkü hayatında bir amacı vardı, o dönemler bunun ne olduğunu bilmese de, kendisine nihai huzur bahşedilmeden önce yerine getirmesi gereken hayati bir görevdi bu.

İki yüz yılın sonunda Louisiana'ya, bu pis koku yayan çöplüğe *ve* mezarlığa gelmişti. Yakında patlayacak olan fırtına kendini sadece yıldırım düşmesi, şimşek çakması, rüzgâr ve yağmur olarak değil, aynı zamanda adalet, sağduyu, infaz ve yıkım olarak da gösterecekti.

Solunda, batı çukurunun uzağında alevler titreşiyordu. Bir düzine ufak ateş, bir geçit töreni yapmakta olan insanların taşıdığı meşaleler gibi birbiri ardına hareketleniyordu.

42. BÖLÜM

Erika, Victor'un Christine'i neden öldürdüğünü anlamaya çalışırken, cesedin başında bir dakika boyunca bekledi.

Christine, kendinden başkası olduğuna kesinlikle inanmış bir görüntü çizmiş olsa da tehdit unsuru olmamıştı. Hatta tam tersine aklı karışmış, aklı başından gitmiş gibiydi ve her ne kadar dıştan göründüğü gibi, "Kırılgan bir ruh" olmadığı iddiasında bulunsa da bir kadın değil de utangaç, kendinden emin olmayan bir genç kız havasına sahipti.

Ancak Victor onu iki kalbinden dört kez vurmuş, öldükten sonra da başını iki kez tekmelemişti.

Cesedi her kim toplayacaksa o kişi için sarmalamak ve verilen emir gereği kanı temizlemek yerine, Erika kendisini bile şaşkınlığa uğratan bir kararla cücenin kuzey kanadındaki odasına geri döndü. Kapıya hafifçe vurarak yumuşak bir sesle, *"Benim, Erika!"* dedi, çünkü küçük adamı dinlenmek üzere kırmızı zeminin bir köşesinde oturmuş ayak parmaklarını emiyorken rahatsız etmek istemiyordu.

Erika'nın gösterdiği nezakete uyan bir duyarlılıkla cüce, ancak kulağını kapıya bastırdığında duyabileceği kadar alçak bir sesle, *"Girin,"* dedi.

Oturma odasındaki Erika onu alevler kalbini ısıtıyormuş gibi, karanlık şöminenin karşısında oturmuş halde buldu.

Yanına oturarak, "Silah seslerini duydun mu?" dedi.

"Hayır. Jocko hiçbir şey duymadı."

"Bu yüzden korkmuş olabileceğini düşündüm."

"Hayır. Ayrıca, Jocko elmaları havaya atıp tutmadı da. Jocko yapmadı. Odasında yapmadı."

"Elmalar mı? Sana elma getirmemiştim ki."

"Sen Jocko'ya çok iyi davrandın."

"Elma ister miydin?"

"Üç portakal daha iyi olurdu."

"Sana daha sonra portakal getiririm. İstediğin başka bir şey var mı?"

Muzip cücenin bahtsız yüzü, saldırmaya hazırlanan bir kurt sürüsü karşısında kalp krizi geçiriyormuş gibi bir ifadeye bürünmüş olsa da Erika onu her zaman değil ama şu anda olduğu gibi şirin buluyordu.

Her biri tek başına dehşet verici olan yüz hatları, bir araya geldiğinde bir şekilde sevimli, özlem dolu bir ifadeye bürünüyordu. Çok iri, sarı gözleri portakal dışında ne isteyebileceğini düşünürken mutluluktan parıldıyordu.

"Oh, bir şey var, hoşuma gidebilecek özel bir şey, ama bu çok fazla olur. Jocko o kadarını hak etmiyor," dedi.

Erika, "Bulabilirsem getiririm," dedi. "Neymiş bu özel şey?"

"Hayır, hayır. Jocko'nun hak ettiği şey, burun deliklerinin kaşlarına kadar çekilmesi. Jocko yüzüne sert biçimde vurulmayı, kendi ayağına tükürmeyi, başını tuvalete sıkıştırmayı ve sifonu çekmeyi, diline beş kiloluk bir çekiç bağlamayı ve çekici köprünün parmaklıklarından fırlatmayı hak ediyor. Jocko'nun hak ettiği şeyler bunlar."

"Saçmalık," dedi Erika. "Çok garip fikirlerin var küçük dostum. Oysa böyle davranılmayı hiç hak etmiyorsun, tıpkı sabun tatmayı hak etmediğin gibi."

"Sabunla ilgili daha çok şey biliyorum artık," dedi cüce.

"Güzel. Sana özsaygı nasıl gösterilir, bunu da öğreteceğim."

"Özsaygı nedir?"

"Kendini sevmek. Sana kendini sevmeyi öğreteceğim."

167

"Jocko, Jocko'ya katlanır. Jocko, Jocko'yu sevmez."

"Bu çok üzücü."

"Jocko, Jocko'ya güvenmez."

"Kendine neden güvenmeyesin ki?"

Erika'nın sorusunu düşünen muzip cüce, bir an için ağzının sarkan parçalarına vurduktan sonra, "Diyelim ki Jocko bıçak istiyor," dedi.

"Ne için?"

"Diyelim ki… ayak tırnaklarını kesmek için."

"Sana bu iş için tırnak makası getirebilirim."

"Ama diyelim ki. Sadece diyelim ki Jocko ayak parmaklarını kesmek için bir bıçak istiyor ve diyelim ki bu gerçekten acil. Ayak parmaklarının hemen kesilmesi gerekiyor, *hemen*, yoksa bütün umutlar tükenecek. Bu yüzden diyelim ki Jocko aceleyle bıçağı almak üzere mutfak gibi bir yere gitti. O durumda daima ne olacaksa o olur. Diyelim ki Jocko mutfağa gitti ve bir şey… muz, evet, gördüğü şey muz, bir tabak dolusu muz gördü. Şu ana dek Jocko'yu anlayabildin mi?"

"Evet, anladım," dedi Erika.

Cücenin dediklerini anlamak her zaman kolay olmuyor, bazen çok anlamsız konuşabiliyordu, ama Erika şu an anlattıklarının onun için çok önemli olduğunu söyleyebilirdi. Jocko'yu anlamak, gizli dostunun yanında olmak istiyordu.

Cüce, "Yani," diyerek devam etti, "Jocko ta mutfağa kadar gitti. Mutfak çok uzun bir yol, çünkü ev çok büyük… sözünü ettiğimiz bu hayali ev bir yerlerde, belki San Francisco gibi bir yerde, büyük bir ev. Jocko ayak tırnaklarını *hemen* kesmek zorunda. Kesmezse, *her şey kaybolur!* Ama Jocko muzları görüyor. Jocko'nun sonra bildiği şey, Jocko'nun muzları havaya atıp tuttuğu, San Francisco'daki mutfağın içinde hoplayıp zıpladığı. Hoplayıp zıpladığı veya el yardımıyla yanlamasına takla attığı, ayak parmaklarının ucunda döndüğü veya aptalca, aptalca, aptalca şeyler yaptığı… Jocko ayak tırnaklarını kesmek için çok geç olana dek bıçağı unutur, çok geç kalana, ayak tırnakları yok

168

olana dek... Jocko yine çuvalladı, her şey bitti, bu *her şeyin* sonu oldu!"

Erika teselli etmek için cücenin yumru yumru olmuş omzuna hafifçe vurdu. "Tamam, tamam, sorun yok."

"Jocko'nun ne demek istediğini anlıyor musun?"

Erika, "Evet, anlıyorum," diyerek yalan söyledi. "Ama sözlerine karşılık vermeden önce bir süre, bir iki gün veya bir hafta düşünmek isterim."

Jocko başını salladı. "Tamam. İçini boşaltmak Jocko için çok önemli. Sen iyi bir dinleyicisin."

Erika, "Şimdi," dedi, "istediğin, ama hak etmediğini düşündüğün o özel şeye geri dönelim."

Hemen olmasa da o tatlı, özlem dolu ifade cücenin yüzüne geri dönmüştü. İri, sarı gözleri heyecan içinde ışıldarken, "Oh, oh, Tanrım, Jocko komik şapkayı ne çok sever!" dedi.

"Ne tür bir komik şapka?"

"Herhangi bir tür. Çok komik olsun yeter."

"Bu akşam öyle komik bir şapka bulamayabilirim."

Cüce omuzlarını silkti. "Ne zaman bulursan. Bulursan. Jocko zaten bunu hak etmemişti."

"Evet, bunu daha önce de söylemiştin. Ama söz veriyorum, bir, iki gün içerisinde sana komik bir şapka bulacağım."

Komik bir şapka bulmak konusunda ne tür zorluklarla karşılaşacak olursa olsun, Erika zahmetleri karşılığında cücenin yüzündeki mutluluk dolu ifadeyi ve minnettarlığını gösteren gözyaşlarıyla daha şimdiden ödüllendirilmiş oldu.

"Sen çok nazik bir hanımsın. Jocko elini öperdi, ama seni iğrendirmek istemez."

Ağzının çevresindeki sarkık parçalar ve ıslak dişleri beklediğinden de tiksindiriciydi, ama Erika gülümseyerek, "Bir şey değil sevgili dostum. Şimdi, benim için yapabileceğini umduğum bir şey var," dedi.

"Jocko sana kitap okuyacak," dedi Jocko, "aynı anda iki kitap, biri baş aşağı!"

"Daha sonra okursun. Önce, bir şey hakkında fikrini almak istiyorum."

Muzip cüce elleriyle ayağını tuttu ve yerde ileri geri sallanmaya başladı. "Jocko rögarlar, fareler ve böcekler dışında pek fazla bir şey bilmez, ama deneyebilir."

"Sen Jonathan Harker'sın veya Harker'dın, her ne ise. Yani Yeni Irk'ın pek fazla duygusal hayatı olmadığını bilirsin. Duygusal tepkiler verdiklerinde kıskanma, öfkelenme ve nefret etme gibi sadece kendilerine yönelecek ve hiçbir umut taşımayan duygularla kısıtlanmışlardır, çünkü o, umudun özgürlük, itaatsizlik ve isyankârlık gibi şeylere yol açacağını söyler."

"Jocko şimdi farklı. Jocko neşeli şeylerle ilgili çok iyi hissediyor."

"Evet, bunu fark ettim. Neyse, Victor gibi bir dahi Yeni Irk'ını neden bu şekilde yaratmış, bunu tam olarak anlayacak bilgiye veya açık görüşlülüğe sahip değilim. Sadece ben, farklıyım. Benim aşağılanma ve utanç duymaya iznim var ki bu da umuda, umuttan da şefkata erişmenin garip bir yolu."

Ayağı elleri arasında, sürekli sallanan cüce ona doğru dönerek, "Eski veya Yeni Irk... Sen Jocko'ya iyi davranan ilk kişisin," dedi ve yine yanaklarından gözyaşları süzülmeye başladı.

Erika, "Bir çok şey için umut taşıyorum," dedi. "Günbegün daha iyi bir eş olmayı umut ediyorum. Victor'un gözlerinde o tasvip eden ifadeyi görmeyi umut ediyorum. Bir gün gelir de çok iyi bir eş olur ve artık dayak yememeyi hak edersem, bir gün gelir de Victor bana değer verirse, ondan Yeni Irk'a mensup diğerlerine de bana yaptığı gibi umut etme izni vermesini isteyeceğim. Victor'dan halkıma şimdikinden daha hoşgörülü bir yaşam vermesini isteyeceğim."

Muzip cüce sallanmaktan vazgeçti. "Yakın zamanda Victor'dan bir şey isteme."

"Hayır. Önce, daha iyi bir eş olmalıyım. Ona kusursuz biçimde hizmet etmesini öğrenmeliyim. Ama düşünüyorum da belki Kral Ahasuerus'un Kraliçe Esther'i olabilirim."

"Unutma," dedi, "Jocko cahildir. Cahil bir beceriksiz."

"*İncil*'de hiç okumadığım bazı karakterler var. Esther, Mordecai'nin kızı. Kocası Kral Ahasuerus'u ikna ederek, Kral'ın ülkesinin prensi olan Haman'ın, halkını yani Yahudileri öldürmesini engelliyor."

Muzip cüce, "Yakın zamanda Victor'dan bir şey isteme," diye tekrarladı. "Jocko'nun fikri bu. Bu Jocko'nun kuvvetle savunduğu bir fikir."

Erika'nın zihninde her iki kalbinden dört kez vurulmuş Christine'in ana yatak odasının kapı aralığında yerde yatarkenki görüntüsü canlandı.

Ayağa kalkarken, "Senden fikrini almak istediğim konu bu değildi," dedi. "Benimle kütüphaneye gel. Sana göstermek istediğim garip bir şey var."

Muzip cüce tereddüt etti. "Ben onun eskiden olduğu şeyden sadece birkaç gün önce çıktım, ama yaşadığım kısa sürede yeterince garip şey görmüş olan Jocko'yum ben."

Erika ona elini uzattı. "Sen benim dünyadaki tek dostumsun. Senden başka yardım isteyebileceğim kimsem yok."

Jocko yerden zıplayarak sanki ayak parmaklarının ucunda dönecekmiş gibi dikildi, ama hâlâ tereddüt ediyordu. "Jocko tedbirli olmak zorunda. Jocko *gizli* bir dost."

"Victor Merhametin Elleri'ne gitti. Personel evinin arka tarafındaki yatakhanede. Ev tamamen bize ait."

Muzip cüce kısa bir süre sonra elini Erika'nın eline uzatarak ayaklarını yere bastı. "Çok, çok komik bir şapka olacak, değil mi?"

"Çok, çok komik," diye söz verdi Erika.

"Üzerinde o minik zilleri de olacak mı?"

"Zilsiz komik bir şapka bulsam bile, üstüne istediğin kadar zil dikerim."

43. BÖLÜM

Burada koridordan koridora, laboratuvardan laboratuvara, odadan odaya, merdiven boşluklarından, tuvaletlerden, depoların kapaklarına kadar her yere sessizlik hâkim olmuştu.

Tüm pencerelerine tuğla örülmüş olan binaya dış dünyadan ses geçmiyordu.

Oraya, buraya gruplar halinde beyinsiz cesetler saçılmıştı. Hepsi de *muaf*lardı.

Görünürde hareket eden kimse yoktu.

Chameleon *hedef*in eziyet çektiren kokusunu takip etmiş, salgının yaydığı koku ana laboratuvardaki çalışma istasyonunda, bu kokuyu salan kişiye dair en ufak bir iz olmaksızın son bulmuştu.

Bu devasa odanın loş hatıraları Chameleon'ın zihninde canlandı. Bundan önce sanki hiçbir şey hatırlamıyormuş gibiydi.

Hatıralar Chameleon'ı hiç ilgilendirmezdi. O gelecek için, *hedef*lerin çileden çıkaran kokuları için yaşardı.

Yoğun seks beklentisinin, cinsel ilişkiye girmeye muktedir olması halinde beyni uyarmasına benzer şekilde, şiddet çılgınlığı da beyninin ön kısmındaki zevk alma merkezini uyarmıştı. Orgazm olmasını katliam, sadece bir katliam sağlardı. Chameleon savaşın hayalini kurardı, savaş süreklilik arz eden bir kendinden geçme haliydi.

Aniden masa üstündeki bilgisayarda ve duvara gömülü iki buçuk metreye, bir metre seksen santim boyutlarındaki ekranda görüntüler belirdi.

Ekranda geniş bir meydanda toplanmış, birbirlerine benzer şekilde giyinmiş ve düzgün sıra olmuş, yüksek sesli bir müzik eşliğinde ahenkle, uygun adım yürüyen on binlerce kişinin görüntüsü vardı.

Gergin bir şekilde yürüyen kalabalığın ellinci sırasındaki herkes bir bayrak taşıyordu. Kırmızı bayrağın ortasında beyaz bir daire vardı, dairenin içinde de bir adamın yüzü.

Yüz Chameleon'a aşinaydı. Bu adamı uzun zaman önce görmüştü, bu laboratuvarın içinde de sık sık karşılaşmıştı.

Kamera geri çekildiğinde, on iki şeritli meydanı yanlarından kuşatan devasa binalar gözler önüne serildi. Hepsi de Chameleon'ın ortalama bir büro binası, kilise veya alışveriş merkezi binasında yönünü bulmasına yardımcı olmak için zihnine programlanmış bina planlarından çok daha dik tasarlanmış yapılardı.

Bu muazzam binaların bazıları portreydi. Bayraklardaki adamın yüzü binaların cephesine boyayla veya mozaik karolarla işlenmiş veya taş yüzeye oyulmuştu.

Bu görüntülerin hiçbiri on kat yükseklikten daha küçük değildi. Bazıları otuz kat yüksekliğinde resmedilmişti.

Müzik coştu, coştu, sonra arka plana çekildi. Şimdi sözler duyuluyor, ama Chameleon ne söylendiğinle ilgilenmiyordu.

Ekranda uygun adım yürüyen güruh gerçek insanlar değildi, sadece hayaldi. Öldürülemezlerdi.

Çok sayıda makinenin arasından sürünen Chameleon, sadece öldürülebilen şeylerin peşindeydi.

Bir süre burnuna, kısa bir zaman önce burada bulunmuş, ama ayrılmış *hedef*in salgıladığı ve etkisi hâlâ hissedilen kokusu geldi. Sonra yeni bir koku...

Chameleon başını sağa, sola çevirdi. Keskin ve güçlü pençeleri avını yakalama beklentisi içinde açılıp kapanmaya, sert derisinin içinden iğneler çıkmaya başladı.

Koku bir *hedef*in kokusuydu. Koridordaydı, ama yaklaşıyordu.

44. BÖLÜM

Yağmur ansızın bastırmıştı ve iki şeritli eyaletler arası asfalt otobanın ilerisi kuruydu. Arabayla fırtınadan çıkmış, görünüşte öfkeden köpürmekte olan doğadan daha hızlı davranmış olmak Carson'ı, Honda'yı her zamankinden de daha hızlı sürmek gibi bir hülyaya kaptırarak eğlendirmişti.

Carson baldırlarının arasındaki adeta "Bir daha asla uyumayacaksın" der gibi duran kola şişesini alıp bir yudum daha içti. Kafeinin yol açtığı henüz kritik seviyeye gelmemiş susuzluk belirtilerinin farkındaydı; ağzı, dudakları kurumuş, kulakları hafifçe çınlamaya başlamıştı.

Yolcu koltuğunda oturmuş, hayali bagetlerle hayali bir bateriyi çalmakta olan Michael, "Belki kafein tabletlerini önerilen dozdan fazla kullanmamalıydık. Burun deliklerimi daha şimdiden hissetmemeye başladım," dedi.

"Ben de. Burun kanallarım o kadar kurudu ki sanki bir bacadan çıkan hafif yanık dumanı soluyormuş gibi hissediyorum."

"Evet. Kuru bir his var. Ama hâlâ Louisiana'dayız, yani eyalet kanunlarına göre minimum nem oranı yüzde doksan olmalı. İnsan vücudunun kaçta kaçının su olduğunu biliyor musun?"

"Ayın suyu tuttuğum zamanıysa, yüzde doksanı derim."

"Erkekler için yüzde altmış, kadınlar için yüzde elli."

Carson, "Kadınlar erkeklerden daha güçlüymüş, bu kanıtlanmış bir şey," dedi.

"*Kim Beş Yüz Milyar İster?* yarışmasında sorulan sorunun yanıtı bu."

"Televizyondaki yarışma programlarını izlediğine inanamıyorum."

"Eğitici oluyor," dedi Michael. "Bildiğim şeylerin yarısını yarışma programlarından öğrendim."

"İşte buna *inanırım.*"

Yolun her iki tarafındaki yosun tutmuş meşe ağaçları bir tünel oluşturmuştu; arabanın farları yarık ağaçların kabuklarındaki fosforlu ve damarlı yosun kolonisine benzeyen şeyleri tekrar tekrar titrek biçimde aydınlatıyordu.

"Arabayı bu kadar hızlı kullanmak zorunda mısın?"

"Hızlı mı? Vicky'nin bu külüstürü cenaze korteji hariç, hiçbir yerde kullanılmaya uygun değil."

Carson'ın cep telefonu çalınca, elini paltosunun iç cebine atarak telefonu çıkardı.

"Ben O'Connor."

Bir kadın, "Dedektif O'Connor," dedi, "ben Erika Helios."

"İyi geceler Bayan Helios."

Erika Helios adını duyan Michael, tost makinesindeki kızarmış ekmekler gibi oturduğu yerden havaya sıçradı.

Erika Helios, "Kocamın gerçekten ne olduğunu bildiğinize inanıyorum. En azından o sizin bildiğinizden şüpheleniyor," dedi.

"Bildiğimizi *biliyor,*" dedi Carson. "Dün peşimize Yeni Irk katillerinden ikisini taktı. Sevimli bir çiftti. Dansçılara benziyorlardı. Fred'le birlikte onlara Ginger adını verdik. Evimi havaya uçurdular, neredeyse kardeşimi öldürüyorlardı."

"Galiba Benny ve Cindi Lovewell'den söz ediyorsunuz," dedi Erika Helios. "Ben de Yeni Irk'tan biriyim. Ama dün Benny ve Cindi'nin peşinize takıldığından haberim yoktu. Victor *önceki* gün beni öldürdü."

Carson Michael'a, "Victor'un önceki gün kendisini öldürdüğünü söylüyor," dedi.

175

Erika, "Kiminle konuşuyorsunuz?" diye sordu.

"Ortağım Michael Maddison."

Erika, "Birinin size önceki gün onların öldürüldüğünü söylemesi, kulağa inanılmaz geldiğinin farkındayım," dedi.

Carson, "Kocanızın sayesinde," dedi, "artık inanmakta güçlük çektiğimiz bir şeyle pek karşılaşmıyoruz."

Michael, "Ne kadar çılgınca olursa olsun, her şeye inanırım," diyerek, aynı fikirde olduğunu belirtti.

"Victor cesedimi çöplüğe yolladı. Crosswoods çöp idaresini bilir misiniz, Dedektif O'Connor?"

"Sizin gibi senede altı bin acayip yaratığın ortaya çıkarılacağı havuz çiftliğinin hemen yanındaki yer."

"*Siz* olan biten her şeyden haberdarsınız. Victor sizden çekindiğine göre, zaten öyle olacağınızı tahmin etmiştim. Victor kolay kolay kimseden çekinmez de."

"Bayan Helios, numaramı nereden buldunuz?"

"Victor'da vardı. Masasındaki bloknotta görmüştüm. Bu ben ölmeden önceydi. Ama benim fotografik hafızam vardır. Ben bir Alfa'yım."

Carson, "Hâlâ ölü müsünüz?" diye sordu.

"Hayır, hayır. Sonradan anlaşıldı ki Victor'un bizim ırkımızdan buraya yolladıklarının çoğu kesinlikle ölü, ama bazılarımız sadece ölü gibi görünüyor... şey, içimizde hâlâ tam güç seviyesine çıkarılabilecek hayat enerji kırıntısı var, yani iyileşebiliriz. Onlar bizim burada çöplükte nasıl hayatta kalabileceğimizi biliyorlar."

"Onlar kim?"

"Yeni Irk'tan ıskartaya çıkarılmış, ama tekrar canlanmış olanlar. Ben de onlardan biriyim şimdi. Kendimize "çöp bidonları" adını verdik."

Carson, "Sizlerin espri anlayışına sahip olduğunuzu bilmiyordum," dedi.

"Değiliz," dedi Erika. "Ölene, programımız çökene ve tekrar canlana dek böyleydi en azından. Ama bu size saçma gelebilir, belki programlarımızın ne olduğunu anlamayabilirsiniz."

Carson, Pastor Kenny Laffite'in papaz evinde mutfak masasındaki dağılmış halini düşünerek, "Evet, aslında anlıyoruz," dedi.

"Oh, şunu da belirtmeliydim, ben Erika Dört'üm. Victor'un şu anki karısı Erika Beş."

"Victor oldukça hızlıymış."

"En sonuncusunun işe yaramaması olasılığını düşünerek, havuzlarda hazır tuttuğu Erikaları vardır hep. Et ucuzdur, öyle der."

"Kuru burun delikleri ve üç misli etkili kola için şükürler olsun," dedi Carson.

"Anlayamadım?" dedi Erika Dört.

"Boğazıma kadar kafeinle dolmuş olmasaydım," dedi Carson, "bu sohbeti asla sürdüremezdim."

"Dedektif, emniyet müdürlüğünde kimseye güvenemeyeceğinizi, onların çoğunun Victor'un halkından olduğunu biliyor musunuz?"

"Evet, farkındayız."

"Yani tek başınasınız. Ve burada, çöplüğün ve havuz çiftliğinin bulunduğu bölgede, bütün polislerin ve politikacıların çoğu, gerçeklerinin kopyalarıdır. Bunun altından kalkamazsınız."

Carson, "Kalkabiliriz," diye karşı çıktı.

Michael, "Kalkabiliriz, kalkabiliriz," derken başını öylesine hızlı salladı ki kontrolden çıkmış oyuncak bir bebeğe benziyordu.

Carson, "İmparatorluğu çökmek üzere," dedi Erika'ya.

"Evet. Biliyoruz. Ama yine de yardıma ihtiyacınız var."

Deucalion'u aklına getiren Carson, "Senir bilmediğin bir yerden yardım alıyoruz. Peki sen ne düşünüyordun?" dedi.

"Size bir teklifimiz var. Yani çöp bidonları olarak... Onu alt etmeniz, ele geçirmeniz için size destek veririz... ama karşılığında bir şey istiyoruz."

45. BÖLÜM

Victor Merhametin Elleri'ne asla ana kapıdan girmezdi. Hastanenin, şimdi depo olarak kullanılan yan bölümü, onu milyarder yapan Biovision şirketinin muhasebe ve personel idare merkezinin bulunduğu beş katlı ofis binasıydı.

Binanın altındaki garajda Victor, S600 Mercedesini kendisi için ayrılmış alana park etti. Bu saatte onunkinden başka araba da yoktu zaten.

Victor telefonda Erika Dört'le olan konuşmasından ve Christine'i tanımamış olmaktan dolayı sinirliydi. Böylesine durumlarda yatışması için en iyi yol çalışmaktı, şimdi her zamankinden fazla, özen gösterilmeyi bekleyen sayısız konu bekliyordu onu.

Arabasını park ettiği alanın yanında, anahtarı sadece kendisinde bulunan boyalı, çelik bir kapı vardı. Kapının ardında, üç buçuk metre karelik beton bir oda uzanıyordu.

Dış kapının karşı tarafında, sadece duvara monte edilmiş bir tuş takımıyla çalışabilen bir başka kapı vardı. Victor şifreyi girince elektronik kilit tok bir sesle açıldı.

Bir metre seksen santim genişliğinde, iki buçuk metre yüksekliğinde beton zemini ve kütükten yapılmış duvarları bulunan koridora adımını attı. Geçit, Yeni Irk mensupları tarafından gizlice kazılmıştı.

Sorumluluğu, var olan medeniyeti çökertip yerine yenisini getirmek için her türlü girişimde bulunmaktı. Gizli geçitler, saklı odalar ve gizlenmiş merdiven boşlukları gibi günlük hayata biraz olsun *eğlence* katacak çeşniler olmasa omuzlarındaki, tahammül edilebilir olmaktan çıkabilirdi.

Paranoyak bir büyükbaba tarafından inşa edilmiş ve tasarımına görünenden daha çok sayıda gizlenmiş kapı ve oda ile herkesin kullandığından daha çok sayıda, gizli geçit eklenmiş derme çatma bir evde geçen çocukluğundan beri, böylesine gizliliği oldu olası heyecan verici bulurdu. Victor kökleriyle olan bağlantısını kaybetmemenin, nereden gelmiş olduğunu unutmamanın takdir edilecek bir şey olduğunu söylerdi.

Koridorun sonunda, bir başka tuş takımına girdiği şifre kabul edildi. Son kapı, Merhametin Elleri'nin en alt krallığındaki sıradan bir dosya odasına açılıyordu.

Bugünlerde bu katta pek çalışma yürütülmüyordu. Bir zamanlar burada üzücü bir olay olmuş, Victor'un bazı Alfa'larının yürüttüğü özensiz bir işin sonucunda kırk Alfa yok olmuştu. Victor gölgelerin içinde bir hayalet gibi yükselen, yaşanan o olaydan sonra tamirat görmemiş ve loş biçimde aydınlatılmış bölgeden geçti.

Asansörde ana laboratuvara çıkarken Wagner'in müziğini duyunca, müziğin ihtişamı karşısında kalbi heyecanla çarpmaya başladı. Sonra müziğin, Yeni Irk personeline ilham ve motivasyon kaynağı olması için tüm binada her gün bir kere oynatılan *Amentü* adlı kısa filmden geldiğini fark etti. Ama filmin bilgisayar aracılığı ile Merhametin Elleri'nde oynatılabilmesi için nasıl bir yol izlenmesi gerektiğini sadece Victor bilirdi, bu yüzden sistemin nasıl aktif hale getirilebildiğini merak ediyordu.

Laboratuvarına girince duvara monte edilmiş ekranın karşısında durdu. Uygun adım ilerleyen orduya, kendisine ait heykelleri ve devasa binaları ile sevgili Adolf'un zamanında hayalini kurduğu, ama gerçekleştirmeyi başaramadığı ve inşa edildiğinde göründüğünden çok daha muhteşem olacak, geleceğin şehrine ait görüntüler karşısında her zamanki gibi büyülendi.

Halkından oluşan bir ekiple ve bilgisayar animasyonları aracılığıyla geleceğe gerçekçi bir bakış açısıyla göz atmıştı. Wagner'in müziğinin sesinin yavaşça kısılıp yerini kendisinin seslendirdiği *Amentü*'nün alacağı o an kısa bir süre sonra gelecekti.

Filmin son karelerinin tadını çıkarmak niyetiyle çalışma istasyonuna gitti. Ancak istasyona gelip de yüzünü ekrandan odanın karşı tarafına çevirdiğinde, zeminin yaklaşık altı metre ileride bir bölümünün dalgalandığını görerek telaşlandı. Bu *Chameleon*'dı.

46. BÖLÜM

Uzun, eğimli yolun sonuna doğru, sağ tarafta karanlığın içinde, beyaz kuyruklu bir dişi geyik araba farlarına yakalanmış ve korkudan donakalmıştı.

Hız sınırına ve belli aralıklarla göze çarpan, yol kenarından sıçrayan boynuzlu antilop siluetinden yapılmış uyarı levhalarına rağmen Carson, kırsal bölgede akşamları geyiklerin sarhoş sürücülerden daha güvenli olduklarını unutmuştu.

Doğuştan bir şehir kızı olmak, sorunun daha ufak bölümünü teşkil ediyordu. Son birkaç günü Victor Helios Frankenstein'ın sapkın dünyasına dalmış olarak geçirmekle, korkmayı ve olağanüstü, akıldışı, garip her türden tehdit karşısında tedbirli davranmayı öğrenmiş, diğer yandan sıradan hayatın tehlikelerine daha az özen gösterir olmuştu.

Honda hakkında sızlanıyor olmasına rağmen, arabayı düşüncesizce hız yapmaya zorlamıştı. Geyiği yolun kuzey sınırı şeridinde görür görmez çarpışma anından beş saniye kadar uzakta olduğunu, büyük bir çarpışmadan kaçınmak için hızını yeteri kadar azaltamayacağını ve frene basması durumunda da arabayı devireceğini anlamıştı.

Geyiğin göründüğü anda çöp bidonları adına konuşmakta olan Erika Dört, "... ama karşılığında bir şey istiyoruz," diyordu.

Direksiyonu tutmak için her iki elini de boşaltan Carson, cep telefonunu Michael'a fırlattı. Michael sanki kendisinden böyle bir şey istemiş gibi telefonu havada yakalarken, aynı anda kapısının camını otomatik açılıp kapanmasına yarayan düğmeye basmak için sol eliyle çaprazına uzandı.

Telefonu Michael'a atmak zorunda kalan Carson da aynı anda saniyenin binde birinde elindeki iki seçeneği değerlendiriyordu:

Direksiyonu sola kır, güney sınırındaki şeridi ve güney banketi kullanarak Bambi'nin annesini geç, ama hayvan ürkebilir ve yolu geçmeye çalışırken, Honda'ya sert biçimde çarpabilir.

Direksiyonu sağa kır, geyiğin arkasından yoldan çık, ama sürü halinde hareket ediyorlarsa bir başka geyiğe çarpıp arabanın altına alabilirsin.

Cep telefonu Michael'ın yukarıya kalkmış eline doğru havada bir yay çizerken, Carson hareket tarzını geyiğin yalnız olmadığını tahmin ederek belirledi ve direksiyonu sola kırdı.

Hemen ilersinde, bir antilop hiç beklemediği bir yerden, soldaki karanlığın içinden fırlayarak güney sınırındaki şeride, korkudan taşlaşmış dişisine doğru *koşmaya başladı.*

Telefonu sağ elinden sol eline alıp omuz kılıfından silahını kapan Michael, kolunu pencereden dışarıya çıkarıp iki el ateş etti.

Korkudan ne yapacağını şaşıran antilop, fırlayarak kuzey sınırındaki şeride geçti, dişi geyik de onun arkasından gelirken, Honda büyük bir hızla yanlarından geçti. Sadece otuz metre ilerde, eğimli yolun üst kısmından güneye yönelmiş bir kamyon geliyordu.

Kamyon şoförü kornaya asıldı.

Carson olanca gücüyle direksiyonu sağa kırdı.

Kamyonun farları Honda'nın içinde bir yay çizerek parladı.

Arabanın devrilmek üzere olduğunu hisseden Carson, fren yapmaktan kaçınarak gaz pedalına daha hafif bastı ve direksiyonu ustalıkla sola kırdı.

Kamyon yanlarından öylesine yakın geçmişti ki Carson pencerenin kapalı olmasına rağmen diğer şoförün küfür ettiğini duyabildi.

Takla atmaktan kurtulan araba, aldığı ivmeyle arka ucunu döndürerek kaymaya başladı, arka tekerlekleri yola tutunmaya çalışırken şasiye çakıl taşları çarpıyordu, ama sonra bir kez daha asfalta, biraz önce üstünde yol aldıkları kuzey sınırındaki şeride çıktılar.

Carson hızlanırken Michael silahını kılıfına koydu ve telefonu ona fırlattı.

Carson telefonu yakaladı, Michael penceresini kapatırken ona, "Karara varıldı. Evleniyoruz," dedi.

"Kesinlikle," diye karşılık verdi Michael.

Köpeği hatırlayan Carson, "Dük ne durumda?" diye sordu.

"Arka koltukta oturmuş, dişlerini göstererek gülüyor."

"Ne de olsa *bizim* köpeğimiz."

Carson telefonu kulağına götürdüğünde eski Bayan Helios, "Alo? Orada mısınız? Alo?" diyordu.

Carson, "Telefonu düşürdüm de," dedi. "bize yardım etmenin karşılığında bir şey istediğinizi söylüyordunuz."

Erika, "Victor'u yakaladığınızda ne yapacaksınız?" diye sordu. "Tutuklayacak mısınız?"

"Hayıır," dedi Carson. "Hiç sanmıyorum. Onu tutuklamak fazlasıyla karmaşık olur."

"Yüzyılın davası olur," dedi Michael.

Carson sırıttı. "Temyizler yüzünden, otuz yılımızı tanıklık etmekle geçiririz."

Michael, "Ve hayatımızın sonuna kadar, trilyonlarca kötü canavar esprisi dinlemek zorunda kalırız."

"Muhtemelen ceza falan almadan kurtulur," dedi Carson.

Michael, "Kesinlikle öyle olur," diyerek, aynı fikirde olduğunu belirtti.

"Önemli sayıda aptalın gözünde bir halk kahramanına dönüşür."

"Jüriyi feshettirir."

"İstediği tek şey bir ütopya inşa etmek."

"Dünya yüzünde Cennet. Bunda yanlış bir şey yok ki."

"Savaşsız, tek uluslu bir dünya," dedi Carson.

"Tüm insanlık şerefli bir geleceğin peşinde birleşir."

"Yeni Irk, Eski Irk gibi dünyayı kirletmez."

Michael, "Her biri kendilerine söylendiği türde ampul kullanır," dedi.

"Açgözlülük yok, daha az çöp, fedakârlık için gönüllü olmak var."

"Kutup ayılarını kurtarırlar," dedi Michael.

Carson, "Okyanusları da kurtarırlar," dedi.

"Gezegeni kurtarırlar."

"Kurtarırlar. Güneş sistemini kurtarırlar."

"Evreni de."

Carson, "Ve tüm bu cinayetler, Victor'un suçu değil," dedi.

"Canavarlar," dedi Michael. "O kahrolası canavarlar."

"Yaratıkları, programlandıkları gibi hareket etmezler ama."

"Filmlerde binlerce kez izledik."

"Çok trajik," dedi Carson. "Zeki bilim adamının çöküşü."

"O nankör, asi canavarlar tarafından ihanete uğramış zeki bilim adamı."

"Sadece paçayı kurtarmakla kalmaz, televizyonda kendi televizyon programını sunmaya başlar," dedi Carson.

"*Yıldızlarla Dans* programına çıkar."

"Ve kazanır."

Telefonda, eski Bayan Helios, "Konuştuklarınızın sadece yarısını duyabildim, ama duyduğum kadarıyla olayı artık birer dedektif gibi ele almıyorsunuz," dedi.

Carson, "Bizler kanuni yetkisi olmadan kendi bakış açısıyla düzeni sağlamaya çalışan kişileriz," diye bilgilendirdi onu.

"Onu öldürmek istiyorsunuz," dedi Erika.

Carson, "Cansız halde yere serilmesi için gereken neyse yapmak istiyoruz," dedi.

"Öyleyse aynı şeyi istiyoruz demektir. Burada çöplükte olan bizler, size yardım edebiliriz. İstediğimiz tek şey onu vurmamanız. Onu canlı ele geçirin. Onu kendi yöntemlerimizle öldürmemiz için bize yardım edin."

Carson, "Bunu nasıl yapmak istiyorsunuz?" diye sordu.

"Onu zincirlemek ve çöplüğe gömmek istiyoruz."

"Buraya kadar gayet iyi anladım."

"Onu kurbanlarının ölü etleriyle çevrelenmiş çöplüğün içinde yüzüstü yatırmak istiyoruz."

"Hoşuma gitti."

"Bazılarımız üstüne işemek istiyor."

"Bu dürtüyü anlayabiliyorum."

"Boynuna yüksek voltajlı bir kablo iliştirilmiş metal bir tasma takmak ve kemiklerindeki iliği kaynatmaya yetecek kadar elektrik vermek istiyoruz."

"Vay canına."

"Ama hemen değil. Tasmadan sonra, onu üstüne daha çok çöp dökerek canlı canlı gömmek, yeterince duyuncaya dek çığlıklarını ve merhamet için yalvardığını duymak istiyoruz. İliklerini *bundan sonra* kaynatacağız."

"Bunun üzerinde bayağı kafa patlatmışsınız," dedi Carson.

"Gerçekten de öyle."

"Belki birlikte çalışabiliriz."

Erika, "Yeni havuz çiftliğine bir dahaki gelişinde," dedi.

"Ki bu muhtemelen şafak sökmeden olacak. Merhametin Elleri yanıp kül olunca New Orleans'tan çiftliğe zorunlu olarak geleceğini düşünüyoruz."

Erika çocuksu bir merak ve heyecanla, "Merhametin Elleri yanacak mı?" diye sordu.

Carson, "Merhametin Elleri yanıp kül olacak," dedi, sonra saatini kontrol eden Michael'a baktı, onun sözlerini tekrarlayarak, "Sekiz dakika içinde," diye ekledi.

Dördüncü Bayan Helios, "Evet," dedi, "bu durumda kesinlikle çiftliğe kaçacaktır."

"Ortağımla birlikte yola koyulduk bile."

"Çiftliğe gitmeden önce bizimle Crosswoods'da, çöplükte buluşun," dedi Erika.

"Bunu diğer ortağımızla konuşmamız gerek. Ben size haber veririm. Numaranız kaçtı?"

Erika numarasını söylerken Carson yazması için Michael'a numarayı tekrarladı.

Carson görüşmeyi bitirdikten sonra, "Bir canavar için sesi oldukça hoş geliyordu," dedi.

47. BÖLÜM

Victor insanları aşağılasa da biyolojik olarak kendisi de bir insandı. Eski Irk'tan olan diğerleriyle entelektüel anlamda kıyaslanmayacak ölçüde ilerideydi, ancak fiziksel anlamda onlara benziyordu. Chameleon açısından Victor kabul görmüş nitelikte bir hedefti.

Chameleon'ı kendisi yaratmamış olsa, Victor zeminin dalgalanmasının ne anlama geldiğini bilemezdi. Bunu hayalinde canlandırdığını veya kan dolaşımı eksikliğinden kaynaklanan sürekli bir kalp rahatsızlığından muzdarip olduğunu sanırdı.

Şimdi nereye bakması gerektiğini biliyorken bile, hareket eden zemin üzerinde Chameleon'ı kolayca ayırt edemiyordu.

Masanın üstündeki bilgisayarda ve odanın karşısındaki büyük ekranda bir canlanma oldu, Yeni Irk'a ait kahramanca görüntüler belirmeye devam etti, ama şimdi Victor'un sesi yükselmiş, *Amentü*'yü ezberden tekrarlıyordu: *"Evren, rastlantısallığın beklenmedik durumlarla çarpıştığı ve anlamsız tesadüflerin hayatımızı şarapnel parçaları gibi paramparça ettiği bir kaos denizidir..."*

Chameleon'ın bu kadar dikkatli davranmasına gerek yoktu, yine de tedbiri elden bırakmadan yaklaşıyordu. Görünmezlikle ve çok hızlı davranma yeteneğine sahip olduğu için ihtiyatlı davranmak üzere programlanmamıştı oysa. Dikkatli davranmasının en büyük nedeni, bunun ilk avlanma seferi olmasıydı. Bir kez öldürsün, sonraki seferlerde daha cesaretli olacaktı.

"Yeni Irk'ın amacı kaos karşısında düzeni sağlamak, evrenin müthiş yok edici gücünü dizginleyerek ihtiyaçlarınızın hizmetine sunmak, hatırlanmayacak kadar eski bir zamandan beri anlamsız olan bir yaratılışa anlam kazandırmak..."

Victor 'U' şeklindeki çalışma istasyonunun içlerine doğru yavaşça gerilemeye başladı.

Victor geri çekildikçe Chameleon ilerliyordu, bir buçuk metre daha ilerlediğinde aralarında sadece dört buçuk metre mesafe kaldı.

Chameleon yarı akıllı bir ölüm makinesiydi, çünkü bulunduğu çevreye uyum sağlama yeteneği ona büyük bir avantaj sağlıyor, tam anlamıyla akıllı olmasını gerektirmiyordu. Victor'un niyeti, devrimin başladığı gün Eski Irk'ı öldürmeye başladıklarında, Yeni Irk savaşçılarından oluşan askerlere destek vermeleri için etrafa salmak üzere on binlerce Chameleon üretmekti.

"Ve sizlerin evrene kabul ettireceğiniz anlam, yaratıcınızın anlamıdır, benim ölümsüz adımın ve suretimin yüceltilmesi, vizyonumun ve arzularımın yerine getirilmesidir..."

Çalışma istasyonunun granit yüzeyi Victor'un kalçasına çarpınca onu durdurdu.

Chameleon üç buçuk metre mesafeye gelip yine duraladı. Hareketsiz kalınca, Victor tam olarak nerede olduğunu biliyor olsa da onu göremez hale geldi. Dalgalanma hali, sadece tehlikeli yaratığın hareketli olduğu zamanlarda ortaya çıkıyordu.

"Görevinizden tatmin olmanız, her anından zevk almanız, aksi hallerde endişelerinizden kurtulmanız, yalnızca iradenin kusursuz ve sürekli biçimde uygulanmasıyla mümkün olacaktır..."

Gözlerini zeki, taklitçi yaratığı gördüğü son yere diken Victor, hafifçe yana, solundaki üç sıra çekmecenin bulunduğu yere doğru kaydı. O an ihtiyaç duyduğu şeyin orta çekmecede bulunduğunu sanıyordu.

Chameleon ne ürer, ne de yerdi. Var olduğu süre boyunca enerji elde etmek üzere kendi özüne çekilirdi. Ağırlığı on iki kilodan dokuz kiloya düştüğünde Chameleon zayıflamış ve ölmüştü, ama kaderinin farkında değildi tabii.

Bilgisayar modelleri, şehir ortamına salınan her bir Chameleon'ın süresi dolmadan önce beş yüz ile bin arasında bir sayıda hedefi öldüreceğini öngörüyordu.

"Sizin sayenizde Dünya ve üzerindeki her şey bana teslim olacak ve tüm Dünya bana, dolayısıyla size hizmet etmeye başlayacak, çünkü sizi ben yarattım ve sizi kendi adıma görevlendirdim..."

Chameleon ilerlemeye başladı; otuz santim, altmış santim... Bu esnada Victor orta çekmeceyi açtı, silah yerine geçecek şeyi bulmak üzere elini çekmecenin içinde gezdirdi.

Chameleon sadece iki buçuk metre ileride durdu. Tekrar hareketlenmeye karar verdiğinde, kalan mesafeyi kesinlikle kapatacak ve bacaklarını, gövdesini koparmak üzere hedefin üstüne atlayacak, karşı koymaya çabaladığında parmaklarını koparacak ve çılgınca yüzüne doğru tırmanacaktı.

Victor çekmeceye şöyle bir bakınca uçuk yeşil sıvının durduğu şişeyi gördü ve dikkatini Chameleon'ın biraz önce durduğu yere yöneltmeden önce, şişeyi dışarı çıkardı.

Yerde dalgalanmadan ötürü bir biçim bozukluğu yoktu.

Victor şişenin tıpasını çıkardı.

Chameleon ileriye doğru atıldı.

Victor hızla sağ tarafına doğru yana çekilirken, şişenin içindeki sıvının yarısını bilerek kendi üstüne döktü.

Sıvının içeriğinde Yeni Irk'a özgü salgı vardı ve Chameleon'ın dondurucu içindeki çuvalından kaçması gibi beklenmeyen durumlarda ölümcül taklitçiyi saldırısından alıkoyacaktı. Victor o anda bir hedef gibi değil, Yeni Irk'tan biri gibi kokmaya başlamıştı.

"Benim sayemde hayat buldunuz, benim için yaşıyorsunuz, benim mutluluğum sizin mutluluğunuzdur..."

Chameleon uzun bir süre tereddüt ettikten sonra, arkasını dönerek bir hedef bulmak amacıyla laboratuvarın içlerine doğru sürünmeye başladı.

Victor, tehdit varlığını sürdürdüğü sürece öfkesini bastırmıştı, ama şimdi yüzünün hiddetten kıpkırmızı kesildiğini hissediyordu.

Chameleon'ın o soğuk hapishanesinden nasıl kaçtığını, etrafta serseri mayın gibi dolaşmasından kimin sorumlu olduğunu ve kimin cezalandırılması gerektiğini öğrenmeye can atıyordu.

Bilgisayarın klavyesinin başına geçerek, ses ve görüntü sisteminin *Amentü*'yü susturması için gereken komutu girdi. Merhametin Elleri'ne sessizlik çöktü ve Frankenstein'ın görüntüleri hem bilgisayardan hem de binadaki diğer ekranlardan kayboldu.

Ancak bilgisayar ekranında şimdi temel mönü yerine, dört haneli bir sayı belirmişti: 07:33

Dresden saati yedi buçuk dakikayı gösteriyor ve geri sayım devam ediyordu.

Victor, Merhametin Elleri'ni yok etmeyi sadece dönüşü olmayan biyolojik bir afet gibi hiç beklenmedik bir olayın yaşanması halinde düşünmüştü ve geri sayımın bir kez başlatılması durumunda yaratıklarından hiçbirinin, verdiği yok etme emrini yeni bir emirle iptal etmelerini istemediğinden, saatin geri sayımı durdurulamazdı. Yedi dakikadan daha kısa bir süre içerisinde Merhametin Elleri cehennem ateşiyle kaynamaya başlayacaktı.

Victor'un öfkesi yerini, içinde bulunduğu şartları serinkanlı ve pratik bir biçimde değerlendirmeye terk etti. İki yüz yıl boyunca hayatta kalmış biri olarak, antrenmanlı olmasına, tehlikeleri atlatıp yaşamaya devam etme içgüdüsüne güvenebilirdi.

Duvara ve tavanlara yerleştirilmiş yanıcı maddeden oluşan birbirine bağlı briketler, dünyanın en zorba üçüncü hükümeti tarafından geliştirilmiş, dünyanın en zorba ikinci hükümeti tarafından bir adım ileri taşınmış ve dünyanın *en zorba* hükümeti tarafından mükemmelleştirilmişti. Bu bir kundakçının rüyalarını süsleyecek türden bir yakıttı.

Söz konusu hükümetlerin devrilmesi ve rejimin adalet karşısında hesap verme tehlikesiyle karşılaşması durumunda, bir düğmeye basacak, varlıklarını inkâr ettikleri toplama kamplarının, onları koruyan nöbetçilerin bile kaçmayı başaramayacakları kadar yüksek ısıyla kısa sürede alevlerin altında kalması sağlanacaktı. Bu yanıcı maddenin ürettiği ısı güneş yüzeyinin ortalama sıcaklığına eşit değildi; ama bu madde güneş sistemi içerisindeki tüm kanıtları fiilen buharlaştıracak olan ikinci en sıcak alevi üretiyordu.

Victor aceleyle çalışma istasyonunun yakınındaki bir dolaba yöneldi ve bir kapıyı açarak iri bir bavul gibi görünen şeyi gözleri önüne serdi. Bilgi aktarım kabloları valizi dolabın arkasındaki prizlere bağlıyordu. Victor hızla bağlantıları söktü.

Merhametin Elleri sadece moloz haline gelip kömürleşmeyecek, bir volkandan püskürtülmüş lavdan daha soğuk ve katı olmayan erimiş kaya yatağında yüzen, üç kez öğütülmüş un kıvamındaki kül haline de dönüşecekti. Adli tıp patalojistlerinin analiz etmesine olanak tanıyacak ne bir kemik kıymığı, ne de DNA kaynağı olabilecek başka bir şey kalacaktı ortada.

Bavulun içinde aralarında son bir saatte gerçekleştirilenler de olmak üzere, Merhametin Elleri'nde gerçekleştirilmiş her türlü deneye ait dosyaların yedeği bulunuyordu.

Geri sayım saati 06: 55'i gösteriyordu.

Victor elinde bavul, aceleyle laboratuvardan geçip koridorun kapısına yöneldi. Aklında ne Chameleon, ne de diğer personel vardı.

Şu anda patlamayı bekleyen yanıcı maddeler bir zamanlar Victor'un aklını başından almıştı, bunların önemli bir miktarını temin etmesini sağlayan ilişkilere sahip olduğu için kendine hayranlık duyuyordu. Aslında, bilgisayarındaki bu malzemelerin sağlayıcısı, dünyanın en zorba diktatörüne yollamış olduğu ve minnettarlığını vurgulayan e-postayı saklıyordu. Mesajın bir bölümünde şöyle demişti: *"... aralarında sizin de bulunduğunuz üç ulusun, bu etkili ve güvenli materyali kusursuz hale getirmek üzere bir araya gelmiş olmasının ortaya çıkması, sizlerin uluslararası düzeyde işbirliği yapamayacağını iddia eden ve kendi menfaatlerinden başka bir şey düşünmeyenleri aptal yerine koyacaktır."*

Victor yüzyıllardır yaşadığı hayal kırıklıkları sonucunda, yaşanan bir felaketin ardından bir girişimin aniden yer değiştirmesinin en kötü tarafının, telafi edilemez bir iletişim kaybına ve insana büyük bilimsel bir girişimin *kişisel* tarafını hatırlatan diğer hatıralarının yok olmasına yol açtığını çok iyi biliyordu. Hep karanlık ve tek başına yürütülecek işler yapmamıştı. Aradan geçen yıllar boyunca dostluklar kurmuş, eski tanıdıklarıyla ortak güzel anıları paylaşmış ve eğlenmiş, yaşadıkları çağın önemli konularını akıl dengi dostlarıyla tartışırken Venezüella'da, Haiti'de ve eski Sovyetler'de huzur verici günler geçirmişti. Yakın bir gelecekte yaşanacak kayıplar üstünde gereğinden fazla kafa patlatırsa, kısa bir süre sonra gerçekleşmesi beklenen büyük karmaşada, geçmiş güzel günleri elde tutma uğruna riske attığı çok sayıda ufak, ama değerli şey yok olacaktı.

Victor ana laboratuvardan dışarı çıkınca sağında, koridorun yaklaşık on sekiz metre ilersinde bir şey dikkatini çekti. Bu bir böceği andıran altı kalın bacağı olan ve benzer anatomik özelliklere sahip, dört adam iriliğinde büyük bir şeydi. Bazıları en garip yerlerde olmak üzere, vücudunun içine gömülmüş halde sayısız yüz görünüyordu. Başa en yakın olan yüz, ki bu diğerlerine göre daha hâkimdi, Werner'i hatırlatıyordu.

Bu ne idüğü belirsiz yaratıktan ürkütücü, düzinelerce farklı ses çıkıyor ve hepsi de o aynı, çirkin, iğrenç sözcüğü söylüyordu: *"Baba... Baba... Baba... Baba..."*

48. BÖLÜM

Helios malikânesinin kütüphanesinde durmakta olan Erika Beş, "Dün şans eseri buldum," dedi.

Elini bir rafın altına sokarak gizli düğmeye bastırdı.

Kitap raflarından bir bölümü mafsal millerin üstünde dönerek açıldı ve tavan ışıkları ileride uzanmakta olan gizli bir geçidi gözler önüne serdi.

Jocko, "Jocko bu konuda kötü şeyler hissediyor. Jocko'nun fikrini sormuştun. Fikir… *iyi değil*," dedi.

"Mesele burada bir geçidin olması değil sadece. Önemli olan, geçidin diğer ucundaki şey."

"Diğer uçta olan şey nedir?"

Erika eşikten geçerek, "Kendi gözlerinle görmen daha iyi. Ben ne kadar çaba sarf etsem de tam olarak tarif edemeyebilirim. Senin tarafsız fikrine ihtiyacım var," dedi.

Arkasından gelmek konusunda tereddüt eden Jocko, "Orası korkutucu mu? Jocko'ya doğruyu söyle," dedi.

"Birazcık korkutucu, ama biraz."

"Karanlıktan, yanında oyuncak ayı olmaksızın rögarda bulunmaktan da mı korkutucu?"

"Ben hiç rögarda bulunmadım, ama bundan çok daha korkunç olacağına eminim."

"Jocko'nun kulaklarının içine sürünüp beynine ağ örmek ve onu kölesi yapmak için uyumasını bekleyen, örümceklerle dolu oyuncak ayısından da mı korkutucu?"

Erika başını iki yana salladı. "Hayır, o kadar korkutucu değil."

Jocko memnun bir halde, "Tamam!" diyerek eşikten geçti.

Yaklaşık bir buçuk metre genişliğindeki geçidin zemini, duvarları ve tavanı sağlam betondan inşa edilmişti.

Kitap raflarındaki gizli kapı muzip cücenin arkasından otomatik olarak kapanınca cüce, "Jocko o komik şapkayı gerçekten istemeli," dedi.

Dar koridor heybetli, çelikten bir kapıya çıkıyordu. Kapı iki buçuk santim kalınlığında beş çelik sürgüyle kilitlenmişti. Sürgülerden biri üstte, diğeri eşikte, diğer üçü ise devasa menteşelerin karşı tarafında, sağ pervazdaydı.

Jocko, "Kapının arka tarafında kilit altında tutulan şey ne?" diye sordu. "Dışarı çıkabilecek bir şey. Dışarı çıkmaması gereken bir şey."

Erika, "Göreceksin," diyerek, sürgüleri bir bir itmeye başladı.

"Bu Jocko'yu sopayla dövecek bir şey mi?"

"Hayır. Öyle bir şey değil."

"Bu Jocko'ya ucube deyip, üstüne köpek kakası atacak bir şey mi?"

"Hayır. Burada böyle bir şey olmayacak."

Jocko ikna olmuşa benzemiyordu.

Çelik kapı, yuvarlak mafsalın üstünde sorunsuzca dönerek ilerideki ışıkları yaktı.

Sonraki üç buçuk metre uzunluğundaki geçit, öncekinde yer alan kapıya oldukça benzer ikinci bir kapıyla sona eriyordu.

Duvarlardan metal çubuklar çıkıyordu, Erika'nın solundakiler bakır, sağındakiler çelik veya çelik alaşımıydı. Ortaya yumuşak bir mırıltı yayıyorlardı.

"Oh," dedi cüce.

Erika, "İlk seferinde elektrik çarpmamıştı," diye güvence verdi ona. "Eminim bu sefer de bir şey olmayacaktır."

"Ama Erika Jocko'dan daha şanslı."

"Neden böyle dedin?"

Muzip cüce, *Sen ciddi misin?* dercesine başını eğdi. "Jocko neden mi böyle dedi? Kendine bir bak. Bir de Jocko'ya bak."

Erika, "Neyse," dedi, "şans diye bir şey yoktur. Evren anlamsız bir kaostur. Victor böyle diyor, o yüzden doğru olmalı."

"Bir keresinde Jocko'nun önünden siyah bir kedi geçmişti. Sonra kedi geri gelip onu tırmaladı."

"Bunun bir şeyi ispatladığını sanmıyorum."

"Jocko bir gece yarısı sokakta bir kuruş para buldu. On adım attıktan sonra, Jocko bir çukurun içine düştü."

"Bu şans değil. Bu yürürken nereye bastığına dikkat etmemek."

"Jocko çukura düşüp bir timsahın üstüne kondu."

"Kanalizasyonda bir timsah mı? Eh, tamam, ama burası New Orleans."

"Anlaşıldı ki kanalizasyondaki iki timsahmış. Biri diğerinin dişisiymiş."

"Seni zavallı şey."

Çıkıntı yapmış çubuklarla dolu geçidi işaret eden Jocko, "Sen önden git," dedi.

Erika daha önceki ziyaretinde olduğu gibi, bu yeni koridora girdiğinde mavi bir lazer ışık huzmesi, hatlarını belirlemek istercesine onu baştan aşağıya, ardından tekrar baş kısmına doğru taradı. Lazer ışık söndü. Çubuklar mırıldamayı kesti.

Jocko istemeden de olsa Erika'yı bir sonraki çelik kapıya kadar takip etti.

Erika beş sürgüyü çekerek son engeli de açtı. İleride, bir lamba ışığı yanarak Viktorya dönemini yansıtan misafir odasında, altı metrekarelik penceresiz ve mobilyasız bir mekânı gözler önüne serdi.

Erika cüceye, "Ne diyorsun?" diye sordu.

Hayatının daha ikinci gününde Erika bir dönüm noktasına varmıştı. Kararsız ve şaşırmış haliyle, ne yapması gerektiğine karar vermeden önce içinde bulunduğu koşullarla ilgili bir başkasının fikrine ihtiyacı vardı.

Jocko cilalı maun zemin üstünde parmak uçlarında yürüyerek, "Çok pürüzsüz," dedi. Ayak parmaklarını antika Acem halısı üstünde bükerek, "Yumuşacık," dedi.

Garip burnunu William Morris duvar kâğıdına dayayarak derin bir nefes aldı, kokunun tadını çıkarıp, "Macun," dedi.

Abanoz ceviz karışımı şömineye hayran kalıp, çevresindeki William De Morgan seramikleri yaladı. Seramikler için, "Cilalı," dedi.

Sol eliyle sol kulağını kapatarak, sanki ışığı dinliyormuş gibi şantug ipek kumaştan yapılmış püsküllü perdeleri aydınlatan lambalardan birine doğru eğildi. "Çarşamba," dedi, ama Erika bunun ne anlama geldiğini sormadı.

Muzip cüce arkası yüksek bir koltuğa zıplayıp inerken, "Yaylı,", incelediği maun kaplı tavan için, "Zengin," dedi. Koltuğun sırtındaki minderi sıkarken civciv sesine benzer bir ses çıkardı.

Erika'ya dönerek, "Güzel oda, haydi gidelim," dedi.

"Görmezlikten gelemezsin," dedi Erika.

"Neyi?" diye sordu cüce.

Erika odanın ortasını, çok büyük bir cam muhafazayı işaret etti: Bu, iki buçuk metre uzunluğunda, bir buçuk metre genişliğinde ve bir metreye yakın derinlikte bir muhafazaydı. Bir dizi bronz top ve pençe ayağın üstünde duruyordu. Meyilli camın altı yüzeyi, mükemmel kabartma bronzdan, süslü yaldızlı pirinç çerçeveyle çevriliydi.

Erika, "Gözüme devasa bir mücevher kutusu gibi görünüyor," dedi.

Ağzının sarkan kenarlarına vuran muzip cüce, "Evet. Mücevher kutusu. Gidelim," dedi.

"Gel de içindekilere yakından bak," diyen Erika, tereddüt ettiğini görünce onu elinden tutarak gizemli objeye yürüttü.

Muhafazanın içi kırmızı ve altın rengi karışımı, yarı mat bir maddeyle doluydu. Bir an için içindeki madde hafif akıntıların etkisinde dönen bir sıvıymış gibi görünürken, hemen ardından cama kabaran dalgalar halinde yükselen kesif bir buharmış gibi görünüyordu.

Erika, "İçinde sıvı mı var, gaz mı?" diyerek merakını açığa vurdu.

"İkisinden biri. Gidelim."

Erika, "Gazın veya sıvının lambanın ışığını nasıl emdiğini görüyor musun?" dedi. "Aynı anda altın ve kırmızı şeklinde çok hoş biçimde parıldıyor."

"Jocko'nun işemesi gerek."

"İçteki parlaklığın, muhafazanın ortasında asılı olan iri, karanlık şekli nasıl ortaya çıkardığını görüyor musun?"

"Jocko'nun çok çişi geldi."

"Gölgeli şeklin ufak, tek bir detayını göremiyor olsam da," dedi Erika, "bana bir şeyi hatırlatıyor. Sana herhangi bir şey hatırlatıyor mu Jocko?"

"Jocko'ya gölgeli bir şekli hatırlatıyor."

Erika, "Bana reçine içinde taşlaşmış bir bokböceğini hatırlatıyor. Eski Mısırlılar bokböceğini kutsal sayarlardı," dedi.

Bu, Erika'nın gözüne bir H. Rider Haggard ânı gibi göründü, ama cücenin büyük maceraların yazarına dair edebi bir alıntıyı takdir edeceğinden şüpheliydi.

"Bu... bokböceği de nedir?"

"Büyük bir kırık kanatalı böcek," dedi Erika.

"Duydun mu? Jocko'nun işemesi gerek."

"Çişin yok."

"İnansan iyi edersin."

Elini cücenin çenesinin altına koyup yüzüne bakması için başını çeviren Erika, "Gözümün içine bak ve bana doğruyu söyle. Yalan söylersen anlarım," dedi.

"Anlar mısın?"

"İnansan iyi edersin. Şimdi... Jocko'nun çişi var mı?"

Cüce Erika'nın gözlerine bakarken nasıl cevap vereceğini düşündü, bu arada alnı boncuk boncuk terliyordu. Sonunda, "Ah, çişim kaçtı," dedi.

"Ben de öyle olacağını düşünüyordum. Şimdi muhafazanın içinde yüzmekte olan gölgeye bak. Bak Jocko."

Cüce dikkatini istemeden de olsa büyük mücevher kutusunun içindeki şeye yöneltti.

Erika, "Cama dokun," dedi.

"Neden?"

"Ne olacağını görmek istiyorum."

"Jocko ne olacağını görmek istemiyor."

"Muhtemelen hiçbir şey olmayacak. Lütfen Jocko. Benim için."

Cüce kendisinden burnunu bir kobra yılanına bastırması istenmiş gibi bir parmağını cama dayayarak birkaç saniye boyunca tuttu, sonra hızla geri çekti. Yaşıyordu.

"Soğuk," dedi. "Buz gibi."

Erika, "Evet, ama cildinin cama yapışmasını sağlayacak kadar soğuk değil. Şimdi ben dokunduğumda ne oluyor, ona bir bak."

Erika işaret parmağını cama dayayınca, parlak maddenin içindeki gölgeli şekil seğirdi.

49. BÖLÜM

"BABA... BABA... BABA..."

Werner denilen şey koridorun doğu tarafındaki duvarına sakar bir biçimde vura vura ilerledi, sonra harekete geçmesi bir komitenin çoğunluk kararına bağlıymış gibi, önce batı duvarına çarpıp bir, iki metre geriledi sonra iki, üç metre ilerledi.

Bu yaratık sadece iğrenç değil, aynı zamanda Victor'un başardığı her şeyin kötülük dolu bir taklidiydi, sanki elde ettiği zaferlerle alay ediyor, hayatının çalışmasının bilimin kaba, komik bir ürünü olduğunu söylüyordu. Victor şimdi Werner'in hücrenin felaketle sonuçlanan bir değişimin kurbanı olmadığından şüpheleniyordu. Yaratıcısına bilinçli olarak *baş kaldırmış* güvenlik şefi, *kurban* değil, suçun bizzat *failiydi*. Gerçekten de bu çokyüzlü gülünç yaratığın niteliğine bakıldığında, Merhametin Elleri'ndeki tüm personelin kendilerini değişim geçirmiş tek bir varlığa, bu akıldışı et komününe indirgediği anlaşılıyordu. Kendilerini bu hantal canavar olarak yeniden yaratmalarının tek bir nedeni olabilirdi: Yaratıcılarını kızdırmak, ona saygısızlık etmek, şerefine leke sürmek, onu alay konusu yapmak... Akıldışı hürmetsizlik ve küçük görmenin canlı ifadesini takınan bu nankör sefiller, Victor'un aklını karıştıracaklarını, cesaretini kıracaklarını, *aşağılayacaklarını* sanıyorlardı.

Et ucuz, ama aynı zamanda güvenilmezdi.

"*Baba... Baba... Baba...*"

Bunlar kendilerini filozof ve eleştirmen olarak gören et makineleriydi, hayatları boyunca karşılaşacakları tek entelektüel zirveyle alay etme cüretini göstermişlerdi. Victor dünyayı değişime uğratıyor, onların ise sadece kendileri değişime uğruyordu, ama ustalıkla yaratılmış bedenlerinin sefil, rezil bir hale gelmesinin, kendilerine alay ve hakaret etme izni vererek onları Victor'un dengi yapacağına, hatta ondan üstün kılacağına inanmışlardı.

Werner denilen şey duvardan duvara sekerek ilerler ve ileri gitmek için geriye doğru sendelerken, Victor ona, içinde girift halde bulunan her şeye hitaben, "Acınası biyolojik görüntün bana hiçbir şey ifade etmiyor, cesaretimi kırmıyor. Ben başarısız olmadım. Başarısız olan *sensin*, sen beni yüzüstü bıraktın, bana ihanet ettin, cesaretimi biraz olsun kırmak konusunda da başarısız oldun. Sen neyle uğraştığının farkında değilsin," dedi.

Victor gazabını böylece açığa vururken, bu anarşik aptalların otomatik sinir sistemlerini kapatacak, taklitçi çokyüzlü acayip şeyi içinde yaşam barındırmayan bir et yığınına çevirecek öldürücü sözler söylemişti.

Werner denilen şey yaklaşmaya devam etti, o sakil haliyle bildiği, hepsinin bildiği ve Victor'u çileden çıkaran o tek kelimeyi tekrarlamaya devam ediyordu.

Victor'un güneşin eritici gücüne benzer alevler etrafı sarmadan Merhametin Elleri'ni terk edip çevreden uzaklaşması için altı dakikadan biraz fazla zamanı vardı. Yaklaşmakta olan büyük yangın Werner denilen şeyi yok edecek, bu hakarete arındırıcı alevlerle cevap verecekti.

Asansör Victor ile ayaklarını sürterek yürüyen, asilerin toplandığı o tek vücut arasındaydı. Merdivenleri kullanmak daha akıllıca görünüyordu.

Merhametin Elleri'nde yaptığı tüm tarihi işlerin kaydının bulunduğu valizi taşıyan Victor, Werner denilen şeyden hızla uzaklaştı, merdivenlere açılan kapıyı çarpıp koşar adımlarla en alt kata inmeye başladı.

Işık sütunları ve gölge havuzlarının arasından geçerek, Merhametin Elleri'nde daha önce yaşanmış o kötü günden kalan bir anıt gibi durmakta olan molozları geride bıraktı ve dosya odasına girdi.

Küçük klavyeyi kullanarak şifresini girdi. Bir sayıyı yanlış girmişti. Tekrar etti. Parmakları her dokunuşta farklı bir ses çıkıyordu.

Victor geriye doğru baktı. Werner denilen şey kendisini takip etmemişti. Bu yoldan çıkamazdı, zaten çalışan başka bir kapı da yoktu. Mantıkdışı şey, ölüme mahkum olmuştu. O birçok ağzıyla ölüp gidecekti ve Victor'un umurunda bile değildi.

Beton zeminli, kereste duvarlı koridora çıktı. İkincisine yaklaşırken ilk kapı arkasından otomatik olarak kapandı. Küçük klavyeyi kullanarak şifresini girdi yine. Bu kez ilk denemede başarılı oldu. Küçük beton oda, daima bu taraftan kilitli olan son kapı...

S600 Mercedes sedan harika görünüyordu; her türlü saltanata uygun, hatta Victor'a bile layık bir binek arabası... Victor arka kapıyı açtı, ama sonra bu değerli valizi tehlikeli bir yere koymaktan vazgeçip bagaja kilitledi.

Arka kapıyı kapatıp şoför tarafındaki kapıyı açtı ve direksiyonun başına geçti. Anahtar cebindeydi, bir dokunuşla motoru çalıştırdı.

Victor caddeye çıkıp sağa saptı ve Merhametin Elleri'nden uzaklaştı.

Şiddetini arttıran rüzgâr sokakları dövüyor, iri yağmur damlaları kaldırımda taş gibi sekiyor, etrafa saçılmış çöpler taşan su yolları üstünde birbirleriyle yarışıyordu. Ama bundan on misli yoğun yağmurun bile, yakında laboratuvarını yok edecek yanıcı madde üstünde söndürücü bir etkisi olmazdı.

Eski hastane öylesine gözalıcı bir biçimde yanacaktı ki şehirde veya ülkede kimse daha önce böylesine korkunç bir yangın görmemiş olacak, gözleri kör edercesine parlak beyaz alevleri asla unutmayacaktı. Merhametin Elleri'nin bulunduğu caddenin karşısındaki yapılar da muhtemelen yanacak, kendi şirketi olan Biovision'ın yandaki beş katlı binası kesinlikle yok olacak, bu da medyanın, hatta yüksek katta bulunan yetkililerin ilgisinin kendisine yönelmesine neden olacaktı.

Bir önceki gün uşak, William'ın parmaklarını ısırıp kopardığı ve sonrasında ortadan kaldırıldığı için ve bir saat öncesinde, vurup öldürmeden önce Christine'in fonksiyonelliğinin izah edilemez bir biçimde kesintiye uğradığı göz önüne alındığında, Victor diğer ev personelinin psikolojik ve fiziksel sağlamlığının şüpheli olduğunu kabul etmeliydi. Sadece, onlardan beklediği yüksek kaliteli hizmeti sağlayamamakla kalmayabilir, aynı zamanda inandırıcı, insani görünüşlerini sürdürmekte zorlanabilirlerdi. Victor eve gidemezdi, en azından bir süreliğine...

Mantıklı çözümlemeler Victor'un, şehrin dört bir yanına dağılmış iki bin Yeni Irk mensubunun kısa bir zaman sonra öyle veya böyle bir sorunla karşılaşacağı sonucuna vardırmıyordu. Bu durum hepsi için geçerli olmayacaktı kesinlikle. Belki yüzde beş veya on gibi kayda değer olmayan bir bölümü için... Victor belirsizliklerle dolu bu zaman dilimi içinde New Orleans'ta kalmamalıydı.

Krizin yaygın olması, Victor'un aklına Merhametin Elleri'ndeki yaratılış havuzlarında bir sorun olabileceği düşüncesini getiriyordu. Genetik formülünün ve et-yapı tasarımının çok başarılı ve hatasız olduğunu biliyordu. Bu nedenle sadece bir makine hatası bu olaylara bir açıklama getirebilirdi.

Veya sabotaj.

Aniden binlerce şüpheden rahatsızlık duymaya başladı ve yeniden kabaran öfkesiyle, kendisini yok etme planları yapanın kim olabileceğini düşünmeye başladı.

Ama hayır. Şimdi zaman, kimin sabotaj yapmış olabileceği olasılığını düşünerek dikkati dağıtacak zaman değildi. Operasyonlarını yürütebileceği yeni bir merkeze gitmeliydi, ki böyle tek bir yer vardı; o da havuz çiftliği. İleriki günlerde şehirde yaşanabilecek her türlü olaydan kendini tecrit etmeye çabalamalıydı.

Daha sonra hayatındaki hainin kimliğini tespit etmek için zamanı olacaktı, tabii öyle biri varsa.

İşin gerçeği, mekanik bir hata akla daha yatkındı. Çiftliğe kurulmuş yaratılış havuzlarında sayısız gelişme kaydetmişti. Bu havuzlar,

Merhametin Elleri'nde faaliyet gösteren havuzlara kıyasla üç nesil daha gelişmiş havuzlardı.

Kendisini Pontchartrain gölünün kırk beş kilometre uzağına götürecek bataklıktan geçen yola girerken Victor, uzun kariyeri boyunca yaşadığı her türlü aksiliğin ardından daha öncekilerden daha hızlı ve büyük gelişmeler kaydetmiş olduğunu hatırlattı kendine. Evren kaotik doğasında ısrarcı olmaya devam ediyor, ama Victor her defasında düzeni sağlıyordu.

Boyun eğmeyen karakteri, giydiği giysiler kadar aşikârdı. Chameleon'la karşılaşması, sonrasında Werner denilen şeyle yüzleşmesi ve Merhametin Elleri'nden kaçışı görünürde ödediği bedellerdi. Ama ayakkabılarında sürtünme izi yoktu, takım elbisesi kırışmamıştı, her zamanki gibi jilet gibiydi. Dikiz aynasındaki görüntüsüne şöyle bir baktığında, saçının tek bir telinin bile bozulmadığını, yakışıklılığından en ufak bir şey yitirmediğini gördü.

50. BÖLÜM

Top ve pençe ayakların üstünde durmakta olan cam muhafazanın etrafında ihtiyatlı tavırlarla tur atıp Erika'dan uzak tarafta duraklayan Jocko, "Mücevher kutusu değil. Tabut," dedi.

Erika, "Tabut olsa kapağı olurdu," dedi, "içinde ölü bir adam yatmadığını da söyleyebilirim."

"İyi. Jocko yeterince şey öğrendi. Gidelim."

Erika, "İzle," diyerek, bir önceki ziyaretinde yaptığı gibi muhafazanın üst kısmını parmaklarıyla tıklattı.

Cam sanki iki buçuk santim, ya da daha kalınmış gibi bir ses verdi, Erika'nın parmak boğumunun camın dış yüzeyine değdiği noktada, muhafazanın içindeki sıvı ya da gaz, kehribar rengi madde, taş atılan suya benzer biçimde çukurlaştı. Camgöbeği rengindeki çukur, yüzey boyunca genişleyen halkalar halinde ayrıştı. Kehribar rengi halkaların rengine dönüştü.

Jocko, "Belki bunu bir daha asla yapmazsın," diye teklif etti.

Erika camı üç kez tıklattı. Muhafazanın çemberine geri çekilen üç tane eşmerkezli mavi halka göründü ve camgöbeği renk geri geldi.

Muhafazanın üstünden Erika'ya bakan Jocko, "Jocko hasta gibi hissediyor," dedi.

"Yere inip muhafazanın altından bakarsan..."

"Jocko bunu yapmayacak."

"Ama dediğimi yapsaydın elektrik kabloları, çeşitli renkte ve çapta borular görecektin. Hepsi de muhafazadan çıkıp zeminde kayboluyor. Bu da hemen altımızda bir servis odasının bulunduğu anlamına geliyor."

İki elini karnına koyan Jocko, "Midem bulanıyor," dedi.

"Ama bildiğim kadarıyla malikânede bodrum katı yok."

"Jocko bodruma inmeyecek."

"Sen rögarlarda yaşamıştın."

"Pek mutlu olmamıştım."

Erika muhafazanın kapıdan uzakta kalan uca doğru yürüdü. "Bu bir tabut olsaydı, sanırım bu taraf da başı olurdu."

"Kesinlikle mide bulandırıcı," dedi Jocko.

Erika dudakları camdan birkaç santim uzakta kalana dek yere eğildi. Yumuşak bir sesle, "Merhaba, merhaba, orada mısın?" dedi.

Gaz veya sıvının kehribar rengi örtüsü içinde gölgeye benzer bir şekil çırpındı, çırpındı...

Jocko muhafazadan öylesine hızlı bir biçimde uzaklaştı ki Erika onun şömine rafına nasıl tırmandığını göremedi bile. Tünediği yerde kollarını olabildiğince açmış, bronz kafesin baş kısmına sıkıca sarılmıştı.

Erika, "İlk seferinde beni de korkuttu," dedi. "Ama daha önce bir kez korkmuştum ve Christine'in vurulduğunu da görmedim. Artık kolay kolay korkmuyorum."

"Jocko kusacak."

"Kusmayacaksın küçük dostum."

"Eğer şimdi buradan gitmezsen Jocko kusacak."

Erika, "Gözlerimin içine bak ve bana doğruyu söyle," dedi. "Jocko hasta değil, sadece korktu. Yalan söylediğin zaman anlıyorum."

Erika'yla göz göze gelen cüce, bebek ağlamasına benzer acınası bir ses çıkardı. Sonunda, "Jocko gidecek, ya da Jocko kusacak," dedi.

"Beni hayal kırıklığına uğrattın."

Cüce üzgün görünüyordu.

"Madem doğruyu söylüyordun nerede, hani kusacaktın?" dedi Erika.

Jocko ağzının altındaki ve üstündeki sarkık parçalar dişlerinin arasına alarak ısırdı. Gururu incinmiş gibi görünüyordu.

Erika ona dik dik bakmaya devam edince muzip cüce ağzını açtı, bir kolunu çekip parmağını boğazına soktu.

Erika, "Bu işe yarasa bile," dedi, "doğru söylediğin anlamına gelmez. Miden gerçekten, ama gerçekten bulanmış olsaydı, parmağını kullanmadan kusardın."

Gözleri yaşla dolmuş halde öğüren Jocko, çok denese de kusmayı başaramadı. Öylesine çok çaba sarf etmişti ki sağ ayağı şöminenin rafından kaydı, diğer eliyle de tutunamayınca yere düştü.

"Gördün mü, dostuna yalan söyleyince neler oluyormuş?"

Utançtan sinen muzip cüce uzun arkalıklı koltuğun arkasına saklanmaya çalıştı.

Erika, "Aptal olma," dedi. "Gel buraya."

"Jocko sana bakamaz. Bakamaz."

"Tabii ki bakarsın."

"Hayır. Jocko ondan nefret ettiğini görmeye dayanamaz."

"Saçma. Senden nefret etmiyorum ki."

"Jocko'dan nefret ediyorsun. O en iyi dostuna yalan söyledi."

"Ve ben onun gerekli dersi aldığını biliyorum."

Jocko koltuğun arkasından, "Aldı. Gerçekten aldı," dedi.

"Jocko'nun bana bir daha asla yalan söylemeyeceğini biliyorum."

"Asla. O... asla yalan söylemeyecek."

"Öyleyse gel buraya."

"Jocko çok utandı."

"Utanacak bir şey yok. Şimdi her zamankinden daha iyi dostuz."

Cüce tereddütlü tavırlarla koltuğun arkasından çıktı. Utana utana Erika'nın yanına, cam muhafazanın başına geldi.

"Fikrini almadan önce," dedi Erika, "sana göstermek istediğim bir şey daha var."

Jocko, "Oy," dedi.

"Dün yaptığımın aynısını yapacağım. Bakalım ne olacak."

"Oy."

Erika bir kez daha camın altına eğilerek, "Merhaba, merhaba, merhaba, orada mısın?" dedi.

Gölgeyi andıran şekil yine canlandı, bu kez Erika'nın ses dalgaları, daha önce parmağının tıkırtısıyla olduğu gibi muhafazanın içine ışıldayan mavi titreşimler gönderdi.

Erika, "Ben Kral Ahasuerus'un karısı Kraliçe Estherim," dedi.

Mavinin titreşimleri bir öncekine kıyasla bu kez daha yoğundu. Camın alt tarafına yakın kabarık duran ve gölgeyi andıran varlık, detayları olmayan solgun bir yüze dair yalın bir fikir verirmiş gibi görünüyordu.

Erika Jocko'ya dönerek, "Dün de aynen böyle olmuştu," diye fısıldadı.

Muzip cücenin sarı gözleri korkuyla büyüdü. Camın altında hatları olmayan bir yüzü andıran görüntü karşısında şaşkınlıktan bakakaldı ve açık ağzından sabun köpüğünü andıran parlak, değişik renklerde bir baloncuk çıktı.

Erika dudaklarını bir kez daha cama yaklaştırarak, "Ben Kral Ahasuerus'un karısı Kraliçe Esther'im," diye tekrarladı.

Erika'nın sözleriyle kabaran ve nabız gibi atan mavi titreşimden, cam muhafazanın boğuklaştıramadığı alçak ve sert bir ses, "Sen Erika Beşsin ve benimsin," dedi.

Jocko bayıldı.

51. BÖLÜM

Deucalion telefonda onlara Crosswoods çöp idaresinin ana kapısına gelmelerini söylemişti. "Size birileri eşlik edecek. Onlar Gama ve Epsilon ama güvenilirdirler."

Ana giriş boyunca birkaç sıra, uzun çam ağacı vardı. Üç metre boyundaki zincir halkalarından oluşan kapılara alanı gözlerden uzak tutan yeşil paneller konulmuş ve üstlerine, yanlarındaki çitle uyum sağlayacak biçimde dikenli tel bobini atılmıştı.

Carson arabayı durdururken, "Onlar Yeni Irk'tan. Onlara nasıl güvenebiliriz ki? Bu iş beni huzursuz ediyor, hem de çok," dedi.

"Kafeindendir."

"Kafeinden değil Michael. Bu durum, kendimizi Victor'un adamlarına teslim etmemiz... Çok korkuyorum."

Michael, "Deucalion onlara güveniyor," dedi. "Bu benim için yeterli."

"Onun hangi taraftan olduğunu biliyorum sanırım, tamam. Ama bazen garip, dengesiz davranıyor, ne yapacağı kestirilemiyor."

"Onun durumuna şöyle bir bakalım. İki yüz yıldan daha uzun bir süredir yaşıyor. Bir hapishanenin mezarlığından toplanmış ceset parçalarından yapılmış. Yüzünün bir tarafı yakışıklı, göçmüş olan diğer tarafı hasarın boyutlarını gizlemek üzere dövmeyle kaplanmış. İki kalbi var ve kim bilir, diğer iç organlarında da ne gibi başka gariplikler vardır. Rahip olmuş, bir karnavalda ucube gösterisinin yıldızı olmuş, asla bilemeyeceğimiz yüzlerce başka şey de olmuştur. İki yüz yıl boyunca savaşlar görmüş, bunlar hakkında düşünecek ortalama üç kişinin yaşamı kadar zamanı olmuş ve anlaşıldığı kadarıyla okumaya değecek ne kadar kitap varsa okumuş, herhalde senin okuduğun kitap sayısının yüz misli, benim okuduğum kitap sayısının bin misli kadar... Hıristiyanlık âleminin gerilediği, yeni Gomora'nın[1] yükseldiği zamanları görmüş. Ona hayat veren yıldırım düşmesinin sayesinde kazandığı diğer gizemli yeteneklerinin yanı sıra, havada kapılar açıp dünyanın diğer tarafına geçebiliyor. Tanrım, Carson, Deucalion neden garip, dengesiz görünmesin, ne yapacağı kestirilemesin anlamıyorum. Haklısın, bize tuzak kuruyor, Victor'u mıhlamak istediğine dair bunca zamandır bize yalan söyledi, aslında bizi çöplüğe çekip kahvaltılık olarak yemek istiyor."

Carson, "Ağız kalabalığı yapmaya devam edeceksen, sana daha fazla kola yok," dedi.

"Benim kolaya *ihtiyacım* yok artık. Gözkapaklarım ameliyatla kaldırılıp dikilmiş gibi hissediyorum."

Arabanın farları altında Crosswoods'un kapıları içe doğru dönmeye başladı. İleride, çitin bu tarafındaki dolunaysız geceden daha da kasvetliymiş gibi görünen, çöplüğün karanlığı uzanıyordu.

Carson Honda'yı ileriye doğru, kapılarla, karanlıkta ellerinde cep fenerleriyle birer hayalet gibi belirmiş iki kişinin arasına sürdü.

İki kişiden biri kaba saba görünümlü, ama vahşi bir yakışıklılığa sahip bir erkekti. Pislik içinde kalmış beyaz bir tişört, kot pantolon ve uzun lastik çizmeler giymişti.

El fenerlerinin ışığı altında, kadın olan diğerinin film yıldızlarına benzer bir güzelliği vardı. Sarı saçlarının yıkanmaya ihtiyacı vardı, yüzü deri kiriyle leke leke olmuştu, ama öylesine yoğun bir güzelliği vardı ki çamur banyosu yapmış olmak dışında her durumda göz kamaştırırdı.

---

1 (Ç.N) Gomora: İçinde yaşayanların işledikleri günahlar yüzünden yok edilmiş, Ölü Deniz yakınlarında antik bir şehir.

Adam elindeki fenerle Carson'a nereye park edeceğini gösterirken, kadın da geri geri onlara doğru yürüdü. Carson ve Michael uzun zamandır görmediği çok sevgili akrabalarıymış gibi onlara gülümseyerek el salladı.

Kadın, adam gibi pis bir beyaz tişört, kot pantolon ve yüksek çizmeler giymişti, ama bu çekicilikten uzak kılığı, bir tanrıçanın vücuduna sahip olduğunu vurgulamaya yarıyordu sadece.

"Victor'un bilim adamından çok, abazan olduğunu düşünmeye başlıyorum," dedi Carson.

"Eh, bunları düz yapmak yerine kıvrımlı yapmanın ona daha pahalıya mal olacağını sanmıyorum."

Önce farları, sonra motoru kapatan Carson, "Bütün silahlarımızı alıyoruz," dedi.

"Erdemlerimizi korumak zorunda kalırsak diye."

Carson, "Bana çocuk doğurtmak gibi bir planımız olduğuna göre, erdemlerini senin adına ben korurum," dedi.

Honda'dan dışarı çıktılar, her ikisinin de üstlerinde kılıflarında duran tabancaların yanı sıra, namluları yere bakacak şekilde kabzalarından tuttukları şehirli nişancı silahları vardı.

Adam elini uzatmadan, "Ben Nick Frigg. Çöplüğü ben yönetiyorum," dedi.

Yakından, arabada göründüğünden çok daha güzel olan kadın Carson'ı etkilemişti. Yabaniliğin yanı sıra cana yakın sinyaller de yayıyor, karşısındakine onu hoşlanılmaması imkânsız biri gibi görünerek, hayvani bir canlılık ve coşku saçıyordu.

Canlı bir tavırla, "Basma, balık, bez, baz, başlık, bakla, bamya, bira," demeye başladı.

Nick Frigg, "Ona bir şans verin. Bazen başlangıç için kelime bulmakta zorlanıyor," dedi.

"... bilek, binek, banal, baba. *Baba!* Bu gece aksaklığın babasını yaşadık!"

"Bu Gunny Alecto," dedi Nick. "Bizim çöp kalyonu adını verdiğimiz, çöpü sürüp düz eden ve sağlam biçimde sıkıştırmaya yarayan büyük makineyi kullanır."

Michael, "Aksayan şey nedir?" diye sordu.

"Merhametin Elleri'nde yapılan deneyler yolunda gitmedi. Uzmanlaşmış et makinelerinin, belki Son Savaş'ta bize yardım etmeleri beklenen kimi Alfa, kimi Beta bazı savaşçıların, Victor'un beklediği gibi çıkmadığı anlaşıldı."

Gunny Alecto, "Onları buraya gömüyoruz," dedi. "Onlara doğru davranıyoruz. Aptal, aptal, aptal görünüyorlar, ama onlar da bizim geldiğimiz yerden geliyorlar, yani aileden sayılırlar."

"Bu akşamki aptal değildi," dedi Nick.

Gunny'nin yüzüne korkuyla karışık saygı dolu bir ifade hâkim oldu. "Oh, bu akşam, büyük çukurda her şey farklıydı. Aksaklığın babası, gelmiş geçmiş en güzel şey."

"Bizi değiştirdi," dedi Nick Frigg.

Gunny, "Tamamen değiştirdi," diyerek aynı fikirde olduğunu belirtti.

Nick, "Anlamamızı sağladı," dedi.

"Başak, bitki, biçer, biner, bıçkı, balık, bilet, benek, batı, bunak, barış, baş. Baş! Aksaklığın babası başımızın içinden konuştu."

"Bizi özgür kıldı," dedi Nick. "Eskiden yapmak zorunda olduğumuz şeyleri yapmak zorunda değiliz."

Gunny, "Irkınızdan nefret etmiyoruz artık," dedi. "Eskiden neden ederdik sanki."

"Bu iyi," dedi Carson.

Gunny, "Sizden öylesine nefret ederdik ki" diye itirafta bulundu. "Eski Irk'tan biri öldürülüp çöplüğe gönderildiğinde, yüzlerinin üstünde tepinirdik. Kıymık ve ezilmiş et haline gelene dek, tekrar tekrar başlarından ayaklarına kadar üstlerinde tepinirdik."

Nick, "Aslında," diye ekledi, "daha birkaç saat önce, akşamüstü sizinkilerden birine yaptık bunları."

"Büyük çukura inip aksaklıkların babasıyla karşılaşana ve doğruyu öğrenene kadar öyleydi," diye açıklık getirdi Gunny. "Vay anam vay, hayat şimdi öylesine farklı ki."

Carson şehirli nişancıyı tutma şeklini değiştirdi, şimdi iki eliyle tuttuğu silah artık yere değil yukarıya doğru bakıyordu.

Michael da belli etmeden aynı şeyi yaparken, "Peki Deucalion nerede?" diye sordu.

Nick, "Sizi ona götüreceğiz," dedi. "O gerçekten ilk, değil mi, insan yapımı ilk erkek?"

"Evet, gerçekten öyle," dedi Carson.

Michael, "Dinleyin," dedi, "arabada bir köpek var. Onu burada bırakmak güvenli olur mu?"

"Onu da yanınıza alın," dedi Nick. "Köpekler çöplüğe bayılır. Bana köpek burun Nick, derler, çünkü bende, bir köpeğinkinin yarısı kadar, ama bir insana göre on bin misli daha iyi koku almamı sağlayan köpek genleri var."

Michael Honda'nın arka kapısını açınca Dük dışarı atladı ve burnunu akşamın çeşitli kokularla dolu havasına kaldırdı. Nick ve Gunny'ye ihtiyatla yaklaşıp başını önce sola, sonra sağa eğdi.

Nick, "Yeni Irk'ın kokusunu alıyor," dedi. "Bu da onu endişelendiriyor. Ama bizden farklı bir koku da alıyor."

"Çünkü büyük çukurdaydık," dedi Gunny, "ve aksaklıkların babasıyla konuştuk."

Nick, "Doğru," dedi. "Köpek, o biliyor."

New Orleans Dükü deneme kabilinden kuyruğunu salladı.

Nick, "İyi bir köpek gibi kokuyor," dedi. "Sadece birkaç köpek geni taşıyor değil de bütünüyle köpek olsaydım, o zaman sahip olmak isteyeceğim türden kokuyor. Bir köpek için mükemmel bir kokusu var. Ona sahip olduğunuz için şanslısınız."

Carson Michael'a, *Bu karanlık ve boş yere bunlarla birlikte gidecek kadar delirdik mi?* dercesine baktı.

Michael onu çok iyi anlamış olacak ki "Karanlık ve boş, ama üç gündür çılgınlıktan öte şeyler yaşadık ve sanırım bu akşam işin sonuna yaklaşıyoruz. Ben Deucalion ve Dük'e güvenelim derim," dedi.

52. BÖLÜM

Erika Jocko'yu kucağında taşıyarak penceresiz misafir odasından çıkardı ve gizli geçitten geçirdi.

Muzip cüce bayılınca, *tam* bayılmıştı. Kendinden geçme halinin derinliklerine öylesine dalmıştı ki bilinci geçici olarak terk ettiği bu anlarda ölüm manzaralı bir odada kalmış olmalıydı.

Bir paçavradan farksız, gevşemiş bedeni, Erika'nın onu kavrayan kollarından aşağıya sarkıyordu. Başı sallanıyordu, ağzı açıktı, yüzünün sarkık parçaları titreşiyorken, dişlerinin arasında parlak, değişik renklerde bir kabarcık görünüyordu. Erika onu kütüphanedeki koltuğa oturtana dek kabarcık sönmedi.

Jocko güzelliğin karşı tezi gibiydi. Bir çocuk kazara onunla karşılaşsa, talihsiz velet travma geçirir ve idrar torbasının kontrolünü tekrar ele geçirmesi için yıllar gerekebilirdi.

Ancak Jocko'nun kırılganlığı, neşesi ve azmi Erika'ya çekici gelmişti. Her geçen saat muzip cüceye olan sevgisinin arttığını görmek kendisini de şaşırtıyordu.

Bu malikâne ormanda bir kulübe olsaydı, Jocko sık sık şarkı söylese ve kulübede onun gibi altı cüce daha bulunsaydı, Erika gerçek hayattaki Pamuk Prenses olurdu.

Erika penceresiz misafir odasına geri döndü. Kapı ağzından bir an için göz alıcı kırmızı-altın rengi madde içine yerleşmiş şekilsiz gölgeye dikti gözlerini.

Etraf, Victor'un buraya düzenli olarak gelerek cam kutu içindeki yaratıkla uzun uzadıya zaman geçireceği düşünülerek dekore edilmişti. Burada fazla kalmıyor olsa, oda bu kadar sıcak döşenmezdi.

Erika çelik kapıyı kapatıp beş sürgüyü yerine itti. Koridorun sivri çubuklarla kaplı ucundaki diğer kapıyı da kapatarak sürgüledi.

Kütüphaneye geri döndü, kitap raflarının pim üzerinde dönerek yerine oturması ve arkasında kalanları gizlemesinin ardından Erika, Jocko'nun kendine geldiğini gördü. Yerden yüksekte kalan ayaklarını sarkıtmış, kollarını koltuğun kollarına dayamış ve dik oturmuş halde Jocko, sanki bir lunapark trenindeymiş de bir sonraki düşüşü endişe içinde beklercesine elleriyle döşemeye sıkı sıkıya yapışmıştı.

"Kendini nasıl hissediyorsun Jocko?"

"Gagalanmış gibi," dedi.

"Bu ne demek şimdi?"

"Sanki on tane kuş başını gagalamak istiyor da sen kendini korumaya çalışıyorsun, bu sırada kanatları ellerine, kollarına çarpıyor, yüzüne çarpıyor, çarpıyor, çarpıyor. Jocko kanatlar her yerine çarpıyormuş gibi hissediyor."

"Daha önce hiç kuş saldırısına uğradın mı?"

"Sadece beni gördüklerinde."

"Bu korkunç bir şey."

"Şey, bu sadece Jocko açık havadayken oluyor. Ve çoğunlukla gün ışığında, sadece bir kere gece oldu. Şey, yarasaları da sayarsan aslında iki kere."

"Kütüphanede bir bar var. Belki bir içki sinirlerini yatıştırır."

"İlginç tortusu olan kanal suyunuz var mı?"

"Korkarım sadece şişe veya musluk suyumuz var."

"Oh. Öyleyse ben bir viski alayım."

"Buzlu mu istersin?"

"Hayır. Sadece donmuş su parçacıklarından koy, yeter."

Kısa bir süre sonra Erika, Jocko'ya içkisini getirmişti ki telefonu çaldı. "Bu numarayı sadece Victor biliyor."

Jocko, "O benim olduğum kişiyi yaratan," diye mırıldanırken, Erika cücenin sesinde acı bir tını olduğunu düşündü, ama belki de yanılmıştı.

Elini pantolonunun cebine atarak telefonu çıkardı. "Alo?"

"Bir süreliğine New Orleans'tan ayrılıyoruz," dedi Victor. "Hemen gitmeliyiz."

Kocası bazen soru sorulmasını küstahlık olarak değerlendirdiğinden, Erika neden gittiklerini sormadan, sadece, "Tamam," dedi.

"Ben havuz çiftliğine doğru yola koyuldum bile. Sen oraya Mercedes ciple, GL550 ile gideceksin."

"Evet Victor. Yarın mı?"

"Aptal olma. 'Hemen' dedim. Bu akşam. Bir saat içinde. İki haftalık giysi hazırla kendine. Personelin yardım etmesini sağla. Hızlı hareket etmelisin."

"Sana da giysi getireyim mi?"

"Benim çiftlikte gardırobum var. Sesini kes ve sadece dinle."

Victor ona malikânenin kasasının yerini tarif etti ve içinden neler alması gerektiğini açıkladı.

Sonra, "Dışarı çıktığında kuzeybatıya bak, gökyüzü yanıyor," diyerek, telefonu kapattı.

Erika telefonu kapattıktan sonra, bir süre düşünceli bir halde ayakta dikildi.

Koltukta oturmakta olan Jocko, "Sana kötü mü davranıyor?" diye sordu.

Erika, "O... neyse o," diye karşılık verdi. "Burada bekle. Bir dakika içinde geri döneceğim."

Kütüphanenin kapıları, üstü kapalı bir terasa açılıyordu. Erika dışarıya adımını atarken uzaklardan siren sesleri duydu.

Kuzeybatı yönünde, alçak fırtına bulutları içinden geçen garip bir parlaklık göründü: Bu, nabız gibi atan, şiddetle sarsılan bir şekil almış ışık, ancak belki ruhların olabileceği biçimde parıltılı ve yoğun bir beyaza bürünmüştü, tabii ruh ya da şeylere inanan biriyseniz.

214

Yanan gökyüzü alttaki hayal bile edilemez sıcaklık ve açlıktaki alevlerin bir yansımasıydı. Tasarlandığı ve hayata adım attığı yer olan Merhametin Elleri yanıyor olmalıydı.

Ağaçların arasından inen ve sırılsıklam olmuş çimenlerin üstünde boşa harcanan yağmur ateşe benzer biçimde çıtırdıyordu, ama burada akşama duman kokusu hâkim olmamıştı. Yıkanmış hava temiz ve taze kokuyordu, Erika yaseminlerin kokusunu aldı ve o an, kısa, ama çok fazla olayın yaşandığına tanık olduğu yaşamında ilk kez, tamamen *hayat dolu* hissetti.

Kütüphaneye geri dönerek Jocko'nun karşısındaki tabureye oturdu. "Küçük dostum, saklı odaya açılan gizli geçitten geçtin ve iki çelik kapı üzerindeki tüm o kilit sürgüleri gördün."

"Jocko bir daha oraya gitmeyecek. Jocko yeterince korkutucu yerde bulundu. Şu andan itibaren sadece güzel yerler istiyor."

"Sen saklı odayı, cam kutuyu ve içindeki şekilsiz canlı gölgeyi gördün."

Jocko titreyip viskisinden içti.

"Onun kutunun içinde konuştuğunu duydun."

Sesini derinleştiren ve sertleştirip tehditkâr bir ton vermeye çalışan, ama bunda başarılı olamayan cüce, "Sen Erika Beş'sin ve benimsin," diyerek duyduklarını tekrarladı.

Cüce doğal sesiyle, "Cam kutuda Jocko için en az bin dört yüz kere daha korkutucu bir şey var. Jocko'nun üreme organı olsa büzüşür ve düşerdi. Ama Jocko sadece bayılabildi," dedi.

"Hatırlarsan, seni oraya bir konuda fikrini almak için götürmüştüm. Sormadan önce, senin gerçekten ne hissettiğini bilmek istediğimi vurgulamalıyım. Gerçekten, ama gerçekten…"

Bir nedenden dolayı utandığı açıkça belli olan muzip cüce, yine de Erika'yla samimi biçimde göz göze gelerek, "Gerçekten, gerçekten. Jocko'nun çişi geldi, Jocko kusacak, bunlar yok artık. Bu eski Jocko'ydu. O Jocko'ya elveda," dedi.

"Peki öyleyse. Senin iki konuda samimi fikrini almak isterim. Şekilsiz gölgenin ne olduğunu bilmiyoruz. Ama duyduklarına ve

215

gördüklerine dayanarak, sence cam kutudaki cisim başka bir şey mi, yoksa kötücül bir şey mi?"

Muzip cüce, "Kötücül mü?" diye atıldı. "Kötücül, zararlı, zehirli ve potansiyel bir bela."

"Dürüstlüğün için teşekkür ederim."

"Bir şey değil."

"Şimdi ikinci sorum." Erika Jocko'ya doğru eğildi, cücenin bakışlarını kendininkilerle perçinledi. "Cam kutudaki şey bir insan tarafından yaratılmış ise, bir insan tarafından tasarlanmış, düşünülmüş ve hayata getirilmiş ise, sence o insan iyi midir... yoksa kötü mü?"

Jocko, "Kötü," dedi. "Şeytani, ahlaksız, adi, yozlaşmış, namert, kötü niyetli, çürümüş, nefret dolu ve kesinlikle kaba."

Erika yarım dakika süreyle nefesini tuttu. Sonra tabureden kalktı. "New Orleans'tan ayrılmalı ve şehir dışındaki havuz çiftliğine gitmeliyiz. Giysiye ihtiyacın olacak."

Peştamal gibi kullandığı piknik örtüsünü çekiştiren Jocko, "Bu Jocko'nun sahip olduğu tek giysi. İşe yarıyor," dedi.

"Dışarıda olacaksın, en azından Mercedes'in içinde."

"Jocko'yu bagaja koy."

"Cipe bineceğiz. Bagajı yok. Normal bir çocuk gibi görünmene yardımcı olacak giysiler bulmalıyım sana."

Muzip cüce çok şaşırmış, ama yüzüne korku dolu bir ifade hâkim olmuştu. "Hangi dahi böylesine giysiler yapar?"

Erika, "Bilmiyorum," diye itirafta bulundu. "Ama kimin bulabileceğine dair bir fikrim var: Glenda. Malikânenin satın alma sorumlusu... Burada ihtiyaç duyduğumuz her şeyi o satın alır. Yiyecek, kâğıt, çarşaf, personel üniforması, bayram süslemeleri..."

"Sabun da alıyor mu?" diye sordu Jocko.

"Evet, her şey. Her şeyi o satın alır."

Jocko boş viski bardağını yan tarafına koyarak ellerini çırptı. "Jocko sabun satın alan hanımla tanışmayı ister."

Erika, "Bu iyi bir fikir değil," dedi. "Sen burada gözden uzakta kal. Ben Glenda'yla konuşur, bize nasıl yardımcı olabilir, anlarım."

Koltuktan kalkan muzip cüce, "Jocko fırıl fırıl dönmek, el yardımı ile yanlamasına takla atmak veya ellerinin üstünde yürümek istiyor. Her ne ise," dedi.

Erika, "Ne yapabilirsin, biliyor musun?" diye sordu. "Buradaki rafları gözden geçirip yanımıza alacağımız kitapları seçebilirsin."

Muzip cüce hatırladı. "Sana kitap okuyacaktım."

"Doğru. İyi romanlar seç. Yirmi kadar."

Muzip cüce en yakın rafa doğru yönelirken, Erika koşar adımlarla Glenda'yı bulmaya gitti.

Koridora açılan kapının önüne gelince bir an duralayıp Jocko'ya baktı. "Biliyor musun?... Biraz tehlikeli gibi görünen dört, beş kitap da seç. Belki... gerçekten, ama gerçekten tehlikeli gibi görünenlerden..."

53. BÖLÜM

Güçlü motor, titreşimleri arabanın kaportasından içeriye iletiyordu.

Asfaltın üstündeki tekerlekler de arabanın içine iletilen titreşimleri yayıyordu.

Arka koltuğun pelüşten yapılmış döşemesinde bile bu titreşimler belli belirsiz hissedilebiliyordu. Özellikle hayatiyetinin uzun bir süreden beri yarı yarıya askıya alınmasından ve diğer duyumsal girdilerinin oldukça azalmış olmasından dolayı bezmiş bir varlık, bu titreşimlere karşı çok hassastı.

Sıvıyla dolu çuvaldayken, dondurucu motorunun titreşimlerini hissederken olduğu gibi, bu titreşimler de Chameleon için ne iyi, ne de kötüydü.

Artık aşırı soğuk işkencesi çekmiyordu.

Artık güçsüz olmadığı için, çaresiz koşullar altında bulunmaktan dolayı da işkence çekmiyordu. O özgürdü, sonunda özgürdü ve rahatça öldürebilirdi.

Chameleon sadece bir *hedef*in yerini halen belirleyememekten dolayı işkence çekiyordu. Sayısız *muaf*ın kokusunu almıştı ve bunların da çoğu ölüydü.

Laboratuvarda bulunan tek *hedef*, Chameleon onu öldürmeden hemen önce aniden *muaf* haline gelmişti.

Hayal kırıklığına uğrayan Chameleon, bu değişimi hesaba katamazdı. Programı böylesine bir olasılığa izin vermezdi.

Chameleon şartlara uyum sağlardı. Programı ile gerçek deneyimi bağdaşmadığında, programının neden yetersiz kaldığı yönünde akıl yürütürdü.

Chameleon şüphe duymaya muktedirdi. Laboratuvardayken, değişim geçiren şeyi sürekli gizlice gözlemlemişti. Adamın yüzünü geçmişten ve filmden biliyordu, çünkü değişim nedeniyle onu *yapboz* olarak düşünmüştü.

Yapboz laboratuvarda çok, çok meşguldü, sürekli oraya buraya koşuşturmuştu. *Yapboz*'un bu çılgınca faaliyeti Chameleon'ı daha da şüphelendirmişti.

Yapboz koridorda, Chameleon'ın programındaki kapsamlı tür tanımlama dosyasında yer alan hiçbir yaratıkla uyuşmayan bir şeyle karşılaşmıştı. İri ve kararsızca hareket eden bu şey kesinlikle bir muaf gibi görünmese de onlardan biri gibi kokuyordu.

Yapboz koşarak binadan dışarı çıkmış, Chameleon da hiçbir *hedef*in kokusunu almadığı ve orada kalması gerekmediğinden, onu takip etmişti.

Binadan dışarı çıkarken yolda Chameleon, *yapboz*un *muaf* kokusu altında bir *hedef*e ait belli belirsiz bir koku almıştı.

İlginç

Arabaya binip bir süre yol aldıktan sonra *yapboz*un telaşı azalmış, sakinleştikçe *hedef* kokusu yavaşça yok olmuştu.

Şimdi sadece bir *muaf*a ait koku vardı.

Tüm bunlar ne anlama geliyordu?

Chameleon yaşanan bu olayları düşünmeye başladı.

Arka koltukta, tam arka koltuk görüntüsüne bürünmüş Chameleon gelişmeleri bekliyordu. Bir gelişme yaşanacağına dair beklenti içindeydi. Her zaman böyle olurdu.

54. BÖLÜM

Erika yatakhanede bulunan malikânenin satın alma sorumlusu Glenda'ya telefon açarak, kendisiyle hemen personelin yemekhanesinde buluşmak istediğini söyledi. Yemekhane birinci katta batı kanadındaydı ve hem dış kapıdan, hem de güney koridorundan girişi vardı.

Glenda birkaç dakika içinde dış kapıya vardı. Şemsiyesini dışarıda bırakıp yemekhaneye girdi ve "Evet Bayan Helios, neye ihtiyacınız var?" diye sordu.

Glenda kısa kahverengi saçlı, çilli, güçlü, kuvvetli bir Yeni Irk kadınıydı. Üstünde mesai saatleri dışında giydiği tulumla eşya kaldırmaya ve taşımaya alışkın bir hali vardı. Malikânenin tek satın alma sorumlusu olarak, görevi yalnızca mağazaların reyonlarına göz atmak değil, eşyaları taşımak ve raflara yerleştirmek gibi fiziksel güç gerektiren işleri yapmayı da kapsıyordu.

Erika, "Havuzdan çıkalı bir günden biraz fazla oluyor," dedi, "o yüzden beynime yüklenen bilgilerle, gerçek dünya tecrübeleri henüz birbirlerini yeterince tamamlamadı. Oysa bu gece hemen bir şey satın almam gerek ve senin mağazalar hakkındaki bilgilerinden yararlanabileceğimi düşündüm."

"Neye ihtiyacınız var hanımefendi?"

Erika pişkin bir tavırla konuya girdi: " 'Erkek çocuk' giysilerine... Ayakkabı, çorap, pantolon, gömlek. İç çamaşırı da... İnce bir ceket. Bir şapka. Çocuk yaklaşık bir metre yirmi santim boyunda, yirmi iki, yirmi sekiz kilo ağırlığında. Oh, başı yaşıtlarına göre oldukça büyük gibi, o yüzden şapkasının ayarlanabilir olması gerek. Bunları bana hemen temin edebilir misin?"

"Bayan Helios, sorabilir miyim acaba...?"

Erika, "Hayır," diyerek sözünü kesti, "soramazsın. Bu Victor'un ona hemen götürmemi istediği bir sipariş. Talepleri ne kadar garip görünürse görünsün, Victor'u asla sorgulamam, sorgulamayacağım da. Kocamı neden asla sorgulamayacağımı sana anlatmama gerek var mı?"

"Hayır efendim."

Personel Erikaların dayak yediğini ve gerektiğinde acıyı hisset-meme iznine sahip olmadıklarını biliyor olmalıydı.

"Anlayacağını düşünmüştüm Glenda. Satın alma sorumlusu da olsak, eş de olsak hepimiz aynı bataklığın içindeyiz, öyle değil mi?"

Bu samimiyetten dolayı rahatsız olmuşa benzeyen Glenda, "Çocuk giysileri satan, bu saatte açık bir mağaza yoktur. Ama..."

"Evet?"

Glenda'nın gözleri korkuyla büyüdü, biraz önceki o dingin yüzü endişeyle gerildi. "Bu evde kız ve erkek çocuklar için birçok malzeme var."

"Burada mı? Ama burada çocuk yok ki."

Glenda artık fısıltıyla konuşmaya başlamıştı. "Bunu asla söyle-memelisiniz."

"Neyi söylememeliyim? Kime?"

"Asla söylememelisiniz... Bay Helios'a."

Erika dayak yiyen eş rolünü cesaret edebildiği ölçüde oynayarak sempati kazanmaya çalıştı. "Glenda, ben sadece noksanlarım yüzün-den değil, yaratıcıma ters gelen herhangi bir şey yüzünden de dayak yiyiyorum. Kötü haber iletmekten dolayı da dayak yiyeceğime olduk-ça eminim. Sır saklamayı gayet iyi bilirim."

Glenda başını salladı. "Beni takip edin."

Zemin kattaki güney kanadında depo olarak kullanılan bir dizi oda vardı. Bu odalardan en büyüğü altı metreye, beş buçuk metre genişliğindeydi ve içinde vizon, ermin, kutup tilkisi gibi en yüksek kalitede bir düzine kürkün saklandığı soğutmalı geniş bir dolap vardı. Victor çok daha önemli insanlık karşıtı bir hareketin içinde olduğundan, kürk karşıtı harekete karşı hiçbir şekilde sempati beslemezdi.

Geniş dolapta kürklerle dolu rafların yanı sıra, Erika'nın ana yatak odasındaki devasa dolabına bile sığmayacak, her türden giysi ihtiva eden sayısız bölme mevcuttu. Her detayıyla birbirlerine benzeyen bir dizi eşe sahip olan Victor, her defasında yeni dolap düzmek için para harcamaktan kaçınmıştı. Ama Erikasının her daim şık giysiler giymesini ister ve kısıtlı bir hazır giyim koleksiyonundan yapması için bu konuda seçimi, Erika'ya bırakmazdı.

Glenda huzursuz bir halde, odanın uzak köşesindeki sayısız çekmecenin içinden her beden ve türden kız ve erkek çocuk giysisi çıkardı.

Erika, "Nerden geldi tüm bunlar?" diye sordu.

"Bayan Helios, Bay Helios bu durumu öğrenirse Cassandra'yı yok eder. Ve bu, Cassandra'yı mutlu edecek tek şeydir. Bu hepimizi mutlu eder; onun gözü pekliği, gizli hayatı hepimize ufak da olsa umut aşılıyor."

"Kötü haber iletmek konusunda durumumu biliyorsun."

Glenda yüzünü çizgili, polo bir gömleğin arkasına sakladı.

Erika bir an için kadının ağlıyor olması gerektiğini düşündü, çünkü gömlek elinde titriyor, omuzları sarsılıyordu.

Oysa Glenda'nın niyeti gömleğin eski sahibi olan çocuğun kokusunu duymaktı; bunun için derin derin nefes aldı, başını kaldırdığında yüzünden mutluluk akıyordu.

"Cassandra son beş haftadır Eski Irk'tan çocukları öldürmek için geceleri malikâneden gizlice kaçıyor."

Cassandra çamaşırcı kadındı.

Erika, "Oh," dedi, "anlıyorum."

"Öldürmeye başlayabileceğine dair iznin gelmesini daha fazla bekleyemedi. Geriye kalan bizler... onu bu cesaretinden dolayı çok takdir ediyoruz, ama bu cesareti kendimizde bulmayı başaramadık."

"Peki... ya cesetler?"

"Cassandra onları buraya getiriyor, biz de heyecanını paylaşıyoruz. Sonra diğer cesetleri çöplüğe götüren çöpçü hiç soru sormadan çocukları da alıp götürüyor. Dediğiniz gibi, hepimiz bu bataklığın içindeyiz."

"Ama giysileri burada tutuyorsunuz."

"Yatakhanenin nasıl bir yer olduğunu biliyorsunuz. Fazladan bir santimetre kare bile boş alan yok. Giysileri orada tutamazdık. Ama onları başımızdan atmaya da kıyamadık. Bazı geceler giysileri çekmecelerden alıp yatakhaneye götürüyor ve onlarla oynuyoruz. Ölü çocukları düşünmek ve Cassandra'nın onları nasıl öldürdüğünü birinci ağzından dinlemek, bu harika bir şey Bayan Helios. Bu ana dek yaşadığımız en güzel ve sahip olduğumuz tek iyi şey."

Erika, Glenda'nın anlattıklarını rahatsız edici bulduğunda, kendisine çok önemli, hatta korkutucu birtakım şeyler olduğunu biliyordu ve zavallı, şeker muzip cüceye katledilmiş bir çocuğun giysisini giydirme fikri karşısında bir an tereddüt etti. Gerçekten de olayı *öldürmek* yerine, *katletmek* şeklinde düşünmüş olması düşüncesindeki devrimin bir belirtisiydi.

Erika Cassandra'nın Eski Irk'ın en savunmasız mensuplarının peşine gizlice düşmüş olması fikri karşısında dehşete kapılmıştı ve hem Cassandra, hem Glenda, hem de diğer personel için acımaya benzer bir duygu besliyordu. Eski Irk'a karşı sadece kıskançlık, öfke ve nefret hissetmeye programlanmış biri olmasına rağmen, öldürülen çocuklara acıyordu da.

Jocko adına giriştiği eylemler, daha önce sözü edilen bataklıkta Victor'un kendisi ve diğerleri için çizdiği sınırı aşmasına neden olmuştu. Kendisiyle minik adam arasında çok kısa bir sürede gelişen dostluğun ilginç anlamı, Erika'nın duygusal erişim alanının ötesinde olmalıydı. Aralarında bu dostluk gelişirken bile Erika, bu durumun uşak William'ın yaşadığına benzer, yakında kendisi için de geçerli olabilecek bir fonksiyon sorununa işaret ettiğini anlamıştı.

Erika'nın diğerlerinde olmayan şefkat, tevazu ve utanma gibi duyguları hissetmesine izin verilmişti, ama bu sadece, Victor'un, Erika'nın yaşadığı acı ve ıstırap nedeniyle heyecanlanmasını sağlamak içindi. Victor Erikalarının hissedeceği daha hoş duygulardan sadece kendisinin yararlanmasını ister, karısının nazik ilgisine karşılık verme fırsatı bulan herhangi birinin aşağılama veya acımasızlık dışında bir cevap almasını kabul etmezdi.

Erika, "Sen yatakhaneye geri dön. Ben buradan ihtiyacım olan şeyleri seçer, diğerlerini kaldırırım," dedi Glenda'ya.

"Ona asla söylemeyin."

"Asla söylemeyeceğim," diyerek güvence verdi Erika.

Glenda tam gitmek üzereydi ki "Acaba...," dedi.

"Acaba ne, Glenda?"

"Acaba... son yaklaşıyor mudur sizce?"

"Eski Irk'ın sonunun gelmesinden, onları öldürmekten mi söz ediyorsun?"

Satın alma sorumlusu, Erika'nın gözlerine dikkatle baktı, sonra gözünden yaşlar boşalırken başını tavana kaldırdı. Korku dolu bir sesle, "Bir son olmalı, biliyorsunuz, gerçekten bir son olmalı," dedi.

Erika, "Bana bak," dedi.

Programı gereği itaat etmek durumunda olan Glenda, hanımefendisiyle bir kez daha göz göze geldi.

Erika parmaklarıyla satın alma sorumlusunun gözyaşlarını sildi. "Korkma."

"Ya korku, ya da hiddetten. Hiddet yüzünden yorgun düştüm artık."

"Son yaklaşıyor," dedi Erika.

"Bunu biliyor musunuz?"

"Evet. Çok az zaman kaldı."

"Nasıl? Neyin sonu?"

"Birçok durumda son, arzu edilen bir şey değildir, ama bu durumda... her türlü son işe yarar. Sence de öyle değil mi?"

Satın alma sorumlusu başını neredeyse fark edilmeyen bir biçimde salladı. "Bunu diğerlerine de söyleyebilir miyim?"

"Bilmek, onlara yardımcı olacak mı?"

"Oh, evet efendim. Hayat hep zordu biliyorsunuz, ama son zamanlarda daha da zorlaştı."

"Öyleyse mutlaka söyle."

Satın alma sorumlusu Erika'ya karşı minnettarlığa en yakın duyguyu besliyor gibiydi. Kısa bir sessizliğin ardından, "Ne diyeceğimi bilmiyorum," dedi.

"İkimiz de öyle," dedi Erika. "Biz böyleyiz işte."

"Elveda Bayan Helios."

"Elveda Glenda."

Satın alma sorumlusu depodan ayrılınca Erika bir an için gözlerini kapattı, yere saçılmış çocuk giysilerine bakamıyordu.

Sonra gözlerini açıp yere eğildi.

Dostuna uyacağını düşündüğü giysileri seçti.

Öldürülen çocukların giysileri hâlâ giysiydi. Ve evren, Victor'un dediği gibi anlamsız bir kaos değilse, herhangi bir şeyin kutsal addedilmesi mümkünse, şehit düşmüş masumların giydiği bu mütevazı eşyalar takdis edilmiş olmalıydı ve bu giysiler dostunu sadece gözlerden saklamaya yaramayacak, aynı zamanda ona daha üst düzeyde bir koruma sağlayacaktı.

55. BÖLÜM

Dük sanki yolu biliyormuş gibi, onları çöplüğün içinde uçsuz bucaksız çöp çukurları arasındaki geniş bir toprak alana götürdü.

Ay ve yıldızlara meşum bulutların ardında el konulmuşken, uzaklarda karanlığın bir yerlerinde birkaç küçük ateş yanıyor olsa da Crosswoods'un büyük bir bölümü kasvete bürünmüştü.

Carson ve Michael, bölgenin her karışı hafızalarına kazınmış gibi ellerindeki fenerlerle yol üzerindeki çukurları ve çökme eşiğine gelmiş bölgeleri aydınlatmakta olan Nick Frigg ve Gunny Alecto eşliğinde köpeği takip ediyorlardı.

Nick, "Ben Gama'yım," dedi, "Veya öyleydim ve Gunny de Epsilon'du."

Gunny, "Veya öyleydim," dedi. "Şimdi yeniden özgür doğdum ve artık nefret etmiyorum. Artık korkmuyorum da."

"Sanki başlarımıza demir bantlar takılıymış gibi yaşıyorduk, oysa şimdi bantlar kesilip çıkarıldı ve baskı yok oldu," dedi Nick.

Carson onların yeniden doğmaya dair bu garip ifadelerine ne anlam vereceğini bilmiyordu. Hâlâ iyi niyetli olmadıkları kuşkusuyla, ikisinden birinin elektrikli testereyle aniden üstüne saldıracağı beklentisi içindeydi.

"Sap, sat, sal, say, sev, sır, sav, son, soy, sil, sek, seks. *Seks!*" Gunny sonunda aradığı kelimeyi bulmuş olmanın verdiği memnuniyetle güldü. "Vay canına, bir dahaki sefere bütün çöplük ekibi birbiriyle seks yapıp, her türlü biçimde çiftleşirken, ortaya nasıl bir görüntü çıkacağını merak ediyorum doğrusu. Ne de olsa artık hiçbirimiz öfkeli değiliz, birbirimizi yumruklamayacak, ısırmayacak, sadece daha iyi davranacağız. Çok ilginç olacağa benziyor."

"Öyle olmalı," dedi Nick. "İlginç... Peki millet, buradaki eğimli yüzeyden batı çukurunun içine gireceğiz. Oradaki fener ve meşalelerin bulunduğu tarafı görüyor musunuz? İşte Deucalion orada bekliyor."

Gunny, "Büyük çukurun yanında bekliyor," dedi.

"Hepimiz tekrar büyük çukura iniyoruz," dedi Nick.

"Ne gece ama," dedi. Gunny.

Nick, "Çılgın bir gece," diyerek, aynı fikirde olduğunu belirtti.

"Ne gece ama değil mi Nick?"

"Ne gece," dedi Nick.

"Büyük çukura giriyoruz *yine!*"

"Kesinlikle büyük bir çukur."

"Ve *tekrar* içine giriyoruz!"

"Kesinlikle giriyoruz. Büyük çukura."

"Aksaklıkların babası!"

"Görülecek bir şey."

Gunny, "Ben hapı yuttum!" dedi.

"Ben de" dedi Nick.

Nick'in kasıklarına yapışan Gunny, "Eminim öylesindir!" dedi.

"Öyle olduğumu biliyorsun."

"Öyle olduğunu bildiğimi biliyorsun."

"Bilmez miyim?"

Carson'ın aklından bu muhabbetten kurtulmak için ya arabaya kaçmak, ya da her ikisini de silahla taramak geçiyordu.

Michael, Nick'e yönelttiği soruyla onu delirmekten kurtardı: "Bu pis koku içinde nasıl yaşıyorsunuz?"

"Bu kokudan *uzakta* siz nasıl yaşıyorsunuz?" diye sordu Nick.

Setin üst kısmından eğimli toprağın aşağısına, batı çukuruna indiler. Çöp ayaklarının altında çatırdıyor ve hışırdıyordu, ama iyi sıkıştırılmıştı ve kaydırmıyordu.

Deucalion'un yanında bir düzineden fazla insan duruyordu, ama o içlerinden en uzun boylusuydu. Uzun, siyah paltosunu giymiş, kapüşonunu arkaya atmıştı. Fenerin ışığıyla aydınlanmış yarısı göçmüş dövmeli yüzü, bu koşullar altında, beklenildiği kadar rahatsızlık verici değildi. Aslına bakılırsa Deucalion'un, Carson'a polis olmadan önce askerlik yapmış babasını hatırlatan kendinden emin ve soğukkanlı görünümüyle, azimli ve yılmaz bir havası vardı. Deucalion yeterlilik ve dürüstlüğün, insanları savaşta bir liderin peşinden sürükleyen itici güç olduğunu düşünürdü ki görünen, çok kısa bir süre içinde onların da savaşa gireceğiydi.

Michael, "Hey, koca adam, sanki gül bahçesindeymişiz gibi dikilmişsin orada. Bu kokuya nasıl dayanıyorsun?" diye sordu Deucalion'a.

"Sinesteziyi[1] kontrol altına alarak," diye açıkladı Deucalion. "Kendimi kötü kokuları koku gibi değil, renk gibi algılamaya ikna ettim. Şu an kendimizi gökkuşağının altındaymış gibi görüyorum."

"Aynı şeyi benim için de yaparsın diye ümitlenmeye başladım."

Deucalion, "Carson," dedi, "burada seninle tanışmak isteyen biri var."

Deucalion'un arkasından pislikten katılaşmış giysisi içinde harikulade bir kadın öne doğru adım attı.

"İyi akşamlar Dedektif O'Connor."

Telefondaki sesi tanıyan Carson, "Bayan Helios," dedi.

"Evet. Erika Dört. Elbisem için kusura bakmayın. Bir gün önce öldürülüp çöplüğe gömüldüm. Sevgili Victor'um beni buraya gönderirken yanıma ıslak mendil ve yedek elbise vermeyi akıl edememiş."

---

1 (Ç.N) Sinestezi: Bir duyguyu başka bir duyguyla karıştırma.

56. BÖLÜM

Çocuk giysilerini Jocko'yla birlikte kütüphanede bırakan Erika, ana yatak odasına giderek aceleyle bavulunu hazırladı.

Kapı aralığındaki kanı temizlememişti. Oysa Christine'in cesedini bir battaniyeye sarmalı ve cesetleri Crosswoods'a nakleden Yeni Irk çöp toplayıcılarını çağırmalıydı.

Pencereye gidip kuzeybatı yönüne baksa gökyüzünün alev aldığını görecekti ne de olsa. Ve daha da kötüsü yaklaşmaktaydı. Yetkililerin malikânede öldürülmüş bir hizmetçi bulmaları belki hâlâ önemli olabilirdi.

Neyse, Christine'in cesedinin bulunması Victor için bir problem haline gelse de bu Erika'yı ilgilendiren bir konu değildi. Erika bu evi ve New Orleans'ı bir daha asla göremeyeceğinden ve artık Victor'un karısı olmayacağından şüpheleniyordu.

Sadece birkaç saat önce, parmaklarını çiğneyip kopartan uşağın korkunç olayının altından kendine olan güveni, güveni değilse de aldırmazlığı sayesinde kalkmıştı. Ama şimdi yatak odasında ölmüş olan Beta'nın sadece varlığı bile, onu hem anladığı, hem de tanımlamayı başaramadığı nedenlerden dolayı rahatsız ediyordu.

Erika bavulu yatağın ayak ucuna bırakarak, Victor'un kasadan alıp getirmesini istediği şeyler için daha ufak bir çanta seçti.

Havuz eğitimi esnasında Erika'ya içine girilebilen kasa odasının varlığından bahsedilmemişti. Odanın varlığından, Victor'un odayı nasıl bulacağını tarif etmesiyle dakikalar önce haberdar olmuştu.

Devasa dolabın, aşağıdaki geleneksel yemek odası büyüklüğündeki bir köşesinde, yerden tavana kadar üç aynanın bulunduğu bir girinti vardı. Victor giyindikten sonra görünümünü değerlendirmek ve arzuladığı etkiyi yaratmakta hangi giysinin ne derece başarılı olduğunu düşünmek üzere buraya gelirdi.

Bu girintinin içinde duran Erika yansımasına hitap etti: "On iki yirmi beş, dört birdir."

Evdeki bilgisayarda bulunan ses tanıma programı, bu üç kelimeyi kasanın iki cümlelik şifresinin ilk bölümü olarak kabul etti. Ortadaki ayna, tavanın içine kayarak, menteşesi, kulpu veya anahtar deliği olmayan düz, çelik bir kapıyı işaret etti.

Erika, "İki on dört on otuz birdir," dediğinde, kilitli sürgülerinin açılma sesini duydu ve hava basınçlı kapı tıslayarak yana kaydı.

Uzun üst dolapların yanı sıra, kasa otuz santim derinliğinde, altmış santim genişliğinde olmak üzere hepsi aynı ölçüde daha alçak dolaplar da ihtiva ediyordu. Üç duvarın her birinde birden otuz altıya kadar numaralanmış, on ikişer çekmece vardı.

Erika beş numaralı çekmeceyi çekerek yüzer dolarlık on altı desteyi aldı ve paraları küçük çantaya yerleştirdi. Çantada elli bin dolarlık balyalar halinde toplamda sekiz yüz bin dolar para vardı.

On iki numaralı çekmecede ise çeyrek milyon dolar karşılığı euro vardı ve Erika bu çekmeceye de boşalttı.

On altı numaralı çekmeceden, her biri elli bin dolarlık olmak üzere, toplamda bir milyon dolar eden bonoları aldı.

Yirmi dört numaralı çekmecede ağızları fiyonkla itinayla büzülmüş, gri renkli küçük keseler duruyordu. Bunların içinde çoğu en yüksek kaliteden elmas olmak üzere değerli taşlar vardı. Erika bütün keseleri alarak çantaya doldurdu.

Victor'un vergi muafiyeti olan ülkelerin bankalarında hatırı sayılır miktarlarda para bulunan hesaplar açtırmış olması şaşılacak bir şey değildi. Hesaplar, hiçbir vergi müfettişinin kendisiyle bağlantı kuramayacağı paravan şirketler ve sahte isimler adına açılmıştı. Victor servetinin büyük bir kısmını buralarda saklıyordu.

Erika buradaki hesaplardan, Victor'un talimatları doğrultusunda, devam etmekte olan krizin bastırılamaması ve dolayısıyla kaçması gereken durumda kullanacağı parayı çekti. Onu telefonda dinlerken *olabilir* yerine *olacak*, *eğer* yerine *olduğunda* kelimelerini kullanması gerektiğini aklından geçirmiş, ama hiçbir şey söylememişti.

Elinde çantayla aynalı girintiye geri döndü, açık kasa kapısının önünde durarak, "Kapat ve kilitle," dedi.

Hava basınçlı kapı tıslayarak kapandı. Sürgüler sürüldü. Ayna, daha önce aldığı görüntüsünü geri verir gibi tekrar aşağıya inerek Erika'nın görüntüsünü yansıttı.

Garaja inen Erika bavulu ve çantayı GL550'nin yük kısmına yerleştirdi.

Kitapları taşımak üzere aldığı kumaştan büyük el çantasıyla kütüphaneye geri döndü. Jocko yeni giysileri içinde Huckleberry Finn'den çok, başka bir gezegenden gelen değişim geçirmiş ve kabuğundan çıkmış bir kaplumbağaya benziyordu.

Uçuk renkli kot pantolon önden düzgün gibi görünse de muzip cücenin poposu yokmuş gibi durduğu için oturduğunda sarkıyordu. İnce, solgun kolları normal bir çocuğunkilere kıyasla daha uzundu, o nedenle uzun kollu gömlek bileklerinden altı santim kadar yukarıda kalmıştı.

İşte Erika Jocko'nun her bir elinde altı parmağı olduğunu ilk kez o an fark etti.

Jocko şapkasının arka tarafındaki şeridi son deliğe gelecek şekilde ayarlamıştı, bu yüzden bol, hatta aşırı bol duruyordu. Şapka yamuk yumuk kulaklarının üst kısmına geliyor ve düşen cüce şapkayı geriye itmek için sürekli siperliğe vuruyordu.

Jocko, "Bu komik şapka değil," dedi.

"Hayır. Burada komik şapka bulamadım, komik şapka satan mağazalar sabah dokuzda açılıyor."

"Belki daha önce teslim ederler."

Jocko'nun seçtiği kitapları kumaş çantasına dolduran Erika, "O mağazalar pizzacılar gibi teslimat yapmaz," dedi.

"Bir pizza bundan daha komik bir şapka olurdu. Haydi bir pizza alalım."

"Kafanda bir pizzayla dikkatleri gereğinden fazla üstümüze çekeceğini düşünmüyor musun?"

"Hayır. Ayrıca ayakkabılar da olmadı."

Jocko bağları çıkarmış olmasına rağmen, geniş ayaklarını spor ayakkabının içine rahatça sığdıramamıştı.

Muzip cüce, "Neyse," dedi, "Jocko çıplak ayakla daha iyi yürür, ayakları yeri daha iyi kavrar ve ayak parmaklarını emmek istediğinde önce ayakkabılarını çıkarmak zorunda kalmaz."

Cücenin ayak parmakları nerdeyse elindeki parmaklar kadar uzundu ve her birinde üç boğum vardı. Erika onun bir maymun gibi tırmanabileceğini düşündü.

Erika, "Arabada kalırsan muhtemelen yeterince gizlenmiş olursun," dedi. "Koltuktan düşmezsen, yanımızdan başka bir araba geçerken pencereden bakmazsan ve başkalarına el sallamazsan tabii..."

"Jocko onlara parmak gösterebilir mi?"

Erika kaşlarını çattı. "Neden birine böyle müstehcen bir şey yapmak isteyesin ki?"

"Asla bilemezsin. Mesela hoş bir akşam, ay büyük, her yerde yıldızlar var ve aniden bir kadın seni süpürgeyle dövüyor, bir adam boş bir kovayla başına vuruyor ve 'Nedir bu, nedir bu, nedir bu?' diye bağırıyor. Sen onlardan daha hızlı koşarak kaçıyor ve onlara gerçekten zekice bir şeyler bağırmak istiyorsun, ama aklına zekice bir şey gelmiyor, o yüzden hep parmak... Jocko onlara 'tamam' işareti yapabilir mi?"

"Bence sen en iyisi ellerini aşağıda tut ve yolculuğun keyfini çıkar."

"Jocko onlara başparmağıyla 'çok iyi' işareti yapabilir mi? Haydi aslanım! Aferin! Tebrikler!"

"Belki bir dahaki sefere. Bu akşam olmaz."

Kumaş çanta, kitapla dolmuştu. "Haydi. Buradan gitmeliyiz."

"Oh. Bekle. Jocko unuttu. Odasında."

"Odanda ihtiyaç duyacağın hiçbir şey yok."

"Hemen dönerim."

Cüce ayakkabısının bağlarından birini kaptı, dişlerinin arasına alarak parende ata ata kütüphaneden çıktı.

Muzip cüce birkaç dakika sonra geri döndüğünde, elinde ağzı ayakkabı bağıyla kapatılmış, yastık kılıfından yapılmış bir çanta taşıyordu.

Erika, "Bu nedir?" diye sordu.

"Eşya."

"Ne eşyası?"

"Jocko'nun eşyası."

"Peki. Tamam. Gidelim."

Garajda GL550'ye binen Jocko, "Arabayı benim kullanmamı ister misin?" diye sordu.

57. BÖLÜM

Heyecanlarını ifade etme tarzına şahit olan, aralarındaki sohbetin içeriğine kulak kabartan Carson, ellerinde fener ve kandil taşıyanların çoğunun Gunny Alecto gibi çöplükte çalışan işçi Epsilon'lar olduklarına karar verdi.

Ancak Erika Dört'ün yanı sıra, Crosswoods'ta ölüme terk edilmiş, ama sonra yeniden dirilmiş Yeni Irk mensubu dördü erkek, biri kadın diğer beş kişi Alfa'ydı. Bunların hayatlarına Victor tarafından şu veya bu sebeple son verilmişti. Kendilerine Çöp Bidonu diyen bu gruptu.

Çöp bidonlarından biri bölge savcısı Bucky Guitreau çıkınca, Carson ve Michael'ın siniri bozulmuştu. Bu, onların Audubon Park'ta öldürdükleri Bucky değildi. Gerçek ve tamamen insan olan Bucky de değildi. Bu, Bucky'nin yerine geçmesi için tasarlanmış *ilk* kopyaydı. Victor ilk kopyanın bölge savcısının kişiliğini yeterince taklit edemediğine karar verdiğinde, yerini Carson ve Michael'ın öldürdükleri ikinci kopyaya bırakan Bucky'di bu.

Anlaşılan tüm bu Alfa'lar Bayan Helios'tan daha önce hayata dönmüşlerdi. Yıkanacak su bulmuşlardı ve bu çok geniş çöplükten kurtarabildikleri eski püskü giysiler içinde olabildiğince temiz görünüyorlardı.

Erika Dört aralarında ölümün kıyısından dönüp hayata geri gelen son Yeni Irk mensubu olsa da belki onlara işkence çektiren adamın karısı olmasından dolayı sadece kendi adına değil, diğer beş Alfa için de konuşmak üzere seçilmişti. Victor'u, onun yozlaşmış karakterini ve sinirli mizacını yakından tanıyordu. Victor'u zayıf noktasından vurabilecek ve kırılgan noktalarını ondan daha iyi teşhis edebilecek kimse olamazdı.

Deucalion uzun boyuyla Erika'nın arkasında belirdi. Erika Carson ve Michael'ı son gelişmelerle ilgili bilgilendirirken, çöplük çalışanları yanlarına yaklaştı. Erika'nın söylediği hiçbir şey onlar için yeni bir haber değildi, ama Yeni Irk'ın entelektüel anlamda en alt sınıfına mensup olarak, akılları kolaylıkla başlarından gidebiliyordu. Kendilerinden geçmişlerdi, yüzleri hafifçe parlayan meşale ışığında, masal saati zamanında kamp ateşi etrafında toplanmış çocukların yüzlerini andırıyordu.

Erika, "Burada çalışan işçiler, çöp tarlaları altında garip bir şeyler döndüğünü biliyorlar," dedi. "Sanki çok iri bir şey aşağıdaki diyarlardan bu tarafa doğru seyahat ediyormuş gibi, toprağın havalanıp tekrar eski haline geldiğini gördüler. Aşağıdan sızan uğursuz sesler duydular. Bu akşam onu ilk kez gördüler ve ona aksaklıkların babası adını verdiler."

Epsilon'lar arasında mırıldanmalar, fısıltı halinde heyecan nidaları duyuldu. Yüzleri onların, yani Yeni Irk mensuplarının mutluluk, korku, hayranlık ve belki de umut gibi duyguları hissetmemeleri gerektiğini vurgulayan bir ifadeyi yansıtıyordu.

Erika, "Her şey başarısız bir deney olarak başladı, o ölmesi için buraya bırakılmış, ama aslında tamamen ölmemişti," diye devam etti. "Çöplüğe düşen bir yıldırım onu canlandırdı. O zamandan beri evrim geçirerek harikulade bir yaratığa, tanımlanamaz güzelliği ve engin bir ahlaki gayesi olan bir varlığa dönüştü. Görüntüdeki ölümünün birkaç gün sonrasında, Victor bile onu ölü bir Alfa sanarken, o hayatın göz kamaştırıcı pırıltısını içinde barındırıyordu. Doğru tedavi edildiğinde bu pırıltı tamamen yok olmaktan kurtarılabilir ve daha da parlak biçimde büyümesi için teşvik edilebilirdi. Bu yaşam gücü bir yandan parlar ve Alfa'lar arasında yayılmasını sürdürürken, ona bilinç ve işlevlerini tam kapasiteyle sürdürme olanağını vermek şeklinde geri döndü. Epsilon'ların aksaklıkların babası olarak adlandırdıkları şeye, yıldırım düşmesi sonucu tekrar hayat bulduğundan ve o parlak ve yoğun yaşam gücünü bizlerle paylaşarak, bizleri hayata geri döndürdüğünden, biz 'canlandırıcı' diyoruz."

Epsilonlar birbirlerine sokulmuşlardı ellerindeki fener ve kandiller Carson'ı titreşen turuncu ışıkla kuşatıyordu. Çöplüğün bu ufak bölümünde akşamdı ve güneş gökyüzünü kutlama yaparcasına boyamış ve şafak sökmüş gibi parlaktı.

Erika Dört, "Canlandırıcı sadece bedeni geri vermiyor, aklı da iyileştiriyordu," dedi. "Programlarımızdan kıskançlık, nefret ve öfkeyi teşvik eden her türlü şeyi çıkardı, şefkat, sevgi ve umudu yasaklayan şeyleri sildi. Bu akşam, kendini çöplük çalışanlarına gösterdi ve onları baskı altında tutan tüm o programlanmış duygulardan kurtararak, daha önce programları nedeniyle reddettikleri duyguları onlara geri verdi."

Ense tüyleri diken diken olan Carson'ın aklına Gunny Alecto'nun sözleri geldi: *"Aksaklıkların babası bizimle başımızın içinde konuştu."*

Michael onun çekincelerini paylaşıyordu. "Alınmayın ama" dedi, "o ne kadar harikulade olursa olsun, başımın içine girip *beni değiştiren* bir şeyden en basitinden tırsarım."

Titreşen meşalelerin ışığında alevler, Deucalion'un yüzünün göçmüş kısmında, o içe dönük ve çetrefilli yaraların üstündeki dövme motiflerinin içine işlemiş sahte yaşamda yansıyordu.

Deucalion, "Şimdi bizi tünelde bekliyor," dedi. "Kısa bir süre önce aşağıya indim ve kendimi en ufak bir kötü niyet beslemeyen ve tehdit unsuru olmayan bir varlığın karşısında buldum. Size belli başlı bazı düşünceler yansıtabilir, ama arzunuz dışında zihninize girmeyecektir."

Michael, "Tabii senin bildiğin kadarıyla," diye yorumladı.

"İki yüz yıldır her türlü şekle bürünmüş insanı kötülüğe şahitlik ediyorum," dedi Deucalion. "Sosyopat suçluların cesetlerinden bir araya getirilmiş bir bedenin ve en iğrenç caninin beyninin taşıyıcısı olarak, kötülüğün varlığını kesin olarak hissedebilirim. Bu yaratıkta böyle bir şey yoktu."

Carson, Deucalion'un son cümlesinde kullandığı kelimedeki büyük Y harfini algılamıştı. Deucalion'un güven veren ifadesi sayesinde biraz rahatlamış ve kaygısı artmamış olsa da onun sözünü ettiği tünele girmek konusunda endişeleri vardı.

Erika Dört, "Canlandırıcı Victor'un hak ettiği cezayı bulması için bize yardım edecek," dedi. "Gerçekten de Victor'u bu varlığın yardımı olmaksızın dize getirebileceğimizi sanmıyorum."

Deucalion, "Victor buraya bu akşam veya sabah erkenden gelirse," dedi, "ki Merhametin Elleri'ndeki yangını öğrenir öğrenmez bu şekilde davranmasını bekliyoruz, onu ele geçirebilecek fırsata sahip olacağız. Bu fırsatı iyi değerlendirmeliyiz."

Meşalelerin Deucalion'un gözüne yansıyan ışığı altında, doğduğu gün yaşanan fırtınanın cisimleşmiş hali olan ve zaman zaman görülen o nabız atışına benzeyen ışık daha da parlak olarak kendini belli etti. Carson Deucalion'un zihninin kulaklarıyla, gökyüzünün bir yıldırım düşmesiyle çatladığını duyup duymadığını veya lanetlenmiş hayatının ilk dakikalarında yaşadığı dehşeti hatırlayıp hatırlamadığını merak etti.

"O anın hızla yaklaşmakta olduğuna inanıyorum," dedi Deucalion. "Canlandırıcıyla tanışmanız gerek. Biz hazırız ve Victor'un gelmesini bekliyoruz."

Carson Michael'a bakınca Michael, "Öyleyse... büyük deliğin içine giriyoruz, ne akşam ama çılgın bir akşam, ben mahvolmuşum," dedi.

58. BÖLÜM

Victor araba kullanırken bazı düşünceler yüzünden dikkati dağılıyor, karanlığın içinde kıvrıla kıvrıla yol alırken, boş eyalet yolu iç kararıcı ruh halini körüklüyordu.

Daha önceleri Almanya'dan Arjantin'e, eski Sovyetler'den Çin'e ve daha birçok yerde yaşanmış aksiliklerin gelişmesi için ona itici bir güç olduğunda, onu yüzüstü bırakan iş ortaklarına ve moleküler biyolojinin gizemlerinin kıskanç bekçiliğini yapan, bireysel zekâsının keskinliğine inatçı biçimde karşı koyan doğaya ateş püskürmüş, ama umudunu asla yitirmemişti.

Başlangıçta çok şeyler vaat eden Küba'daki kısa ömürlü proje, tek bir köylü, kuduz bir kedi, tehlikeli bir merdiven ve hiçbir mantıklı neden olmaksızın ayak altında bırakılmış ıslak bir sabun yüzünden mahvolmuştu. Yine de Fidel'le dost kalmışlar ve nihai zaferinden emin olan Victor, çalışmalarını başka bir ülkede azimle sürdürmüştü.

İleri görüşlü hükümetlerin oluşturduğu bir ortaklığın cömertçe desteklediği Kuzey Kore'deki ilginç tesis, nihai atılımın, sonunda gerçekleşeceği bir yer olmalıydı. Victor'un emrinde, hapishane yemeklerine daha fazla dayanamayıp kendilerini canlı canlı deşen politik mahkumlardan oluşan, görünürde sonsuz bir beden parçası kaynağı vardı. Ama haremi olan ve horoz gibi kabaran bir diktatörün, isteği üzerine, Victor'un yarattığı bir kopyayı, kendisine fazlasıyla benzediğini ve kendisini ihtiraslı biçimde öptüğü için vuracağını kim önceden tahmin edebilirdi ki? Victor ülkeyi, diktatörle ortak dostu olan ve aralarındaki barışı sağlayan, dünyada herkesçe takdir edilen film yıldızlarından biri sayesinde terk edebilmişti. *Yine de* tek bir gün bile acı çekmeksizin ve bunalıma girmeksizin çalışmalarına ısrarla devam etmişti.

Merhametin Elleri'nin ortadan tamamen yok olması, daha önce yaşadığı aksiliklere kıyasla onu çok daha olumsuz etkilemişti, çünkü zafere, bedenlerin üzerinde ustalaşması ve yaratıkları üzerinde sağladığı kesin kontrolle, daha önce olmadığı kadar çok yaklaşmıştı.

Aslında güvenini sarsan şey yangın ve tüm o kayıplar değildi. Yangına neden olan kundakçının kimliğiydi. Onu bu denli umutsuzluğa o sevk etmişti. Son iki yüz yılı bir kutup buzulunda geçirmiş olması gereken basit, kaba bir canavar olan o ilk yaratığının geri dönmesi, eşcinsel bir kopyanın kendisini şanlı zaferin eşiğinden geri çekip mahvetmesine kıyasla daha olanaksız gibi görünüyordu.

Victor hızının saatte otuz kilometrenin altına düştüğünü fark etti. Bu daha önce iki kez olmuş, her defasında yeniden hızlanmış, dalıp aklı başka yerlere gidince yine düşmüştü.

Deucalion.[1] Ne gösterişli bir ad.

Deucalion Patrick Duchaine'in mutfağında Victor'a sırtını dönüp bir anda ortadan kaybolmuştu. Tabii bu sadece bir numaraydı. Ama iyi bir numaraydı.

Deucalion Merhametin Elleri'ne alarmın çalışmasına fırsat vermeden gizlice sızmıştı.

Son günlerde Harker bir canavar doğurmuş, William parmaklarını ısırıp koparmış, Christine kimlik karmaşası yaşamış, Werner hücresel yıkıcı bir değişime uğramış, tüm Merhametin Elleri personeli Werner denilen şeyin içinde bir araya gelerek işbirliğine gitmiş, Chameleon kaçmış, Erika Dört psişik kontrolü esnasında Karloff deneyini mahvetmiş, yine Erika Dört sözde ölümden geri dönmüş,

---

1 (Ç.N) Deucalion: Yunan mitolojisinde Büyük Tufan'dan kurtularak karısı Pyrra ile birlikte insanlığı tekrar yaratan, Prometus'un oğlu.

o iki dedektif bir şekilde iki mükemmel katil olan Benny ve Cindi Lovewell'in elinden kurtulmuştu... Liste olasılık dahilinde olmayan vakalarla uzayıp gidiyordu.

Tüm bunların bir anlamı vardı.

Bu kadar çok şey aynı anda ters gidemezdi.

Keşfedilmeyi bekleyen bir düzen vardı. Bir komployu, bir grup entrikacıyı ortaya çıkarabilecek bir düzen...

Victor zaman zaman paranoyaya hafif bir eğilimi olabileceğini düşünürdü, ama olaylarla ilgili şüphelerinin doğru olduğunu biliyordu.

Bu kez yaşanan aksilikler daha öncekilerden farklıydı. Onu bu kez mahvolmanın eşiğine getiren şey bir sabun kalıbı, bir merdiven veya âşık bir kopya değildi. Belaların senfonisini icra etmek için düşmanlardan oluşan bir orkestra ve kararlı bir şefin varlığı gerekirdi.

Bu kez en kötüsüne hazırlıklı olmalıydı.

Bir kez daha Mercedes'in hız kaybettiğini ve arabanın kendi kendine gittiğini fark etti.

İleride sağda bir dinlenme alanı vardı. Victor otoyoldan çıktı, fren yapıp arabayı park etti.

Arabayı havuz çiftliğine aceleyle ve dikkatsizce sürmeden önce oturup, yaşanan son olayları etraflıca düşünmesi gerekiyordu. O an hayatının en önemli kararını vereceğini hissediyordu.

Arabayı fırtınadan çıkarmıştı, ama arabaların gittikçe küçülmekte olan far ışıklarına bakarken, tekrar bastıran yağmura ve kükreyen rüzgâra yakalandı.

Victor'un konsantrasyon gücü kendisiyle birlikte çalışanlar arasında bir efsane haline gelmiş olsa da arabanın içinde yalnız olamayabileceğine dair mantık dışı bir endişe yüzünden dikkatinin defalarca dağıldığını fark etti. *Tabii ki* arabada yalnızdı, sadece arabada değil, dünyada yalnızdı; öyle ki zaten ruh hali kasvetli bir hale bürünmüşken o an oturup düşünmeye ihtiyaç duymayacağı bir yalnızlıktı bu.

59. BÖLÜM

Batı çukuruna doğru giden çöp bidonlarını ve çöp idaresi işçilerini takip etmekte olan Carson, kafilenin ortaçağa özgü olduğunu düşünüyordu. Çöplüğün uçsuz bucaksız menzili, elektriğin bulunduğu çağdan yüzyıllarca geride bir medeniyette yaşıyorlarmışçasına kara bir örtüyle örtülmüştü. Meşaleler, kandiller dini bir hac yolculuğu atmosferini yansıtıyordu, grup canlandırıcının toprak altındaki mabedine yaklaşırken hürmetkâr bir sessizliğe bürünmüştü.

Carson iki tabanca ve şehirli nişancı ile silahlanmış olmasına rağmen, bilinmeyenin karşısında kendini savunmasız hissediyordu.

Yaklaşık iki buçuk metre çapında, aşağıya, çukurun derinliklerine doğru açı yaparak inen bir tünele vardılar. Anlaşılan burası yaratığın, aksaklıkların babasının bu akşamın ilk saatlerinde ortaya çıktığı yerdi.

Tünele girmeden önce Carson, Nick Frigg'e çöp yığınının derinliğini sordu. On kat çöpün altında durmakta olduklarını öğrendiğinde çok şaşırdı. Çöplüğün oldukça geniş bir alana yayıldığı düşünüldüğünde, Canlandırıcı, kilometrelerce uzunlukta koridorlar kazmış olmalıydı. Figg yaratığın inşa ettiği alanın bir bölümünde karmaşık geçitler ağı keşfettiklerini doğruluyordu.

Geçidin duvarlarına şekil veren sıkıştırılmış çöp, çökmeyi önleyecek kadar dayanıklı şeffaf, yapıştırıcı bir maddeyle yalıtılmış gibi görünüyordu. Parlak yüzeyin üzerinde meşalelerin helezonik kıvrımları ve dalgaları parıldıyordu.

Carson Canlandırıcı'nın bu yapıştırıcı maddeyi vücudundan sızdırdığını düşünüyordu. Bu da onun kısmen de olsa bir böcek olduğunun işaretiydi. Carson doğaüstü, şefkatli ve her türlü kötü niyetten yoksun olan yaratıkla, labirentlerden oluşan bu karmaşık oyuğun mimarisini şekillendirenin aynı canlı olabileceği fikrini bir türlü kabullenemiyordu.

Tünele girerlerken Carson, çöp tarlasının kötü kokusunun yoğunlaşacağı ve havanın daha da ağırlaşacağı beklentisi içindeydi. Ancak anlaşılan o ki duvarların üzerindeki parıltılı dolgu metan gazını geçirmiyordu, aksi takdirde gaz yüzünden boğulurlar ve gaz akışı onları yukarı savururdu. Burada toprağın yüzeyinde olduğu gibi nefes alabiliyordu, koku yukarıdakinden daha kötü değildi.

Carson, köpek burun Nick'e göz atınca, adamın burun deliklerinin sürekli kıpırdadığını ve genişlediğini, adamın keyiften gülümsediğini gördü. Gelişmiş koku alma duygusu, bu hac yolculuğunun tek bir kokuyla ıtırlandığını anlamasını sağlıyordu. Tıpkı Orleans Dükü gibi...

Tünelin aşağıya meyilli tabanı, onları ana girişten otuz metre aşağıda başladıkları noktanın üç metre daha altına getirmişti. Burada geçit keskin bir biçimde sola dönüyor ve daha dik bir açıyla kavis almadan önce geniş bir galeriye açılıyordu.

Canlandırıcı onları bu galeride bekliyordu. Grubun ellerindeki meşaleler sönmeye yüz tutmuştu, yarı karanlıkta kalmış yaratığa gizemli bir görünüm veriyordu.

Mekânın genişliği, kafilenin, herkesin birbirini rahatça görebileceği şekilde etrafa yayılmasına izin veriyordu. Carson sağına soluna bakınınca Michael ve kendisinin haricinde herkesin, önlerindeki varlıktan derin bir şekilde etkilendiklerini gördü. Kendilerinden geçmiş olmasalar da gördükleri şeyden kesinlikle hoşnutlardı, çoğu yüzlerinde gülümseme ve gözlerinde pırıltıyla huzura ermiş bir haldeydi.

Grup sıraya dizilmiş yan yana gelirken, önlerindeki yaratık onlara yaklaştı. Gölgeler uzaklaşırken, ışık altın rengi bir elbiseye bürünmesine neden oldu.

Carson o an kendini çok iyi hissetmeye başlayınca çok şaşırdı, düşmanca duyguları hızla dağılmıştı. Burada güvende olacağına, Canlandırıcı'nın davalarının en büyük destekçisi ve koruyucusu olduğuna hayatındaki her şeyden daha çok emindi.

Carson bu varlığın etrafına teskin edici, psişik bir güven hissi yaydığını anladı. Zihnine girerek kutsallığını asla ihlal etmeyecekti, Carson nasıl sözcüklerle konuşuyorsa, o da onunla bu şekilde konuşuyordu.

Canlandırıcı göründüğü kadarıyla sözcük ve görüntülere başvurmadan, ki Carson'ın zihninde hiçbir şey bir anda görünüp hızla kaybolmamıştı, ona havuz çiftliğine nasıl gireceklerini, orada çalışmakta olan Yeni Irk mensuplarını nasıl etkisiz hale getirebileceklerini ve Victor'u nasıl ele geçirip çılgınlık ve terörden oluşan krallığına nasıl son vereceklerini telepatik yöntemlerle bir şekilde telkin etmişti.

Tüm bunlar olup biterken Carson, Canlandırıcı'ya dair özgün bir tarif veremeyeceğini yavaş yavaş fark etmeye başlamıştı. Önünde durmakta olan şeyin meleklerin bile gölgeleyemeyeceği, bu dünyaya ait olmayan, her yönüyle mütevazı, ama yarattığı etki anlamında görkemli bir güzelliği olduğunu ve kendisinin de bu güzellik karşısında sadece büyülenmediğini, ama aynı zamanda yücelmiş hissettiğini anlıyordu. Burada hem cisimsel, hem de iyi niyetli ve erdemli bir güvenden oluşan, Carson'ın güven, umut ve kararlılığına yeni boyutlar katan ruhsal bir güzellik vardı. Bu onun algısıydı, ama içinde böylesine yüce duygular uyandıran şeyi tarif etmesi istense, bu varlığın iki bacağı, on bacağı, bir başı, yüz başı mı var, yoksa hiç mi başı yok, bunu söyleyemezdi.

Carson yaratığın hiç olmazsa genel hatlarını, temel biyolojik yapısını anlayabilmek için gözlerini kısarak baktı, ama Canlandırıcı olağanüstü bir biçimde ışıyor, Carson'ın onu tanımlayabilme yeteneğinin ötesinde parıldıyordu. Varlık gruba yaklaşmaya başladığı noktadan farklı olarak şimdi durduğu yer itibariyle gölgelerin içinde olmaktan çok, bir gizem pelerinine sarılmış gibiydi.

Carson'ın başlangıçtaki endişesi yeniden başlamış ve hızla korkuya dönüşmüştü. Kalbi şimdi delicesine atıyor, düzensiz nefes alıp verişlerinin boğazını tıkadığını, tıkadığını, tıkadığını hissediyordu. Sonra gözünü açıp kaparken, sadece bir anlığına Canlandırıcı'nın gerçekten ne olduğunu gördü. Yaratık kutsal şeylere bir hakaret gibiydi. Doğaya karşı iğrenç bir saldırıydı, hatta insan zihninin kendini korumak için çaresizce savunmaya çekilmesinden doğan tiksinti gibiydi.

Göz açıp kapayıncaya kadar kısa sürede ortaya çıkan felç edici gerçeğin ardından bir kez daha ışıltı, aklın alamayacağı bir güzellik algısı, herhangi bir tanıma sığmayan mükemmel bir biçim, erdem ve doğruluğun ete bürünmüş hali, cisimleşmiş zarafet, şekil bulmuş sevgi... Carson'ın korkusu iyilikseverliğin akıntısı içinde sürüklenip yok oldu. Kalbi huzurla atmaya başladı ve nefesi düzeldi, kanı artık buz kesmiyor, ensesindeki tüyler diken diken olmuyordu. Carson Canlandırıcı'nın şekli ne olursa olsun güvende olduğunu, güvende olduğunu ve onun davalarının en büyük destekçisi olduğunu biliyordu.

60. BÖLÜM

Jocko büyük arabanın içindeydi. Arabayı kullanmıyordu. O gün elbette gelecekti. İhtiyaç duyduğu tek şey anahtarlardı. Ayrıca yükseltici yastık ve zemin pedallarını çalıştırmak için uzun çubuklar ve güvenilir bir harita ve gidecek bir yer....

O zamana kadar, arabayla yolculuk iyiydi. Arabayı başkası kullanırken yolculuk etmek güzeldi.

"Jocko ilk kez arabaya biniyor," dedi Erika'ya.

"Nasıl, hoşuna gitti mi?"

"Akıcı. Rahat. Akşamları süpürge ve kovalardan kaçmak için sürünmekten iyidir."

Yağmur arabanın tavanını dövüyor, silecekler camdan büyük su damlacıkları püskürtüyordu.

Jocko kupkuru halde oturuyordu. Yağmurun içinde hızla yol alıyordu, ama kuruydu.

Gece rüzgârı ağaçları sallıyordu. Hem de hızla. Nerdeyse sarhoş serserinin tekinin, *Rüyamdan defol seni sürüngen, defol!* derken, Jocko'yu sarstığı kadar hızla...

Rüzgâr arabayı dövüyor, pencereye gümbürdüyor ve tıslıyordu.

Jocko rüzgâra gülümsedi.

Gülümsemek iyi hissettiriyordu. Gülümsediğinde iyi görünmüyordu. Bir kez aynaya gülümsemişti, o yüzden ne kadar kötü göründüğünü biliyordu. Ama iyi hissettirdiği kesindi.

Jocko, "Ne var biliyor musun?" dedi.

"Ne?"

"Jocko ne zamandan beri fırıl fırıl dönmüyor, geriye takla atmıyor veya başka bir şey yapmıyor?"

"Buraya oturduğundan beri."

"Bu ne kadar oldu?"

"Yarım saatten biraz fazla."

"Şaşırtıcı."

"Bu senin için bir rekor mu?"

"Öyle olmalı. Yirmi yedi dakika falandı."

Belki giysi giymek Jocko'yu rahatlatmıştı. Pantolonu sevmişti. Düz poposunu ve insanları güldüren dizlerini gizliyordu.

Sarhoş serseri Jocko'yu sarsmaktan vazgeçtikten sonra bağırmaya, tükürükler saçarak, *Bunlar ne biçim diz böyle? Dizlerim beni hasta ediyor! Daha önce hiç bir diz beni hasta etmemişti. Seni ucube sürüngen!* demeye başlamıştı.

Sonra serseri kusmuştu. Jocko'nun dizlerinin gerçekten hasta edici olduğunu ispat etmek için yapmıştı bunu.

Erika iyi bir şofördü. Yola odaklanmıştı. Arabayı dikkatli sürüyordu.

Erika'nın aklı arabayı dikkatli kullanmaktaydı. Ama aklında başka bir şey daha vardı, Jocko biliyordu. Onun kalbini okuyabiliyordu biraz.

Jocko hayatta olduğu ilk akşam çöp kutusunun içinde bazı dergiler bulmuştu. Bulduğu dergileri karanlık bir geçidin içinde okumuştu. Kedi çişi gibi kokan bir sokak lambası direğinin altında...

Makalelerden birinin adı, "Onun Kalbini Okumayı Öğrenebilirsiniz," idi.

Okumak için onu kesip açmıyordunuz. Bu rahatlatıcıydı. Jocko kandan hoşlanmazdı.

Şey, Jocko kanın ona ihtiyaç duyduğunuz yerde, vücudun içinde olmasından hoşlanırdı. Dışarıda, görebileceğiniz bir yerde değil.

Neyse, dergi Jocko'ya onun kalbini nasıl okuyacağını söylüyordu. O yüzden şimdi bir şeyin Erika'nın canını sıktığını biliyordu.

Onu fark ettirmeden izledi. Gizli bakışlar attı.

O zarif burun delikleri; Jocko öyle burun deliklerine sahip olmayı isterdi. Ama özellikle o burun deliklerine değil. Jocko Erika'nın burun deliklerini almak istemiyordu. Jocko onlar gibi olan burun delikleri istiyordu.

"Üzgün müsün?" diye sordu Jocko.

Şaşıran Erika ona baktı. Sonra tekrar yola döndü. "Dünya öyle güzel ki..."

"Ya. Tehlikeli, ama hoş."

"Dünyaya ait olmak isterdim," dedi Erika.

"Eh, buradayız ya."

"Burada olmakla, buraya ait olmak farklı şeylerdir."

"Tıpkı hayatta olmakla yaşamak gibi," dedi Jocko.

Erika tekrar ona doğru dönerek şöyle bir baktı, ama cevap vermedi. Yola, yağmura, camı temizleyen sileceklere dikti gözünü.

Jocko aptalca bir şey söylemediğini umuyordu. Ama o Jocko'ydu. Jocko ve aptallık, Jocko ve çirkinlik gibi birbirini tamamlayan bir şeydi.

Bir süre sonra Jocko, "Bu pantolonlar seni daha mı zeki yapıyor?" diye sordu.

"Bir pantolon bir insanı nasıl daha zeki yapar ki?"

"Eh, bunlar beni daha hoş yaptı."

"Beğendiğine sevindim."

Erika ayağını gaz pedalından çekti. Hafifçe frene bastı. Asfalt yol üzerinde dururlarken, "Jocko, bak," dedi.

Jocko koltuğundan ileri kaydı. Boynunu uzattı.

Bir geyik hiç acele etmeden yoldan geçiyordu. Bir antilop, iki dişi geyik, bir geyik yavrusu. Onlar da soldaki karanlık ormanın içinden çıktılar.

Ağaçlar esen rüzgârla sallandı, uzun çimenler kamçılandı.

Ama geyikler sallanan ağaçların altında, kamçılanan çimenlerin içinde sakindi, yavaşça, ama belli bir amaç doğrultusunda hareket ediyorlardı. Bir rüyada sürüklenen, ağırlığı olmayan figürler gibiydiler: Huzur.

Bacakları öylesine ince ve uzundu ki. Dans etmekte olan dansçılar gibi yürüyorlardı, attıkları her adım katiydi: Zarafet.

Dişi geyiklerin altın-kahverengi tüyleri vardı. Antilop kahverengiydi. Geyik yavrusunun rengi dişi geyikler gibiydi, ama onda beyaz noktalar da vardı. Kuyruğunun üstü siyah, altı beyazdı.

Dar, zarif yüzler. Gözler panoramik bir görüş açısı sağlamak için yüzün her iki yanında konuşlanmış.

Başlar dik, kulaklar hafifçe öne eğilmiş Mercedes'e baktılar. Ama her biri bir kez baktı. Korkmuyorlardı.

Geyik yavrusu dişi geyiklerden birinin yanında duruyordu. Bir kez daha yoldan çıktı, artık doğrudan arabanın farlarına bakmıyordu. Hafif ışık altında ıslak çimenlerde daireler çizerek zıplamaya başladı.

Jocko yavru geyiğin ıslak çimenlerde zıplamasını izledi.

Bir başka antilop ve bir dişi geyik daha. Yağmur erkek geyiğin çatallı boynuzları üzerinde parıldıyordu.

Jocko ve Erika hiç ses çıkarmadan onları izlediler. Söyleyebilecekleri hiçbir şey yoktu.

Kasvetli gökyüzü, sağanak yağmur, karanlık orman, çimenler, birçok geyik...

Geyikler gidince Erika arabayı kuzeye doğru sürmeye devam etti.

Erika bir süre sonra yumuşak bir sesle, "Orada bulunmak ve oraya ait olmak," dedi.

Jocko onun geyiği kastettiğini biliyordu.

"Her şey o kadar güzel ki belki sadece orada bulunmak bile yeterlidir," dedi Jocko.

Erika ona şöyle bir baksa da Jocko bakışlarını Erika'dan kaçırdı. Onu üzgün görmeye dayanamıyordu.

Jocko, "Neyse," dedi, "Dünyaya ait olmayan birini dışarıya atabilecekleri bir kapı yoktur. Dünyayı ondan alamaz ve onu başka bir yere koyamazlar. Ona yapabilecekleri en kötü şey, onu öldürmektir. Hepsi bu."

Erika yine bir sessizliğin ardından, "Küçük dostum, beni şaşırmaktan asla vazgeçmiyorsun," dedi.

Jocko omuzlarını silkti. "Bir keresinde birkaç dergi okumuştum."

61. BÖLÜM

Victor çok kötü bir ruh hali içinde olsa da aynı zamanda dünyanın en iyi otomobilinin, Mercedes S600'ün de içindeydi. Üzerindeki takım elbise altı bin dolardan, kol saati yüz bin dolardan fazla ediyordu. 240 yıllık hayatının önemli bir bölümünü lüks içinde geçirmiş ve tarihte yaşamış herhangi bir insana kıyasla çok daha fazla macera, heyecan, güç ve önemli zaferler görmüştü. Son halini ve kısa bir süre sonra ölme olasılığını düşündüğünde, bu dinlenme alanına park ettiğinde geleceğini etkileyen türden gerekli kararları vermenin beklediğinden daha kolay olduğunu görmüştü. Mümkün olan en yüksek derecede önlem almaktan başka çaresi yoktu, çünkü öldüğü takdirde dünyanın müthiş bir kaybı olacaktı.

O ölmeyecek kadar parlak biriydi.

Onsuz, gelecek umutsuz olurdu. Anlamsız bir evrene emirler uygulatma şansı da onunla beraber ölür ve yeryüzünde sonsuza dek kaos hüküm sürerdi.

Victor sesle etkinleşen araba telefonunu kullanarak Garden bölgesindeki evinin personel yatakhanesini aradı.

Telefona bir Beta olan Ethel adında bir kadın cevap verdi. Victor ona hemen James'i telefona çağırmasını söyledi. James personelin hiyerarşik düzeninde, şu anda her ikisi de ölmüş olan William ve Christine'in ardından geliyordu. Evin baş uşağı olma sırası ondaydı. Victor son yirmi dört saattir yaşanan olaylar yüzünden sıkıntıda olmasa, James'i bir önceki gün evdeki yeni vekili olarak atayacaktı.

James telefona gelince, Victor terfi ettiğini bildirerek onu onurlandırdı ve baş uşak olarak ilk görevini verdi. "Unutma James, sana verdiğim talimatlara sıkı sıkıya uyacaksın. Ben bir uşağın yaptığı her işte mükemmeliyet ararım, özellikle böylesi bir durumda."

❉ ❉ ❉

Şemsiyesini terasta bırakıp bu iş için satın aldığı bezle ıslak ayakkabılarını silen James, eve zemin kattan, güney koridorun sonundaki arka kapıdan girdi.

Son iki saattir aklından hiç çıkaramadığı esrarlı cismi de yanında taşıyordu: Kristal bir küre.

Bay Helios'un verdiği talimata uygun olarak doğrudan kütüphaneye geçen James, parıldayan küreyi bir koltuğun üstüne yerleştirdi.

"Orada mutlu musun?" diye sordu.

Küre cevap vermedi.

Kaşları çatılan James küreyi alıp bir başka koltuğa götürdü.

Küre, "Şimdi daha iyi oldu," dedi, ona.

Kristal küre ilk kez iki saat öncesinde konuştuğunda, James kendi işiyle ilgileniyor, yatakhanede mutfak masasında oturmuş, eline et çatalı batırıp yaranın hemen iyileşmesini izliyordu. Her ne kadar gün boyunca kendini kötü hissetse de bu kadar hızlı ve sorunsuz iyileşmesi, her şeyin düzeleceğine inanması için bir bahane oluyordu.

Kürenin ona ilk söylediği şey, "Mutluluğa giden yolu biliyorum," olmuştu.

Tabii James de hemen bunun nasıl olacağını öğrenmek istemişti.

Kristal küre çoğu anlaşılmayan birçok şey söylemişti.

Şimdi de "Tuzlu mu tuzsuz mu, dilimli mi doğranmış mı, seçim senin," diyordu.

James, "Şu mutluluk olayına geri dönsek?" dedi.

Küre, "Bıçak kullan," dedi.

"Ya sonra?" diye sordu James.

"Ve çatal."

250

"Bıçak ve çatalla ne yapmamı istiyorsun?"

"Kabuğu soyulmuşsa tabii."

James, "Anlamsız konuşuyorsun," dedi, suçlarcasına.

"Bir kaşık," dedi küre.

"Yine mi kaşık!"

"İkiye bölünmüşse ve soyulmamışsa tabii."

James, "Mutluluğa giden yol nedir?" diye sordu yalvarırcasına, çünkü ısrar edip küreyi gücendirmek istemiyordu.

"Uzun, dar, dolambaçlı, karanlık," dedi küre. "Senin gibiler için mutluluğa giden yol insanın imanını gevretecek kadar zorlu bir yoldur."

"Ama oraya varabilirim, değil mi? Benim gibi biri bile oraya varabilir, değil mi?"

Küre, "Mutluluğu gerçekten istiyor musun?" diye sordu.

"Hem de deli gibi. Sonsuza kadar sürmesi de gerekmez, bir süreliğine bile olsa yeter."

"Diğer seçme hakkın ise delilik."

"Mutluluk. Ben mutluluğu tercih ediyorum."

"Yoğurtla da iyi gider. Dondurmayla da." diye cevapladı küre.

"Neyle?"

Küre cevap vermedi.

James, "Çok kötü bir yoldayım," diye yalvardı.

Bir sessizlik oldu.

Hayal kırıklığına uğrayan James, "Bekle burada. Hemen geri döneceğim. Bay Helios için yapmam gereken bir şey var," dedi.

James gizli düğmeyi buldu, kitaplığın bir bölümü mil üzerinde dönünce gizli geçit gözler önüne serilmiş oldu.

James arkasına dönerek koltuğun üzerindeki küreye baktı. Bazen kristal bir küreye benzemiyordu. Bazı zamanlar bir kavuna benziyordu. Bu da o zamanlardan biriydi.

Küre, yalnızca içinde sihir olduğunda kristale dönüşüyordu. James içindeki sihrin yok olup bir daha geri gelmemesinden korkuyordu.

Gizli geçide giren James ilk kapıya geldi ve verilen talimat doğrultusunda beş çelik sürgüyü de açtı.

Kapıyı açtığında Bay Helios'un tarif ettiği koridoru gördü: solda bakır, sağda çelik çubuklar. Hafif, uğursuz bir vızıldama sesi.

James ileriye gitmek yerine geçidin başına koştu, bu taraftaki kitaplık rafının kapısını açmak için düğmeye bastı ve hızlı adımlarla küreye doğru yöneldi.

"Mutluluğa giden yol nedir?" diye sordu.

Kristal küre, "Bazı insanlar üstüne biraz limon sıkarlar," dedi.

"Neyin üstüne limon sıkarlar?"

"Senin sorunun nedir, biliyor musun?"

"Neymiş benim sorunum?"

"Sen kendinden nefret ediyorsun?"

James'in buna verecek bir cevabı yoktu.

Gizli geçide geri döndü, ama bu kez kristal küreyi de yanına aldı.

❖ ❖ ❖

Görev tamamlandığında Victor, James'i arayarak telefona istetmişti. Gözünü kolundaki pahalı saatten ve harikulade arabasının konsolundaki saatten ayırmamış, yeni uşağın çok geç kaldığını düşünmüştü. Hiç şüphe yok ki terfi etmekten dolayı biraz şaşkın olan ve yaratıcısıyla artık daha sık görüşeceğini anlayan James, yeni görevinde haddinden fazla dikkatli davranmıştı.

Victor uşağın aramasını beklerken, Mercedes'in içinde yalnız olmadığına dair biraz önceki düşünce yine kendini göstermişti. Bu kez kimsenin olmadığını çok iyi bilse de dönüp arka koltuğa bakmıştı.

Huzursuzluğuna neyin sebep olduğunu biliyordu. James kendisine verilen görevi tamamlayana dek Victor ölümlü olarak kalacak ve dünya, ancak onun yaratabileceği parlak gelecekten mahrum kalacaktı. Uşak görevini tamamlandığı bildirir bildirmez Victor çiftliğe gidecek, orada kendisini ne tür bir tehdit bekliyorsa onunla yüzleşecek ve geleceğin hâlâ kendisinin olduğuna dair güveni tazelenecekti.

252

62. BÖLÜM

Chameleon aldatıldığından şüpheleniyordu.

Yapboz bir kez daha hem *muaf*, hem de *hedef* gibi kokuyordu. *muaf*ın kokusu *hedef*in kokusuna kıyasla çok daha güçlüydü, ama ikinci koku da kesinlikle kendini belli ediyordu.

Araba bir süreden beri durmuştu. Ancak *yapboz* dışarı çıkmamıştı. Direksiyonun başında sessizce oturuyordu.

Bir süre sonra *yapboz* bir telefon konuşması yaptı. Chameleon dinledi, suçlayıcı hiçbir şey duymadı.

Ama *yapboz* gizli kapı ve geçitlerden, gizli bir odadan söz etmişti. Bu kötü bir davranışa işaret etse de herhangi bir şey ispatlamazdı.

Chameleon *muaf*ların iyi davranmaya muktedir olduklarını varsayıyordu. Ama programı bu konuda net değildi.

Chameleon'ın varsayımlar üzerine hareket etme izni vardı, ama bunların mantıklı dayanağı olan A tipi varsayımlar olması ve en azından dört, beş kanıtla desteklenmesi gerekiyordu. Oysa bu C tipi bir varsayımdı.

Chameleon sabırsız olabilirdi. Cinayetlerin arası oldukça açılmıştı.

Üç cinayeti çok net hatırlıyordu. Bunlar Chameleon'ın deneme aşamasında gerçekleştirdiği cinayetlerdi.

Cinayetlerden yoğun haz duymuştu. Chameleon'ın cinayetlerden duyduğu hazzı ifade etmek için kullandığı kelime *orgazm*dı.

Chameleon'ın bütün bedeni kasılıyordu. Orgazmda, sanki bütün bedeniyle temas halindeydi, ama işin garip tarafı, aynı zamanda bedeninden firar etmiş, bir iki dakika boyunca ne kendisi ne başkası olmuş, sadece, ama sadece haz duymuştu.

Yapboz telefon görüşmesinden sonra tekrar sessizliğe gömülmüştü.

Chameleon çok uzun bir süre soğukta kalmıştı. Polimerik kumaştan çuvala uzun süre hapsolmuştu.

Şimdi ise ılıktı.

Hoş bir koltuğun altında, çileden çıkaran o kokuyu duymaya devam ediyordu.

Chameleon orgazm olmak istiyordu. Chameleon orgazm olmak istiyordu. Chameleon orgazm olmak istiyordu.

63. BÖLÜM

Carson, Michael ve Deucalion çöplüğün altında, çöplük çalışanlarının ve hayata geri dönmüş Alfalar'ın peşinden gidiyor, kollara ayrılan geçit boyunca ilerliyorlardı. Geçit onları çöp alanından dışarıya, yan taraftaki havuz çiftliğine çıkaracaktı.

İleride tünelin cam gibi görünen kıvrımının karşısında meşaleyle tutuşturulmuş ışık kaynakları vardı. Kafilenin sonunda olduklarından, arkalarında kasvetli bir karanlık, hayalet gibi yükseliyordu.

Canlandırıcı kafilenin en önündeydi. Bunun nedeni havuz çiftliğindeki ana binaya daha önceden girmiş olmasıydı belki.

Carson arkasındaki karanlıktan endişe duymuyordu. Burada, canavardan farksız suç ortaklarından oluşan yerde, uzun zamandan beri olmadıkları kadar güvendeydiler.

"Telepatiyle yaptığı şey," dedi Deucalion, "fiziksel görünümünü gizlemek için içsel doğasını yansıtmak, çünkü bu halini gören insanların onun iyi niyetli olduğuna inanması zor."

Carson gibi Deucalion ve Michael da, telepati yoluyla yansıtılan görüntülere şüpheyle yaklaşıyor ve Canlandırıcı'nın göz alıcı örtüsünün arakasındaki gerçek şeklini görmek için güçlü bir irade besliyorlardı. Deucalion ilkinde belki yarım dakika boyunca olmak üzere, iki kez görmüştü onu.

Michael, Carson'ın gördüğünün ancak çok ufak bir bölümünü görmeyi başarabilmişti. İnsanların iyiliğine inanmama eğilimine rağmen, karşısındaki yaratığa güvenilebileceğine, onun müttefiği olduğuna ikna olmuştu. "Öyle olmasa, ne kadar büyük ve güçlü olduğu ortadayken, bizi orada öldürürdü."

Deucalion, "Çöp idaresi çalışanlarının hiçbiri Canlandırıcı'nın sakladığı görüntüsünün ardındakileri göremedi, hatta görüntüsünü gizlediğinden şüphelenmediler bile," dedi. "Alfa'lar, Erika Dört ve diğerlerinin de şüphelendiklerini sanmıyorum. Onlar ve Canlandırıcı, Victor'un Yeni Irk için tasarladığı aynı etten yapılmış ve bu da bize kıyasla onları Canlandırıcı'nın sahte görünümüne karşı daha duyarlı yapıyor."

"Ben de fazlasıyla duyarlıyım," dedi Michael. "Kendimi cennetin bekleme odasında gibi hissettim, sanki hakkımda verilecek ilahi kararı beklerken başmelek bana moral veren bir konuşma yapıyordu."

Carson, "Victor neden bu görünümde bir şey yaratmış acaba?" diyerek merakını açığa vurdu.

Deucalion başını iki yana salladı. "Böyle görünmesi Victor'un planladığı bir şey değildi. Psikolojik olarak, o bir aksaklık. Oysa zihnen, en başta tasarlanan şey anlamında, yolunda giden bir şey."

Sıkıştırılmış çöp yığınındaki tünelin sonuna gelmiş gibiydiler. Ana geçidin ve içinde bulundukları geçidin ilk bölümündeki çöplerin üstü parlak bir materyalle kaplanmış gibiydi ve tünelin duvarları aniden toprak halini almıştı.

Canlandırıcı kazma konusunda hatırı sayılır bir çalışkanlık sergilemişti.

Carson, "Gerçekten buraya gelecek mi?" diyerek merakını açığa vurdu.

"Gelecek," diyerek ona güvence verdi, Deucalion.

"Ama Erika Dört onu iki kez aradığını söyledi. Victor onun canlandığını ve buralarda bir yerde olduğunu biliyor. Şimdiye kadar görülmemiş bir şeylerin döndüğünü biliyor."

Deucalion, Carson'a bakarken, asırlık fırtınanın ışığı gözlerinde nabız gibi attı. "O yine de gelecektir. Havuz çiftliğine çok büyük bir yatırım yaptı, yirmi dört saatten daha kısa bir süre içinde ilk hasadı alacak. Merhametin Elleri zaten yok oldu ve onun elinde kalan en değerli şey bu. Victor kibirlidir ve kendine aşırı derecede güvenir. En büyük güdülerinden biri olan gururunu da asla unutmamak gerek. Belki tarih boyunca Victor'dan daha gururlu tek bir kişi olmuştur."

Belki vücuduna pompalanmış kafeinin etkisini arttırması, belki içtiklerine rağmen uykusuzluğun zihnini zorlaması yüzünden, Carson'ın içini yeni bir endişe dalgası sardı. Kâhin veya bir gözü gelecekte olan bir Çingene değildi, ama Victor ilerleyen saatlerde ölse bile rahatsız edici bir sezgi, onun yaratmak istediği dünya ile diğerlerinin istediğinin aynı olduğu, insan ayrıcalığının reddedildiği, asalak kitlelerin dokunulmaz elit tabakaya hizmet ettikleri, etin ucuz olduğu türden bir dünya olacağına dair onu uyarıyordu. Victor hak ettiği cezayı bulup mezarı çöplük bile olsa, Carson ve Michael'ın birlikte yaşam kuracakları dünya, özgürlüğe, insan haysiyetine ve sevgiye her zamankinden daha düşman bir olacaktı.

Beton blokla oyulmuş deliğe varıp havuz çiftliğinin ana binasının bodrum katına indiklerinde Deucalion, "Siz ikiniz gelmeden önce Canlandırıcı'yı ilk gördüğümde, bana bu akşam burada, çöplükte ölmeyi beklediğini söyledi, daha doğrusu sözsüz bir biçimde ifade etti," dedi.

Michael duyulacak biçimde derin bir nefes verdi. "Bu, kazananın bizim taraf olmayacağına dair bir işaret."

"Veya," dedi Deucalion, "yaratık, kazanmak için fedakârlık yapılması gerektiğini biliyor."

64. BÖLÜM

Mavi lazer James'i baştan aşağıya tarayıp geçebileceğine dair onay verdi ve ortada davetsiz bir misafir olması durumunda kıtır kıtır kızarmasına neden olacak güvenlik düğmesini kapattı.

James elinde kristal küreyle ikinci kapıya ilerledi. Küreyi yere bıraktıktan sonra beş sürgüyü de yuvalarından itti.

"Prosciutto'yu[1] dene," dedi küre.

"Jambon mu?"

"İyi gider."

"Neyle iyi gider?"

"Mutluluğa giden yolu biliyorum," dedi küre.

Artık sıkılan James gergin bir sesle, "Söyle *öyleyse*," dedi.

"İnce kâğıt."

"Bu ne demek oluyor?"

"İnce kâğıtla servis yap."

Kalın kapı açıldı. Eskiden James'in bu penceresiz misafir odasına girmesi yasaktı. Dışarı çıkarken çelik kapıları ve çıkış yolunu açık bırakmalıydı.

James her zaman itaatkâr davranmıştı, son zamanlarda aklı başka yerlerde olsa bile.

Neyse, o odada ilgisini çeken bir şey olmamıştı. Mutluluğu yakalayabileceği anlarda bile.

---

1 (Ç.N) Prosciutto: Baharatlı bir tür İtalyan jambonu

Kristal küre kütüphaneye geri dönerlerken hiçbir şey konuşmadı.

James kütüphane masası üzerinde duran telefondan Bay Helios'u arayarak, görevini kendisine verilen talimatlar doğrultusunda harfiyen yerine getirdiğini bildirdi.

James telefonu kapatır kapatmaz küre, "Sen mutlu olmak için yaratılmadın," dedi.

"Ama mutlu olmaya giden yolu biliyorsan…"

"Ben mutluluğa giden yolu biliyorum."

"Ama bana söylemeyeceksin?"

"Peynirle de iyi gider," dedi küre.

"Demek ben mutluluğu hak etmeyecek kadar değersizim, öyle mi?"

"Sen sadece bir et makinesisin."

James, "Ben bir şahsiyetim," diye üsteledi.

"Et makinesi. Et makinesi."

Öfkeden deliye dönen James kristal küreyi yere fırlattı, küre parçalandı ve etrafa sümüksü sarı tohum kütlesi saçılırken, içindeki turuncu renkli et, gözler önüne serildi.

James gözlerini bir süre ona dikti, ne olduğunu anlamamıştı.

Başını kaldırıp baktığında ise birinin masanın üzerinde bıraktığı kitabı gördü: *Edebiyatta Cücelerin Tarihi…* Kitabı raftaki yerine kaldırmak niyetiyle eline aldı.

Kitap, "Ben mutluluğa giden yolu biliyorum," dedi.

James'in içinde yeni bir umut ışığı belirirken heyecanla, "Lütfen bana da söyle," dedi.

"Sen mutluluğu hak ediyor musun?"

"Sanırım ediyorum. Neden etmeyeyim ki?"

"Bunun birkaç sebebi olabilir."

"Herkes mutluluğu hak eder."

"Herkes etmez," dedi kitap, "ama istersen bu konuda konuşalım biraz."

65. BÖLÜM

Jocko, GL550'nin içinde kuzeye doğru hızla yol alırken, önlerine daha fazla geyik çıkmasını ümit ediyordu. Bir yandan ümit ederken, bir yandan bazı şeyler hakkında düşünüyordu.

Jocko bazen önemli konular hakkında düşünürdü. Genellikle uğraşları arasında ve iki dakikalık bölümler halinde...

Bazı şeylerin çirkin bazılarının ise güzel olduğu gibi önemli konular. Belki her şey çok güzel olsa, çirkin bir şey olmazdı.

İnsanlar bir şey görüyor, sonra bayılıyorlardı. Başka bir şey görüyor, sonra onu sopayla dövüyorlardı.

Belki hayatta çeşitlilik olmalıydı. Her şeye bayılırsan, sıkılırdın. Her şeyi sopayla döversen, sıkılırdın.

Kişisel olarak Jocko, her şeye bayılmaktan mutlu olurdu.

Jocko bazen neden cinsel organı olmadığını düşünürdü. Jocko'nun sahip olduğu tek şey çiş yaptığı uzvuydu. O cinsel organ bile değildi. Jocko ona "çık çık" adını vermişti.

Kullanılmadığı zamanlarda o maalesef ki dürülüyordu, katlanıyordu.

Katlanıp gözden kaybolmasa, deli, sarhoş serseriler görünce onun için de kusarlardı.

Jocko'nun *düşünmemeye* çalıştığı tek bir şey vardı. Biricik olduğu. Türünün yegâne örneği olduğu. Bunu düşünmek çok üzücüydü.

Jocko bunu yine de düşündü. Jocko zihninin şalterini indiremiyordu. O da tıpkı Jocko gibi delicesine bir hızla dönüyor, parendeler atıyordu.

Belki de cinsel organı bu yüzden yoktu. Çünkü ona ihtiyacı yoktu. Türünün tek örneği olduğunda buna ihtiyaç duymazdın.

Jocko bunları düşünürken gizliden gizliye Erika'yı seyrediyordu.

Jocko, "Sen önemli konular hakkında düşünür müsün?" diye sordu.

"Ne gibi mesela?"

"Mesela... sahip olmadığın şeyler."

Erika uzun süreden beri sessizdi. Jocko yine bir çuval inciri berbat ettiğini düşündü.

Sonra Erika, "Bazen bir anneye sahip olmanın nasıl bir duygu olduğunu merak ediyorum," dedi.

Jocko koltuğuna çöktü. "Jocko özür diliyor. Jocko sorduğu için üzgün. Bu çok zor. Bunu hiç düşünme."

"Ve anne *olmak* nasıl bir şeydir, ben asla öğrenemeyeceğim."

"Neden asla?"

"Çünkü öyle yaratıldım. Kullanılmak üzere yaratıldım. Sevilmek için değil."

"Sen çok iyi bir anne olurdun," dedi Jocko

Erika hiçbir şey söylemedi. Gözlerini yola dikmişti. Yolda yağmur, gözlerinde yağmur gibi gözyaşı.

Jocko, "Hem de çok iyi bir anne," diye üsteledi. "Sen Jocko'ya çok iyi bakıyorsun."

Erika gülmeye benzer bir ses çıkardı. Ağlama sesine de benziyordu.

Aferin. Jocko konuşur. İnsanlar gözyaşı döker.

Erika, "Sen çok tatlısın," dedi.

Demek işler göründüğü kadar kötü değildi.

Erika arabanın hızını azaltıp, "Bu Victor'un arabası değil mi?" dedi.

Belki de işler göründüğünden daha kötüydü.

Koltuğunda ayağa kalkan Jocko, "Nerede?" diye sordu.

"Sağdaki dinlenme alanında. Evet, o."

"Sen arabayı sürmeye devam et."

"Onun arkamızda olmasını istemiyorum. Oraya ondan farklı bir zamanda gitmeliyiz, yoksa seni gizlice içeriye sokamam."

Erika arabayı dinlenme alanına çekerek Victor'un arabasının arkasında durdu. "Sen burada kal ve sakın görünme."

"Dışarıya mı çıkıyorsun? Yağmur yağıyor."

"Onun bize gelmesini istemeyiz, değil mi?" diyen Erika kapısını açtı.

❖ ❖ ❖

James'ten, verilen talimatlar doğrultusunda görevini yerine getirdiğine dair onay alan Victor, havuz çiftliğine nasıl yaklaşacağını düşünmek için birkaç dakika oyalandı.

Çiftlikte yaşayan ve çalışan Yeni Irk mensuplarından bazılarının programları şu veya bu şekilde çöküyor olabilirdi. Tedbirli olmak durumundaydı, ama korkmayı reddediyordu. Bunlar onun yaratıkları dehanın ürünleriydi, ondan, akla hayale gelmeyecek kadar aşağıdaydılar. Mozart'ın konçertolarından biri, besteciyi ne kadar korkutabilirse, bir Rembrandt tablosu, ressamı nasıl gecenin içinde çığlık atmaya zorlayabilirse, o da onlardan o kadar korkuyordu. Ona boyun eğecekler, yoksa ölüm cümlesini işiteceklerdi.

Victor havuz çiftliğinde kendisini Werner denilen o iğrenç şeyin karşılama ihtimalinin olmadığını düşünüyordu. Werner'in durumu istisnaydı. Ya o, şimdi neredeydi? Merhametin Elleri'ndeki diğer her şey gibi o da buhar olup uçmuştu.

Victor'a karşı isyan bayrağını çeken hiçbir asi başarılı olmayı ummazdı. Bunun nedeni Victor'un sadece efsanevi tanrılara özgü gücü değil, aynı zamanda yüzyılların bile yıpratamadığı yaratıcılarının yanında, en zeki Alfa'nın bile aptal kalmasıydı.

Bir Alfa olan Erika Dört Victor'la aşık atamazdı. Victor onu bir kez ipek bir kravat ve ellerinin gücüyle öldürmüştü. Şıllık gerçekten dirilmişse onu bir kez daha öldürebilirdi. Bir Alfa, bir kadın ve bir eş olarak Victor'un üç kademe aşağısındaydı. Victor onu saygısızca ettiği iki telefon yüzünden ilk fırsatta, memnuniyetle cezalandıracaktı. Erika Dört ilk yaşamında kendisine zalimce davranıldığını düşünüyorsa, ikinci yaşamında Victor ona zalimliğin gerçekten ne olduğunu gösterecekti.

Victor'un havuz çiftliğine gitmek konusunda en ufak bir korkusu yoktu. Orada bulunmak ve bu yeni krallığı Merhametin Elleri'nin bir tekrarı olmayacak şekilde gaddarca bir disiplinle yönetmek arzusuyla *dolup taşıyordu.*

El frenini indiriyordu ki otoyolun güney tarafından kendisine doğru yaklaşmakta olan bir araç gördü. Araç yanından geçip gitmek yerine arkasına park etti ve arabasının içini far ışığıyla doldurdu.

Dikiz aynasından ancak birkaç detay görebiliyordu, bu yüzden arka pencereden bakmak üzere arkasına döndü. Erika Beş, çiftliğe giderken almasını emrettiği GL550'nin direksiyonunun başındaydı.

Victor gözlerini ona dikti, arsız ve küstah Erika Dört'e benzeyen Erika Beş'in yüzünden delicesine öfkelenmişti. Bu arada arka koltukta hiçbir şey göremedi, ama orada bir şeyin hareketlendiğini duydu. Bir süreden beri kendini yalnız hissetmiyor olmasının nedenini o an anladı: *Chameleon!*

Yeni Irk'a özgü, üstüne döktüğü o koku salgısı birkaç saatlik koruma sağlardı. Tabii güç harcarken hafifçe terlediği, öfke veya korku duyduğu anlarda gerçek kokusu baskın çıkmaya başlar ve Yeni Irk'tan birinin öfkesini çekecek şekilde kendini belli ederdi.

Victor kapısını hızla açarak kendini karanlığın içine attı. Yağmurun içine... Sağanak yağmur kendi kokusunu hafifletecek, ama sadece takım elbisesinin üstüne döktüğü Yeni Irk kokusunun da iyice çıkmasına neden olacaktı.

Victor kapıyı çarpmalı, uzaktan kumandayla kilitlemeli, arabayı terk edip Erika'yla birlikte çiftliğe gitmeliydi. Ancak açık kalan şoför kapısına yaklaşmaya cüret edemezdi artık çünkü Chameleon çoktan ön koltuğa sıçramış olabilirdi.

Daha da kötüsü arabadan çıkmış, dinlenme alanının yolu üzerinde ya da çevresinde dolanıyor olabilirdi. Yağmur damlalarının asfalt üzerindeki kesintisiz dansı, hareket halindeki Chameleon'ın dalgalanışını tamamen gizleyecekti.

Victor S600'ü terk eder etmez, Erika da nedeni anlaşılmaz biçimde GL'den inmişti. Yanına geldiğinde bir sorun olduğunu sezinleyen Erika, "Victor? Ne oldu?" diye sordu.

❖ ❖ ❖

Erika Jocko'ya *Sakın görünme,* demişti.

Bunu çocuğuna bir şey tembihleyen bir anne gibi söylemişti. Ondan iyi anne olurdu. Ama Jocko'nun annesi değildi. Kimse Jocko'nun annesi değildi.

Jocko başını kaldırdı. Erika ve Victor'u yan yana gördü. Yağmur yüzünden anında sırılsıklam olmuşlardı.

Daha da ilginç olan şey, böcekti. O, Jocko'nun hayatında gördüğü en büyük böcekti. Jocko'nun yarısı büyüklüğündeydi.

Bu böcek lezzetli görünmüyordu. Acı bir tadı var gibiydi.

Rögarlardaki böcekler Jocko'ya yaklaşırlardı. Onları yakalamak kolay olurdu. Böcekler iri, sarı gözleriyle karanlıkta onları görebildiğini bilmezlerdi.

Bu böcekle ilgili bir sorun vardı. Büyük olmasının dışında, başka bir sorun.

Jocko ansızın anladı. Sinsice yaklaşmasından... Yükselişinden... Bu böcek karşısındakini öldürebilirdi.

Yastık kılıfı yerdeydi; Jocko'nun koltuğunun önünde duruyordu. Ayakkabı bağında bir düğümü atlamıştı. İçinde... sabun, sabun, sabun... Bıçak.

Çabuk, çabuk, çabuk... Jocko yağmurda. Erika ve Victor'a doğru hoplaya zıplaya... *Sakın parmak uçlarında dönme...*

66. BÖLÜM

Böcek ölmek istememişti.

Jocko da öyle. Her şey çok iyi gidiyordu: Sabun. Arabayla ilk yolculuğu. Konuşacak birinin olması. İlk pantolonu. Onu *saatler boyu* kimsenin dövmemesi. Komik bir şapka. Tabii bütün bunlardan sonra dev, katil bir böceğin ortaya çıkması... Jocko'nun şansı.

İki parçalayıcı pençe, bir ezici pençe, altı kıskaç, iğne, karşılıklı dil çıkarma, dişler, birinci dişin arkasındaki dişler, ateş tüküren delik, oh, işte, kötülük yapmak için doğmuş bir böcek!

Jocko iki diziyle onun üstüne düşüyor. Şişliyor, kesiyor, yarıyor, parçalıyor. Böceği alıp yere çarpıyor. Yine çarpıyor. Çarpıyor. Daha çok şişliyor. Öfkeyle. Acımasızca. Jocko kendinden korkuyor.

Böcek kıvranıyor. Yavaşça uzaklaşmaya çalışıyor. Ama karşı koyamıyor ve ölüyor.

Böceğin kendini koruyamaması karşısında aklı karışan Jocko ayağa kalkıyor. Belki Jocko'nun görüntüsü karşısında dehşete düşüp hareket edemez hale gelmiştir. Jocko sağanak yağmur altında ayakta dikiliyor. Nefes nefese kalmış. Başı dönüyor.

Yağmur damlaları kel başına çarpıyor.

Beysbol şapkasını kaybetti. Ah. Üstüne basmış.

Erika ve Victor'un nutku tutulmuş gibiyken, zorlukla soluyan Jocko, "Böcek," dedi.

Erika, "Ölene kadar ben fark edemedim bile," dedi.

Jocko zafer kazanmıştı. Kahraman olmuştu. Artık zaman onun zamanıydı. Artık yıldız gibi parlayabilirdi.

Victor bakışlarıyla Jocko'yu şişliyordu adeta. *"Sen* onu görebildin mi?"

Şapkanın ayarlama şeridi Jocko'nun ayak parmaklarına dolanmış. Jocko hırıltılı bir sesle, "O... seni... öldürecekti," dedi Erika'ya.

Victor aynı fikirde değildi: "O Yeni Irk'ın etinin kokusunu taşıyan herkesten uzak durmak üzere programlanmıştı. Üçümüz arasından sadece beni öldürebilirdi."

Jocko, Victor'u kesin bir ölümden kurtarmıştı.

Victor, "Sen benim etimdensin, ama seni tanımıyorum," dedi.

Aptal, aptal, aptal. Jocko kendini bir arabanın önüne atmak istedi.

Victor, "Nesin sen?" diye sordu ısrarla.

Jocko kendini bir kovayla dövmek istedi.

"Kimsin sen?" diye bastırdı Victor.

Ayağına dolanan şapkadan kurtulmak isteyen nefes nefese kalmış Jocko hırsla, "Ben... Jonathan Harker'ın... çocuğuyum," dedi.

Bıçağı havaya kaldırdı. Bıçağın ucu böceğin içinde kırılmıştı.

"O... beni doğururken öldü..."

"Sen Harker'ın etinde kendiliğinden gelişmiş bir parazit, ikinci benliksin."

"Ben... hokkabazım..."

"Hokkabaz mı?"

"Önemli değil," dedi Jocko. Bıçağın kabzasını yere attı. Öfkeyle kendi ayağını tekmeledi. Şapkadan kurtuldu.

"Gözlerini incelemem gerek," dedi Victor.

"Tabii. Neden olmasın."

Jocko arkasını döndü. Öne doğru sıçradı, sıçradı, sıçradı, sonra hop arkaya doğru! Öne doğru sıçradı, sıçradı, sıçradı, sonra hop arkaya doğru! Fırıl fırıl döndü.

❋ ❋ ❋

Muzip cücenin parmak uçlarıyla asfaltta dönmesini izlerken, Erika koşarak onu durdurmak, ona sarılıp ne kadar cesur olduğunu söylemek istedi.

266

"Nereden çıktı bu?" diye sordu Victor.

"Kısa bir süre önce evde gördüm. Onu incelemek isteyeceğini biliyordum."

"Ne yapıyor?"

"Bu, yapmayı alışkanlık haline getirdiği bir şey."

"Onu inceleyerek aradığım cevapları bulabilirim," dedi Victor. "Neden şekil değiştirdiklerini, etlerinde neden sorun olduğunu... Ondan öğrenecek çok şey var."

"Onu çiftliğe getiririm."

Victor, "Gözleri başlı başına bir olay," dedi. "Gözlerini kesip incelerken ayılırsa, nasıl işlev gördüklerini anlama şansına en iyi o zaman kavuşurum."

Erika, Victor'un S600'ün açık kapısına doğru yürümesini izledi.

Victor arabaya binmeden önce hoplayıp zıplayan, fırıl fırıl dönen cüceye, sonra da Erika'ya baktı. "Akşam karanlığında böyle uzaklaşıp gitmesine izin verme."

"Vermem. Onu çiftliğe getiririm."

Victor arabasına binip dinlenme alanından uzaklaşırken, Erika yolun ortasına doğru yürüdü.

Rüzgâr sert esiyor, yağmur karanlık gökyüzünden sökün ederken ağaçları, boğazlarını sıkıp canlarını almak ister gibi sallıyordu. Dünya vahşi, şiddet dolu ve garip bir yerdi.

Muzip cüce yolun orta çizgisine kadar ellerinin üstünde yürüdü.

Gürleyen rüzgârdan Erika S600'ün sesini duymaz hale gelince arkasına döndü, gözden kaybolana dek arka farlarına baktı.

Muzip cüce şeritten şeride yılankavi bir biçimde hoplaya zıplaya ilerledi, sonra durdu ve ardından kaldırıma fırlayarak topuklarını birleştirdi.

Rüzgâr geceyle birlikte dans ediyor, toprağı yağmurla sıvıyor, ağaçlara kutlama yapmaları için ilham veriyordu. Dünya özgür, bereketli ve harikuladeydi. Erika ayak uçlarında yükseldi, kollarını yana açtı, rüzgârdan derin bir nefes çekti ve fırıl fırıl dönmeyi bekleyerek bir an için o halde durdu.

67. BÖLÜM

Çöplük gibi, havuz çiftliği de heybetli bir çitle çevrilmişti. Burada üç sıralı çam ağaçlarının yerine, yosun kümeleriyle kaplı meşe ağaçları vardı.

Giriş kapısındaki tabela, bölgeye yerleşmiş olan şirketi *gegenangriff* olarak tanıtıyordu. Almanca *karşı saldırı* anlamına gelen kelime, hayatını dünyaya karşı bir saldırı yapmaya adamış olan Victor'un küçük bir şakasıydı.

Ana bina iki dönüm arazi üstüne yayılmıştı: modern hatları olan, iki katlı tuğla bir yapı. Bölgede her polis, kamu görevlisi ve bürokrat asıllarının kopyası olduğundan, Victor inşaat izni almak, teftiş edilmek, imara göre inşaat yapmak gibi konularda hiç sorun yaşamamıştı.

Victor uzaktan kumandayla döner demir kapıyı açtı ve arabasını yeraltındaki garaja park etti.

Dinlenme alanında yaşananlar, çiftliğe geri dönme konusunda onu ihtiyatlı davranmaya sevk eden ve aklından bir türlü atamadığı son şüpheleri de alıp götürmüştü. Kendisinin yarattığı bir cani olan Chameleon'dan, bir Yeni Irk mensubu olan Jonathan Harker'ın içinde gelişip serpilmiş, değişim geçirmiş bir varlık sayesinde kurtulmuştu. Bu durum Victor'un aklına şunu getiriyordu; hayır, aklına getirmekten çok, sorgusuz sualsiz doğrulanmış bir şeydi bu: Tüm Yeni Irk projesi öylesine zekice tasarlanmış ve öylesine güçlü biçimde icra edilmişti ki yapılan hataları eşzamanlı olarak kendi kendine düzelten bir sistem geliştirmişti.

268

İsveçli büyük psikolog Carl Jung bu eşzamanlılıkla ilgili bir kuram oluşturmuş, çok büyük etkileri olan, dikkate değer tesadüfler için bir kelime icat etmişti. Bu hayatlarımıza çok garip yollarla tesir eden, birleştirici bir prensipti. Victor aslında, durumu Carl'daki yetersiz kavrayışın ve derinliğin çok ötesinde bir noktaya taşımak adına araştırmalarını ve kitaplarını yeniden yazmaktan hoşlanır, ama bir yandan da çalışmalarını takdir ederdi. Eşzamanlılık Carl'ın inandığı gibi evrenle bütünleşmemiş, insan çabasının rasyonel olmaya en çok yaklaştığı belli başlı kültürlerde ve dönemlerde türemişti. Kültürler ne kadar rasyonel olursa, eşzamanlılığın, kültürlerin az sayıda hatasını düzeltmek için bir vasıta olarak ortaya çıkmasına o kadar çok rastlanırdı.

Victor'un Yeni Irk'ı hayata geçirmesi ve birleşmiş bir dünya yaratma konusundaki vizyonu öylesine rasyoneldi ki o mantıklı detaylar üzerinde duyarlı biçimde çalışırken, eşzamanlılık sistemi kendi içinde evrim geçiriyordu. Merhametin Elleri'ndeki yaratılış havuzlarında bir şeyler hiçbir belirti göstermeksizin aksamış, kusurlu Yeni Irk modellerinin üretim aşamasına geçilmeden, Deucalion iki yüz yılın ardından birden ortaya çıkmış ve tesisi yakıp yıkmıştı. Bu gerçekten akıl almaz bir tesadüftü! Deucalion Victor'u yok ettiğini sanırken, aslında Victor'u çiftlikteki çok daha fazla gelişmiş yaratılış havuzlarını kullanmaya zorlayarak, daha fazla defolu Yeni Irk modelinin üretilmesinin önüne geçmişti. Eşzamanlılık yanlışı düzeltmişti. Ve hiç şüphe yok ki eşzamanlılık Deucalion'la da başa çıkacak ve engellenmedikleri takdirde Victor'un kesin hâkimiyetine doğru yaptığı, o ana dek görülmemiş hızlı yürüyüşünün yolunu tıkayabilecek Dedektif O'Connor, Maddison ve diğerleri gibi ufak sıkıntıları da ortadan kaldıracaktı.

Victor durdurulamaz bir güçlü olma güdüsüne, eşsiz bir zekâya, soğuk materyalizme ve acımasız pratikliğe sahipti, şimdi de eşzamanlılığın onun yanında olmasıyla, dokunulmaz, ölümsüz bir hale gelmişti.

O ölümsüzdü.

Asansöre binerek arabasını park ettiği garajdan havuzların bulunduğu ana kata çıktı. Kapılar açılıp dışarıya adımını atınca, altmış iki kişiden oluşan tüm Yeni Irk personelinin kendisini beklemekte olduğunu gördü. Bir zaferi kutlamak, tadını çıkarmak üzere sokaklarda toplanan çağlar öncesinden fırlamış avam topluluklarına veya cesaretin ve adanmışlığının yanına bile yaklaşamayacak büyük politik liderlerini onurlandırmak üzere bir araya gelmiş, ağır işlerde çalışan, emekçi işçi sınıfı mensuplarına benziyorlardı.

Harker'ın değişim geçirmiş yaratığı Chameleon'ı öldürürken yağmurun altında dikilmiş olan Victor, daha önce kimsenin görmediği kadar pejmürde bir haldeydi. Başka bir gün olsa böyle sırılsıklam olmuş, buruşmuş birtakım elbiseyle saçı başı dağılmış halde başkalarının karşısına çıkmayı şiddetle reddederdi. Ancak böylesine doğaüstü bir zamanda giysisinin ve saçının durumu pek önemli değildi, çünkü ölümsüzlüğe yükseldiği, çevresini saranlar tarafından da açıkça görülüyordu; parıltısından hiçbir şey eksilmemişti.

Halkı, bilgeliği ve yüceliği karşısında mahcup olmuş, cahilliklerinden utanç duymuş, tanrısal gücü karşısında kendilerinden geçmiş halde, nasıl da ona bakıyordu!

Kollarını kaldırıp iki yana açan Victor, "Yaratıcınıza karşı beslediğiniz saygıyı anlıyorum, ama onu onurlandırmanın en iyi yolunun çalışmalarına daha çok özen ve sebat göstermekten, kendinizi işinize her zamankinden çok vermekten ve varlığınızın her damlasını, onun vizyonunu gerçekleştirmeye adamaktan geçtiğini unutmayın," dedi.

Onlar Victor'a doğru yaklaşırlarken, Victor kendinden geçmiş kalabalıkların tarihte birçok kez görüldüğü gibi, eve geri dönen kahramanlarını onurlandırmak için yaptıklarına benzer şekilde, kendisini havaya kaldırıp bürosuna kadar taşımaya niyetlendiklerini fark etti. Daha önceleri böyle bir şey yapmaya kalkışsalar, onun ve kendilerinin zamanını boşa harcadıkları için şiddetle cezalandırılma yoluna giderdi. Ama belki bu kez, gün içinde yaşananların önemi ve ölümsüzlüğe erişenlerin katına çıkmış olduğu göz önüne alındığında, onları hoş görebilirdi, çünkü kendisine böyle davranmalarına izin vermek, onun namına çok daha büyük çaba göstermeleri için kesinlikle ilham verici olacaktı.

270

68. BÖLÜM

Jocko umutsuzluğa düşmüştü. Yağmurdan sırılsıklam olmuştu. Ayaklarını yolcu koltuğuna dayadı. İnce kollarını bacaklarına doladı. Beysbol şapkasını başında ters çevirdi.

Erika direksiyonun başındaydı. Araba sürmüyordu. Gözlerini akşam karanlığına dikmişti.

Victor ölmemişti. Ölmeliydi, ama ölmemişti.

Jocko ölmemişti. Ölmeliydi, ama ölmemişti. Tam anlamıyla çuvallamıştı.

"Jocko bir daha asla böcek yemeyecek," dedi Jocko.

Erika gözlerini karanlığa dikmiş, öylecene bakıyordu. Hiçbir şey söylemedi.

Jocko onun bir şeyler söylemesini arzu ederdi.

Belki doğru olanı yapardı. Jocko'yu ölesiye döverdi. Jocko bunu hak etmişti. Ama hayır. Erika fazlasıyla iyiydi. Her zamanki Jocko şansı.

Jocko'nun yapabileceği şeyler vardı. Düğmeye basıp pencereyi indirmek. Başını dışarı çıkarmak. Düğmeye basıp pencereyi kapatmak. Başını kesip atmak.

"Ben itaat etmek üzere programlandım. Victor'un onaylamayacağını bildiğim bazı şeyler yaptım, ama ona bilfiil karşı gelmedim," dedi Erika.

Jocko tişörtünü çıkarabilirdi. Şeritler halinde parçalayabilirdi. Şeritleri burnuna tıkayabilirdi. Şapkasını büzüştürebilirdi. Ağzına tıkıştırabilir, boğulurdu.

Erika, "Bu akşam bana bir şey oldu," dedi. "Bilmiyorum. Arabayı çiftliğe, hatta sonsuzluğa bile sürebilirim."

Jocko ormana girebilirdi. Başparmağına iğne batırabilirdi. Vahşi domuzların kan kokusunu almalarını ve gelip onu yemelerini beklerdi.

"Ama el frenini bırakıp gaza basmaya korkuyorum. Ya orayı geçip gidemezsem? Ya arabayı oraya çekersem? Ya seni kendi başına, özgür bırakmayı bile beceremezsem?"

Jocko bir elini havaya kaldırdı. "Söyleyebilir miyim?"

"Nedir?"

"Jocko sende buz kıracağı olup olmadığını merak ediyor."

"Neden buz kıracağına ihtiyacın var ki?"

"Buz kıracağı var mı sende?"

"Hayır."

"Boş ver."

Erika öne doğru eğildi. Alnını direksiyona dayadı. Gözlerini kapattı. İnce, üzüntülü bir ses çıkardı.

Krikoyla intihar girişiminde bulunmak mümkün olabilir miydi? Düşün bunu. Düşün. Düşün.

"Söyleyebilir miyim?"

"Neyi söyleyeceksin?"

"Jocko'nun kulağını görüyor musun?"

"Evet."

"Kulak deliği, krikonun ucunu içine sokmaya yetecek büyüklükte mi?"

"Senden neden söz ediyorsun?"

"Boş ver."

Erika ani bir kararla el frenini bıraktı. Arabayı vitese takıp dinlenme alanından çıktı.

Jocko, "Bir yere mi gidiyoruz?" diye sordu.

"Bir yere."

"Sarp kayalıkları geçecek miyiz?"

"Hayır. Bu yolun üstünde kayalıklar yok."

"Tren raylarının üstünden geçecek miyiz?"

"Emin değilim. Neden?"

"Boş ver."

69. BÖLÜM

Victor kendisine tapınan kalabalığın yapmak istediklerine rıza gösterirken, orada havuz çiftliği personelinin yanı sıra, Deucalion, Dedektif O'Connor ve Maddison'ın da hazır bulunduğunu fark etti.

Eşzamanlılığın dünyasına denge getireceğini, insanı hayrete düşüren tesadüf mekanizmasının tüm hatalarını düzelteceğini o büyük zekâsıyla önceden nasıl da sezinlemişti. İlk yaratığının ve dedektiflerin orada olması, ölümsüzlük mertebesine ulaştığının bir kanıtıydı ve onların anlamlı bir tesadüfle öldürüldüklerini görmeyi dört gözle bekliyordu.

Victor paltosunun altında bulunan omuz askısındaki tabancayı hâlâ taşıyordu, ama şimdi her zamanki gibi eşsiz bir dahi değil, aynı zamanda, evrenin en kudretli güçlerinin kendi adına çalıştığı kusursuz bir örnekti de ve bu yüzden üçünü de öldürmesi onun seviyesinde birine yakışmazdı. Nefsi müdafaa, asla bir üyesi olmadığı ve şimdi her zamankinden daha fazla uzaklaştığı kaba güruhlar için bir gereklilikti. Eşzamanlılık ve hiç şüphe yok ki anlaşılması zor diğer mekanizmalar, büyüleyici ve hiç beklenmedik yollarla kendisine yardımcı olacaklardı.

Birçok el, ayaklarını yerden kesince, Victor halkının kendisini, eski Çin imparatorları gibi omuzlarına alarak görkemli çalışmalarını sürdüreceği ve daha önce görülmemiş başarılar elde edeceği bürosuna taşıyacaklarını düşündü. Ama halk onu, o coşkunluk, yaratıcılarını göklere çıkarma isteğindeki samimi şevkle sırt üstü yatırdı. Kendisini

273

taşıyanlardan ikisi Victor'u yüzü tavana bakacak şekilde omuzlarına aldı. Ancak Victor başını sağa veya sola çeviremiyordu. Ayak bilekleri, bacakları, el bilekleri ve kollarına büyük bir güçle yapışmışlardı. Sergiledikleri güç, duruma uygun olmanın ötesinde aşırıydı, çünkü Victor halkını güçlü yaratmış, onları birer makine dayanıklılığında tasarlamıştı.

Onu taşıyanlar aniden hareketlendi, kalabalıktan birçoğu ona yaklaşmaya başladı. Belki ona dokunmayı umut ediyor, belki yaratıcılarının başını kendilerine çevirip bakmasını bekliyorlardı. Böylece o tarihi günde yaratıcılarıyla beraber olduklarını, onunla göz göze geldiklerini ve onun da kendilerine gülümsediğini yıllar boyu anlatacaklardı. Etrafa neşeli bir hava hâkimdi, birçoğu sevinçten coşmuştu, programlarının içeriği düşünüldüğünde, bu Yeni Irk'ın kolayca ulaşabileceği bir ruh hali değildi. Sonra Victor onların, yaratıcılarının kurduğu bu yeni tesiste gelecekte elde edecekleri zaferlere odaklandıklarını, nefret ettikleri Eski Irk'ı acımasızca öldüreceklerini ve artık yaklaştıkları o günü dört gözle beklediklerini fark etti. Bu coşkun hallerinin kaynağı bu olmalıydı; soykırımın, Tanrı'nın adını ağzına alan son insan da ölene dek dünyayı insan ırkından temizlemenin beklentisi.

Anlaşılan, akıllarında onu bürosuna taşımaktan daha fazlası vardı, çünkü bürosu ana katta olmasına rağmen, onu düz, toprak bir alanda taşıyormuşçasına iki kat aşağıya indirmişlerdi. Akıllarında yaratıcılarını özel bir yolla onurlandırmak olmalıydı. Victor'un onların onayına ihtiyacı olmadığından, ki hiç kimsenin onayına ihtiyacı olmazdı, şimdi de böylesine bezginlik verici bir törene hiç mi hiç taraftar değildi aslında.

Ama sonra o anı tekrar ilginç kılan bir şey oldu: O neşeli, coşkun hava yok oldu ve kalabalığın üstüne sessizlik çöktü. Anlaşılan o ana derin saygı göstermek isteği hâkim olmuştu ki Victor'un yüce pozisyonunu onurlandırmanın çok daha uygun bir yoluydu bu. Gerçekten de derin bir saygı havası vardı, tütsü kadar hoş kokan baharatlı bir yağın kullanıldığı meşaleler yakılmıştı. Adanmışlık objesi olarak rolü-

274

ne iyice ısınan Victor, sadece profilden değil, her açıdan görmeleri için yüzünü sağa sola çevirdi ve halkına gösterdiği bu lütuf esnasında kalabalığın içinde Erika'yı gördü. Erika gülümsüyordu, Victor da ona gülümsemeye niyetliydi, çünkü her ne kadar o an etrafta görünmese de Chameleon'dan kurtulmasını sağlayan, Harker'dan doğmuş değişim geçirmiş, cücemsi yaratığı ona o getirmişti.

Şimdi, çıplak topraktan yapılmış ve cilalanmış gibi parlamakta olan bir geçide girmişlerdi. Çıplak toprak ona, çok uzun bir zaman önce hapishane mezarlığında cellatla mezarlığın kenarında yaptığı kıran kırana pazarlığı hatırlatıyordu. Çıplak toprak ona, dünyanın birçok yerinde, cellatların, lanetlenmişler sürüsü içinden deneylerinde kullanmaya elverişli olanları toplayabildikleri kitleler için yapılmış mezarları hatırlatıyordu. Kurtulanlar ona daima müteşekkir olmuşlardı, ta ki laboratuvarda neden kurtarıldıklarını anladıkları o ana kadar... Sonra ona lanet etmişler, o aptalca düşünce tarzlarıyla müteşekkir olmaktan vazgeçmişlerdi, oysa o onlara ne büyük bir fırsat sunmuş, tarihin bir parçası olma şansı vermişti. Deneyi yürüten işçiler de olsalar, deneyin öznesi de olsalar, Victor onları zorlamış ve en iyi biçimde kullanmıştı. Onları değil bu kadar, Victor'un kullandığının yarısı kadar bile etkin biçimde kullanabilecek başka bir bilim adamı doğmamıştı. Bu nedenle gelecek kuşaklara olan katkıları da kendi iradeleriyle sunacakları katkıdan çok daha büyük olmuştu.

Toprak duvarlı geçitten geçerek görülebilecek en garip koridora girdiler. Başının üstünde, yüzünün birkaç santim önünde sayısız ezilmiş kraker ve kahvaltılık gevrek kutuları, dümdüz edilmiş çorba tenekeleri, bir zamanlar antihistamin, fitil ve müshil içeren ambalajlar, yıpranmış ve birbirine dolanmış ipler, eskimiş terlikler, insan hakları, ihtiyaçları ve oy verme görevini vurgulayan kırmızı-beyaz ve mavi renkte politik posterler, platin rengi ve sarı karışımı kirlenmiş bir peruk, uzun zaman önce ölmüş bir fareye ait ezilmiş bir iskelet, boa yılanı gibi kıvrımlı duvak tellerinden yapılmış bir çelenk, yüzü parçalanmış, gözünün çukurundan biri boş, tek gözlü bir bebekten oluşan parçalı bir resim, yaratıcı bir mizansen vardı.

Omuzlar üstünde taşınmakta olan Victor, oyuncak bebeğin yüzünden sonra cilalanmış parçalı resmi gözden kaybetti. Bu görüntünün yerini, Victor'un hafızasının mezarından çıkmış binlerce, belki de iki binden fazla yüz almıştı: Çökmüş yüzler, ürkmüş yüzler, kanlı yüzler, kemiği sıyrılmış yüzler, Victor'un kullandığı, hem de çok iyi kullandığı erkek, kadın ve çocuk yüzleri... Onu korkutmamışlar, ama içinin nefretle dolmasına neden olmuşlardı, çünkü Victor kullanılmalarına izin veren zayıflardan nefret ederdi. Yüzler onu heyecanlandırmıştı, çünkü Victor, etten başka bir şey olmadıklarını anlamalarını sağlayan, kırılgan savunma mekanizmalarını, adalete olan güvenlerini, önemli olduklarına dair çocukça hayallerini, bir amacı olduklarına dair hezeyanlarını, aptalca inançlarını, umutlarını, hatta benlik algılarını yok eden gücünden dolayı hep heyecan duyar, bu durum, sonunda onların etten başka bir şey olmak *istemeyecekleri*, hayattan nefret edecekleri o güne dek sürerdi.

Geçmişten yüzler zihninden art arda geçmeyi sona erdirince, geçitten, zeminin taş gibi oyulduğu bir dehlize taşındığını fark etti. Anlaşılan, burası varış yerleriydi, çünkü burada durmuşlardı. Onu omuzlarından indirip yere bıraktıklarında Victor afallamıştı, çünkü kalabalığı oluşturan her bir yüz, şimdi birer yabancıydı. Victor, "Biraz önce," dedi, "birçok yüz rüzgârla havalanmış yapraklar gibi zihnimde döndü... Şimdi hiçbirini hatırlamıyorum. Sizi de hatırlamıyorum." Aklı korkunç bir biçimde allak bullak olmuştu. "Yüzümü de... Nasıl görünüyorum? Adım neydi?"

Sonra kalabalığın içinden yüzünün yarısı kötü biçimde göçmüş ve bunu karmaşık bir dövmeyle yarı yarıya gizleyebilmiş bir dev çıktı. Yüzünün sağlam kalmış tarafına bakan Victor, bu adamı daha önceden tanıdığı duygusuna kapıldı ve sonra kendi kendine, "Neden... sen benim çocuklarımdan birisin... sonunda evine döndün," dediğini duydu.

Dövmeli adam, "Şeytani çalışmalarının hiçbir anında deli değildin. İlk icadından beri için kötülükle doluydu, gururunla çürümüştün, her arzun kinle dolu ve hastalıklıydı, her eylemin yozlaşmıştı, kibrin dizginlenemeyecek durumdaydı, zalimliğin dur durak bilmezdi, ruhun diğerleri üzerinde kuracağın hâkimiyet için satılmıştı, kalbin duygusuzdu. Sen deli değil, şeytandın ve kötülükle serpildin, bu senin özünde vardı. Şimdi göreceğin cezanın farkındalığından kaçmana izin vermeyeceğim. Aklını kaçırmana izin vermeyeceğim, çünkü kötülüklerle dolu hayatına tutunmanı sağlayacak gücüm var," dedi.

Dev elini aklını yitirmiş adamın başına dayadı, dokunur dokunmaz Victor o halinden sıyrıldı ve yeniden kim olduğunun, nerde bulunduğunun ve buraya neden getirildiğinin bilincine vardı. Eli ceketinin altındaki silaha gitti, ama dev elini yakaladı ve acı bir kuvvetle parmaklarını kırdı.

70. BÖLÜM

Erika Beş cipi viraja doğru sürdü ve havuz çiftliğinin, Gegenangriff şirketinin girişine birkaç metre kala durdu.

Binanın zaten azalmış çekiciliği yağmur ve karanlık yüzünden yok olmuştu.

"Burası ne idüğü belirsiz bir yere benziyor," dedi Erika. "Her şey olurmuş, ya da hiçbir şey olamazmış gibi görünüyor."

Muzip cüce koltuğunda dimdik oturuyordu. Genelde abartılı el kol hareketleri yapar veya anlamsızca ritim tutarken, şimdi ellerini göğsüne kavuşturmuş, hareketsiz duruyordu.

"Jocko anlıyor."

"Neyi anlıyorsun Jocko?"

"Onu oraya götürmek zorundaysan… Jocko anlıyor."

"Oraya gitmek istemezsin."

"Sorun değil. Her ne ise. Jocko senin başın belaya girsin istemiyor."

Erika, "Neden, bana borçlu olasın ki?" dedi.

"Sen Jocko'ya çok iyi davrandın."

"Birbirimizi sadece bir akşamdır tanıyoruz."

"Sen o bir akşama çok şey sığdırdın."

"O kadar da değil."

"Bu Jocko'nun hayatında gördüğü tek iyilikti."

Karşılıklı sessizliğin ardından Erika, "Kaçmış olursun," dedi. "Benden daha hızlı davrandın ve ben de seni kaybettim."

"O buna inanmaz."

"Git. Git Jocko. Seni oraya götüremem."

Cücenin sarı gözleri Erika'nın onu ilk gördüğü zamanki gibi ürkütücü değildi ve güzelliğinden de hiçbir şey yitirmemişti.

"Jocko nereye gider?"

"Dışarıda harika bir dünya var."

"Orada kimse Jocko'yu istemez."

"Benimle oraya gelirsen, Victor seni parçalarına ayırır," dedi Erika. "Oysa sen de etten daha fazla bir şeyler var."

"Sen de öyle. Etten daha ötesin."

Erika cüceye bakamıyordu. Onda dayanılması zor olan şey çirkinliği değildi. Kırılganlığı her iki kalbini de sızlatıyor, alçakgönüllüğü ve cesaretine hayranlık duyuyordu.

"Programımız çok güçlü," dedi Erika. "Emirlere itaat etmek, nereye çekiştirirse oraya gitmek zorundayız."

"Sen oraya gidersen, Jocko da gider."

"Hayır."

Jocko omuzlarını silkti. "Sen Jocko adına karar veremezsin."

"Lütfen Jocko. Beni bir şeyler yapmaya zorlama."

"Söyleyebilir miyim?" Erika başını sallayınca Jocko, "Jocko bir anneye sahip olmanın nasıl bir his olduğunu bilebilir ve sen de anne olmanın nasıl bir his olduğunu bilebilirsin. Küçük de olsa aile, ailedir." dedi.

71. BÖLÜM

Victor toprak altındaki dehlizde kalabalığın ortasında duruyor, ağzından asla bir af dilemeye veya suçlamaların doğruluğuna dair bir söz çıkmayacağı anlaşılıyordu.

Çöp idaresi çalışanlarının hepsinin orada olduğunu fark etti. Öldürdüğü bazı Alfa'lar da bir şekilde canlanmıştı.

Erika Dört, kalabalığın arasından çıkarak onunla yüz yüze geldi, gözlerini hiç kaçırmadan gözlerine dikti. Yumruğunu vuracakmış gibi havaya kaldırdı, ama hiçbir hamle yapmadan indirdi. "Ben senin kadar alçak değilim," diyerek arkasını döndü ve uzaklaştı.

Carson O'Connor da, omzuna elini dayamış olan Maddison ve bir Alman çoban köpeğiyle birlikte oradaydı. "Bana yalan söyleme zahmetine girme," dedi Carson. "Babamın senin davanı ilgilendiren bir şeye şahit olduğunu biliyorum. Sen zombilerine onu ve annemi öldürmelerini emrettin."

Victor, "İkisini de kendi ellerimle öldürdüm," dedi. "Baban hayatını bağışlamam için bana bir çocuk gibi yalvardı."

Carson gülümseyip başını iki yana salladı. "Annemin hayatını bağışlaman için yalvarmıştır, buna eminim. Onun için hayatını feda ederdi. Ama kendisi için asla böyle bir şey yapmamıştır. Cehennemde çürü Victor."

❖ ❖ ❖

Kitap da tıpkı kristal küre gibi James'le alay ediyor, James gittikçe artan bir hüsran duygusuyla Helios malikânesinde dolanıyordu.

"Mutluluğa giden yolu biliyorum," dedi kitap.

"Yemin ederim, bunu bir kez daha tekrarlarsan seni paramparça edeceğim."

"Sana mutluluğa giden yolu söyleyeceğim."

"Söyle öyleyse."

"Önce bir içki içsen iyi olur," dedi kitap.

Kütüphanenin köşesinde bir bar vardı. James kitabı elinden bırakıp bir duble viski içti.

Kitabı bir kez daha eline alınca kitap, "Belki yatakhaneye geri dönmen en iyisidir," dedi.

James, "Bana mutluluğa giden yolu anlat," diye üsteledi.

"Geri dön, mutfak masasına otur ve elini et çatalıyla deşip iyileşmesini izle."

"Bana mutluluğa giden yolu söyle."

"Et çatalıyla çok iyi zaman geçiriyor gibiydin."

James viskiyi içtiğinden beri, kitapla yaptığı konuşma boyunca kitaba değil, bar aynasına dikmişti gözlerini.

Aynadaki yansımasından her iki sesin de kendisinden çıktığını, ne kitabın, ne de muhtemelen daha önceki kristal kürenin konuşmamış olduğunu fark etti.

James, "Bana mutluluğa giden yolu anlat," diye üsteledi.

Ve aynada kendisine baktığında, "Senin için mutluluğa giden tek yol ölümdür," dediğini duydu.

❖ ❖ ❖

Birçok farklı cisimden oluşan çöpten montaj, duvarlardan ve toprak altındaki devasa dehlizin zemininden akıp gitti. Mekân, Victor gibileri için bile fazlasıyla gizemliydi.

Odanın ortasına bir mezar kazılmıştı; üç metre boyunda, bir metre seksen santim genişliğinde, altı metre derinliğinde bir mezardı bu. Bu kazı yapılmış yerin hemen yanında, mikroplu, çürümüş türlü türlü atıklardan oluşan devasa bir çöp yığını duruyordu.

Victor elleri arkasından zincirlenmiş olarak mezara doğru götürülürken ölüm cümlesini söyledi, ama çevresinde hiç kimse düşüp ölmedi. Bir şekilde bundan etkilenmemeyi başarmışlardı.

Çöplüğün patronu olan Nick Frigg, Victor'un boynuna metal bir tasma tutturdu. Victor bu esnada hiçbir şey söylemedi.

Çok aşağı düzeyde bir Epsilon, tasmaya bir kordon iliştirdi.

Victor kablonun yüzeye kadar uzadığını ve çöplüğün elektrik sisteminden elektrik aldığını düşündü.

"Size yalvarmayacağım," dedi onlara. "Varlığınızı bana borçlusunuz. Ben ölünce, yarattıklarım da ölecek."

Kalabalık sessizce gözlerini ona dikmişti. Ona ne yalancı diyorlar, ne de bir açıklama yapmasını istiyorlardı.

Victor, "Blöf yapmıyorum," diye uyardı onları. "Sizin de bildiğiniz gibi başkalaşıma uğramış olan bedenimde dolaşan kablolar var. Düzenli olarak elektrik akımı alıyor, bu gücü gövdemdeki güç hücrelerinde depoluyor ve ihtiyacım olduğunda yaşam destekleyici bir enerjiye dönüştürüyorum. Çoğunuz bunun doğru olduğunu biliyorsunuz."

Victor bildiklerini görebiliyordu.

"Öldüğümde bu hücreler, Yeni Irk mensubu olan herkese, yürüyen tüm et makinelerine uydu bağlantısıyla bir elektrik sinyali gönderecek ve hepiniz öleceksiniz."

Hepsi ikna olmuşa benziyor, ama kimseden ses çıkmıyordu.

Victor bu sessizliği zafer olarak yorumladı ve gülümsedi. "Bir tanrı yalnız başına ölür mü sizce?"

"Senin gibi zalim bir tanrıysa, hayır," dedi Deucalion.

Kalabalıktan Victor'un çukura atılmasını haykıran sesler gelince, Victor onlara yeni bir başlangıç, iyileştirme, özgürlük gibi vaatlerde bulundu. Ama bu aptal, cahil domuzların dinleyeceği yoktu.

Aniden, mezarın yanından, çöp dağının arkasından müthiş bir güzellik yayan bir yaratık çıktı ortaya. Öylesine zarif, şekli şemaliyle öylesine hayranlık uyandırıcı, doğası itibarıyla öylesine gizemli, ama her yönden büyüleyiciydi ki... Victor kalabalığın da ondan ne denli etkilendiğini görebiliyordu.

Ama Victor kalabalığın kendisini affetmesi için ondan ricacı olduğunda yaratık değişti. İnsan biyolojisinin üstünde kesin bir kontrol sağlamak adına atıldığı o kötülük yolculuk esnasında, kendisinin, yani Victor Frankenstein'ın bile hayal edemeyeceği bir canavar dikilmişti karşısına. Bu yaratık her detayıyla öylesine iğrenç, öylesine korkunç, öylesine kötülük ve şiddet doluydu ki Victor ne çığlığını bastırabilmiş, ne de dehşetinin dozunun artmasını engelleyebilmişti.

Canavar yaklaştı. Victor mezarın kenarına doğru geri çekildi. Sonsuza dek yatağı olacak yerin ne denli tiksindirici bir malzemeyle hazırlanmış olduğunu, ancak kokuşmuş çukurun dibini boyladığında fark edebildi.

Üstte, nefret dolu varlık, kazdığı çukurdan çıkmış olan çöp yığınını tekrar çukura doldurmaya başlamıştı. Victor'un üzerine akla hayale gelmeyecek her türlü iğrenç şey yağıyor, onu dizlerinin üstüne çökmeye zorlayarak, daha da iğrenç olan altındaki zemine gömüyordu. Boğucu pislikten oluşan çığ Victor'un üzerine düşerken, zihninin içinde bir şeyler söyledi. Verdiği mesaj sözlü veya görüntülü değildi, bu, hemen tercüme edilebilecek, ani, uğursuz bir bilgiydi. *Cehenneme Hoş Geldin!*

❉ ❉ ❉

Erika Dört ışık saçan ve büyüleyici Canlandırıcı'nın büyük çöp yığınından oluşmuş göçükten geri çekilmesini Deucalion'un, mezarı olan çukurda Victor'a öldürücü elektrik akımını verecek düğmeyi çevirmesini izledi.

Çevresine toplanmış olan Yeni Irk mensuplarına bakarak, "Sonunda huzura kavuştuk," dediğinde, diğerleri de hep bir ağızdan, "Huzura kavuştuk," dediler.

Yarım dakika sonra Canlandırıcı ve Yeni Irk yaratığı olmayan Deucalion, Carson, Michael ve Dük haricinde dehlizdeki herkes taş kesildi.

❉ ❉ ❉

Havuz çiftliğinin önünde durmakta olan cipte Erika Beş öleceğine dair ani bir sezgiye kapılarak Jocko'ya uzandı.

Cücenin yüzündeki işkence çekiyormuş gibi görünen ifadeden, onun da benzer bir sezgiye kapıldığını anladı Erika. Jocko ona bütün gücüyle sarıldı.

El ele tutuştukları an, ani bir şimşek çakmasıyla birlikte fırtına koptu. Gökyüzü şiddetli biçimde parladı. Doğa ani öfkesini GL550'nin üstüne yöneltmiş gibiydi. Aracın çevresine, kaldırıma yıldırımlar düşüyordu. Öylesine çoktu ve arabanın çevresini öylesine kusursuz biçimde sarmıştı ki pencerelerden bakıldığında ışık perdesi dışında ne gece, ne toprak, ne de havuz çiftliği görülebiliyordu. Erika ve Jocko başlarını eğmek zorunda kaldılar. İkisi de tek bir kelime etmemişti, ama ikisi de o tek kelimeden oluşan aynı sözü duymuştu ve bir şekilde birbirlerinin duyduğunu da biliyorlardı: *Korkma*.

❖ ❖ ❖

Deucalion, Carson ve Michael'a dönerek, "Benim yanımda savaşmaya söz verdiniz ve öyle de yaptınız. Dünya biraz zaman kazandı. Adamı yok ettik, ama fikirleri onunla birlikte öldü. Başkalarının özgür iradesini hiçe sayan insanlar var ve kendi özgürlüklerini her anlamda teslim etmeye hazır insanlar da," dedi.

"Kötü fikirlerle savaşmakla kıyaslandığında, kötü adamların icabına bakmak kolay," dedi Carson. "Fikirlerle savaşmak, hayat boyu sürecek bir iş."

Deucalion başını salladı. "Öyleyse uzun hayat sürelim."

Uzay Yolu'ndaki selamlaşma işaretini yapan Michael, "Ve refaha erelim," dedi.

Dük'ü bir kucak köpeği gibi yerden kaldırıp sağ koluna oturtan dev, hayvanın karnını okşamaya başladı. "Sizinle yukarıya kadar geleyim, Arnie'yi Tibet'ten getirdikten sonra vedalaşırız. Şükranlarımı sunabileceğim ve geride bıraktığım iki yüz yılın anlamını sorgulayabileceğim, inzivaya çekilebileceğim yeni bir yere ihtiyacım var."

"O bozuk para numarasını da bir daha gösterirsin belki," dedi, Michael.

Deucalion bir süre sessiz kaldı. "Size nasıl yapıldığını gösterebilirim. Böyle bir sırrı saklayabilirsiniz."

Carson Deucalion bu sözlerle sadece bozuk para numarasını değil, bildiği ve yapabildiği her şeyi kastettiğini biliyordu. "Hayır dostum. Biz sıradan insanlarız. Böylesine bir güç, olağanüstü bir adamın elinde kalmaya devam etmeli."

Birlikte toprak yüzeye çıktılar. Dışarıda rüzgâr şiddetle esiyor, gökyüzünün doğu tarafında şafağın ilk ışıklarını yıkıyordu.

❖ ❖ ❖

Penceresiz odanın içindeki kırmızı-altın rengi sıvı (veya gaz varlık) cam kutudan süzüldü, şekilsiz bir gölge olmaktan çıkarak bir insan haline dönüştü.

Boş kutu istiridye kabuğu gibi açılınca, çıplak adam sallanıp oturma pozisyonuna geçti, ardından Acem halısının üstüne adım attı.

Victor tarafından yapılmış diğer tüm et makinelerine uydu aracılığıyla ölüm emri gönderilmiş, ama emir tasarımı bu yaratığa etki etmediği gibi, onu özgürleştirmişti.

Adam arzu edilen bir zamanın dışında yanlışlıkla canlanması durumunda, dışarı çıkmasını önleyecek çelik kapıları açarak yürüdü.

James kütüphanede ölü olarak yatıyordu. Yukarıda, Christine'in ana yatak odasının kapı ağzında ölü olarak yerde yattığını gördü.

Ev sessizdi ve terk edilmiş görünüyordu.

Victor'un banyosunda duş aldı.

Victor'un giyinme odasının köşesindeki aynalı girintide vücudunu hayranlıkla seyretti. Vücuduna bağlı hiçbir metal kablo yoktu, iki yüz yıllık yaralar da taşımıyordu. Fiziksel olarak kusursuzdu.

Giyindikten sonra eline bir çanta alarak kasaya gitti. Oradaki bazı şeylerin, taşıması gerektiği değeri taşımadığını anladı. Ama ihtiyacı olan şeyler diğer çekmecelerdeydi.

Malikâneden yayan ayrılacaktı. Victor Helios'la arasında bir bağlantı kurulmaması için öylesine tedbirli davranıyordu ki havaalanında terk edilmiş arabalarından birini bile kullanmayacaktı.

Ayrılmadan önce Dresden geri sayım saatini yarım saate ayarladı. Hem malikâne, hem de personelin yatakhanesi kısa bir süre içinde kül olacaktı.

Cehennem zebanisini andıran bir kıyafetle evden ayrılmanın ironik tarafının farkındaydı ve kapüşonlu bir palto giydi.

Victor Frankenstein'ın tam olarak değilse de kopyası gibiydi. Ancak beyinden beyine doğrudan bilgi yükleme olanağı sayesinde, Victor'un 240 yıllık hafızası, geride kalmış olan yaklaşık on sekiz saat haricinde, –Victor en son hafıza naklini telefonla o zaman yapmıştı– beynine yüklenmişti. Adam Victor'un dünya görüşünü de birebir paylaşıyordu.

Bu tam olarak kişisel bir ölümsüzlük sayılmasa da kabul edilebilir bir yer değiştirmeydi.

Temel anlamda, yeni ölmüş kişiyle, yeni doğmuş bu kişi birbirlerinden farklıydı. Bu Victor orijinalinden daha güçlü, daha hızlı ve hatta belki de daha zekiydi. Belki değil, büyük ihtimalle daha zekiydi. O, yeni ve gelişmiş Victor Frankenstein'dı ve dünyanın ona her zamankinden daha çok ihtiyacı vardı.

72. BÖLÜM

Bu dünya hikâye, gizem ve sihir dünyasıdır. Yeterince yakından bakarsanız, her yerde mucizevi bir hikâyenin gözler önüne serildiğini, her yaşamın başlı başına bir öykü, herkesin kendi oyununda bir karakter olduğunu görürsünüz.

San Francisco'daki O'Connor- Maddison dedektiflik bürosu kısa bir süre önce ilk yılını geride bırakmıştı. İşe başladıkları ilk günden itibaren başarılı olmuşlardı. Dövmeli bir şifa dağıtıcı, Arnie'nin otizmden kurtulmasını sağlamıştı. Arnie okuldan sonra büroda çalışıyor, dosyaları düzenleyerek, mesleğin anlaşılması zor argosunu öğreniyordu. Dük ona adeta tapıyordu. Yedi ay sonra, bu polis hafiyelerinden oluşan tabloyu tamamlayacak bir bebek gelecekti. Ama bebek taşıyıcılarını da bu yüzden üretmiyorlar mıydı? Bebeği göğsünüze veya sırtınıza alırdınız ve böylece hiçbir şey sizi doğrunun, adaletin, kötü adamların ve kaliteli Çin yemeğinin peşine düşmekten alıkoyamazdı.

Montana'nın kırsal kesiminde geniş bir arazinin üstündeki küçük bir evde, Erika kendinde anneliğe dair bir yetenek keşfetmişti ve daimi çocuğu olarak Jocko'ya sahip olduğu için şanslıydı. Victor'un kasasından aldıkları sayesinde ihtiyaçlarını karşılayacak kadar paraya sahiptiler. Seyahat etmiyorlardı, sadece Erika kasabaya iniyordu, çünkü süpürge ve kovayla uğraşmak zorunda kalmak istemiyorlardı. Kuşlar da Jocko'ya alışmışlardı ve Jocko artık hiçbir şekilde gagalan-

287

dığını hissetmiyordu. Jocko'nun kenarları zilli, komik şapkalardan oluşan bir koleksiyonu, Erika'nın da bulaşıcı bir kahkahası vardı. Yeni Irk mensuplarından neden sadece ikisi hayatta kaldı bilmiyorlardı, ama bu durumun yıldırım düşmesiyle bir bağlantısı olmalıydı. Bu yüzden Erika, Jocko'yu her gece yatağına yatırırken ona dua etmesini söylüyor, kendisi de uyumadan önce aynı şeyi yapıyordu.

Deucalion, Kuzey Kaliforniya'nın ulu dağlarındaki Aziz Bartholomew Manastırı'nda misafir olarak kalıyor, bir yandan da papaz adayı olmayı düşünüyordu. Oradaki tüm kardeşlerini seviyordu ve Knuckles Birader'le aralarında özel bir dostluk kurulmuştu. Manastırın bitişiğindeki yetimhaneyi yöneten Rahibe Angela'dan çok şey öğrenmişti. Engelli çocuklar, onun gelmiş geçmiş en iyi Noel Baba olduğunu düşünüyorlardı. Geleceği planlama çabası içinde değildi. Kendisini bulmaları için geleceği bekleyecekti.

S O N